恋に焦《こ》がれる獣《けもの》達《たち》 2

『番《つがい》』と『半身《はんしん》』下

The beasts who yearn for love

茶柱一号《ちゃばしらいちごう》
Illustrator むにお

この物語はフィクションであり、
実際の人物・団体・事件等とは、一切関係ありません。

恋に焦がれる獣達

人物紹介

翠（スイ）

ヒト族。母であるチカの強い魔力と容姿を受け継ぐ天才肌の自由人。チカが熊族・ゲイルと成した子。今回の旅を経て『半身』であるガルリスへの想いを改めて意識する。

ガルリス

竜族。スイの守護者。スイの誕生時に関わりを持ち、彼を自分の『半身』とする契約を交わしている。最近はスイへの接し方がダグラスやゲイルに似てきてベタ甘である。

ランドルフ

虎族。元キャタルトン第二騎士団団長。自分がウィルフレドの村を襲った騎士達を率いていたことをずっと後悔し、懺悔し続けていた。

ウィルフレド

ヒト族。過去がヒト狩りに遭い、娼館に売られていた。ランドルフとは愛憎を乗り越えて『番』として結ばれている。

ユアン
ガレス
エンジュ
ロムルス
ロムルス
虎族。ある決意を胸に
エンジュに付き従っている
寡黙な青年。
ランドルフとも因縁がある。
エンジュ
ヒト族。
盲目だが腕の確かな医者として
村人たちからは慕われているが……!?
ガレス
豹族。複雑な過去を持つ
キャタルトンの不良騎士。
幼い頃、キャタルトンで
誘拐されていたスイとは
因縁があり……!?
ユアン
ヒト族。
身寄りがないが、
ガレスが親代わりとなって育てた。
彼も翠色の瞳をしているのだが……。

introduction

ここは獣人達の世界『フェーネヴァルト』。
獅子族を王とし、繁栄を続けるレオニダス。
過去を断ち切り、未来へと歩み始めたキャタルトン。
希少種である竜族が住むといわれるドラグネア。
広大な樹海と自然を愛する者たちが住むウルフェア。
海の種族が多く住む南のフィシュリード。
雄しかいないこの世界では第二の性である
『アニマ』と『アニムス』が恋をし、子を得る。

そんな世界で、
現代日本からやってきたチカユキを母に、
最強の熊族の騎士、獅子族の王弟を父に持つ子ら。
これは、そんな彼ら、子ども達が紡ぐ恋物語――…。

フェーネヴァルトの世界

BEASTS GIVING LOVE MAP
高山地帯
ドラグネア
・レオニダス国のはるか北方にある。
・標高が高い。高山地帯。
・竜族の長・ガロッシュが治めている。
・竜族のみで構成されている。
・チカとの親交が出来るまではレオニダス国はじめ
他の国々と国交はなかった。
・ガルリスの国。
こっちは樹海
こっちは砂漠
ヘレニアの森
・魔物が多く、
常人では近道する
ことは困難。
・難を逃れたヒト族
が隠れ住む集落が
あるらしいが…？
キャタルトン
・チカが召喚された地。
ここで性奴隷としての
暮らしを強いられた。
・ダグラス・ゲイルとはここで出会
・そこそこ栄えているが、
特に南地区は治安が悪い。
・未だにヒト族を奴隷として
扱うものもいるため、
他国とは折り合いが悪い。
レオニダス
・ダグラスの兄・アルベルトが国王として治めている。
・各国と比べても治安がよく、商業的に栄えている。
・ゲイルの実家がある。
・現在、ダグラス、ゲイル、チカはここに
生活の拠点を移し家庭を築いている。
・前国王ヘクトルの指図で「チカ」や
彼らの子ども達の名前を冠した通りなどがある。
ウルフェア
・森に囲まれている森林地帯。
・グレンの故郷。
・エルフ、狼族が多く住む。
火山地帯
フィシュリード
・着物風の衣装をまとう和風の国。
・水棲種族、人魚、半魚人などが多く暮らす。
・チカたちが作る和食に使うしょうゆや
味噌っぽい食材はこの国から購入している。
・唯一「海」に接している国。
SEA

『番』と『半身』

幕間　あるヒト族の記録

あの日まで僕達は幸せだった。

決して裕福ではなかったけど優しい両親がいた。

寝て起きて母さんが作ってくれるご飯を食べて、父さんの畑仕事を一緒に手伝って。

近所に住んでいた僕と同じヒト族の兄弟とはとても仲が良くて、弟のほうとは日が暮れるまで村の周りを探検して遊んだものだ。


そんな僕達をいつも迎えに来てくれたのはそのお兄さんだ。

榛色《はしばみいろ》の瞳を持つそのお兄さんはとても優しかった。僕のことを彼の弟と同じぐらいにかわいがってくれた。そのお兄さんは僕達と同じアニムスなのに珍しくがっしりとした体格だったことを覚えている。

だけど、そんな日常は突然打ち砕かれた、僕達の住んでいる国キャタルトンの騎士達がやってきたのだ。

武装したあいつらは、僕達を盗賊と呼び、武器を捨て投降するように叫んでいる。意味が分からなかった、なんで僕達が盗賊なのか？　それにここに武器なんてありはしない、あるのは畑を耕《たがや》すための道具だけなのにどうして。

両親や大人達の目に浮かんでいた感情。

その時にはそれが何かはわからなかったが今なら分かる、それは諦めと絶望。僕達の村にはヒト族が多かった、そしてキャタルトンはヒト族を様々な理由で求めていた。

大人達は抵抗はしなかった。

騎士達に言われるままに捕縛《ほばく》されていく、そんな大人達の中で僕を弟のようにかわいがってくれていたお兄さん――ウィルフレドさんだけは違った。騎士達の中でも一際目立つ相手にお前達を絶対に許さないと、僕でもわかる憎悪に満ちた瞳を向ける。親友のマルクスの姿を僕は探したけど結局見つけることはできなかった。

両親とも離ればなれになってしまい、僕はこれから自分がどうなってしまうのだろうと不安だった。本当に訳がわからなかった。だけどこのままではいけないということだけは幼い心でも理解ができた。

だから僕は逃げた。

その相手は今思えば奴隷商人だったのだろう、僕達の村を襲ったあの騎士達とは明らかに纏《まと》う雰囲気も風体も違っていたから。

逃げられなかった家族や友人、村人達の末路を考えれば僕は本当に運がよかったのだと思う。だけど、ヒト族の子供がこの国で一人で生きていくことは容易ではなかった。村には帰れない、帰ったとしても誰もいないし、もしかしたらまた捕まってしまうかもしれない。

だから僕は一人で生きていくことを選んだ。

泥水をすすって、食べられるかもわからない植物を食べて、町の中で捨てられている残飯をあさって飢えをしのいだ。そして、その頃には僕達の村がどうして襲われたのかも知ることができた。単純にヒト族の性奴隷が足りてないから適当な罪をでっちあげてヒト族を奴隷にするのだという。風の噂で聞いたそれが真実なのだと僕は直感的に感じた。

そんなことのために僕達の平凡な日常は壊されたのだ。村の皆が今どんな目に遭っているかそれを考えるだけでも僕の精神は壊れそうなほどに揺さぶられた。

憎い、あいつらが憎い。僕達を奴隷にしたいと欲したこの国の王族も、僕達の村を襲った騎士達も、僕達をそういう目で見る野蛮な獣人も。

絶対に……絶対にあいつらを許さない。

復讐という二文字、それだけが僕の生きる縁《よすが》になった。それからの僕はなんでもした。生きるためであれば獣人に身体を売って糧《かて》を得ることすら躊躇《ちゅうちょ》はしなかった。

復讐を成すためにはまずは僕が生き延びて力をつけなければならない。そのためならどんなことでも我慢はできた。どうすればあいつらに復讐できるか方法なんてわからない。けど、今の自分にできることをすべてしようと心に決めたのだ。

そう決心してどれぐらいたったのだろうか、僕はまだ生きていた。相変わらず復讐の方法など思いつかず、追っ手に見つからないように身を隠しながら、着《き》の身《み》着《き》のままで一日一日を必死に生きていた。

そして運命の日はやってきた。

その日は豪雨だった。

そういえば村が襲われたあの日も雨が降っていたことを思い出す。獣人の欲望を満たしてやり、その対価を受け取った僕は自分の隠れ家へと戻ろうとしていた。たたきつけるように降る雨を全身に受けた僕はなぜか涙が溢《あふ》れて止まらない。何が悲しかったのかはわからない。独りきりになってしまったこと、お腹がいつでも空いていること、獣人に身を売らなければいけなかったこと、頭に浮かぶことはいくらでもあるけれどそれでもそのうちのなにかがそのときの涙の理由だったわけではなかった。

涙を拭うことも忘れて僕は豪雨の中を歩いていた。

その時、誰かに腕を掴まれた。気配を感じさせなかったその相手に、身体をびくりと反応させ振り返れば僕の腕を掴んでいたのはとても大きな虎の獣人だった。

冒険者のような革鎧を身に纏った逞しい姿。短いけれど手入れをされている様子がないぼさぼさの髪、髭もろくに気にかけていないのかまさに無精髭と呼ぶのがふさわしい。

こういうことはよくあることだ。

獣人にとって僕達ヒト族の身体と魔力は性行為をする相手としては申し分ない存在。見た目が少々汚かろうが気にせず声を掛けてくる獣人は多い。ヒト族であるというだけで身の危険は多いから、極力目立たないようにしていたつもりだったが今日は雨のせいもあって油断していた。けれど、目の前の相手から放たれた次の言葉に僕の全身から血の気が引いたことをよく覚えている。

「お前はあの村の生き残りか？」

足から力が抜けていく、握られた手が震えているのが自分でもわかる。僕がワイアット村の生き残りであることを知っている、いやワイアット村の存在を知っているということ自体目の前の相手は追っ手に違いない。

　相手を誤魔化す術を僕は持っていなかった。いや、たとえ誤魔化せたとしても僕がヒト族であることは見ればわかる。村を襲ったあいつらの仲間であればヒト族というだけでそこに利用価値を見出し、どんな目に遭わされるかわからない。


　だから僕は逃げた。必死で逃げた。後ろからは虎の獣人が何かを叫びながら僕を追いかけてくる。身長も違えば足の長さも違う、それに体力だって比べるのも馬鹿らしい。だから、僕は町を抜け出し近くの山へと入った。隠れ家もこの山の中だし、山の中であれば抜け道や脇道をいくらでも知っているから相手をなんとかまけると考えたのだ。それなのに相手は声を上げながらどこまでも僕を追いかけてくる。

　そうして僕の体力は限界を迎えてしまう。降り続ける雨はますます勢いを増していたけどそんなことに構っている場合ではない。だけど僕の足はもう動くことを拒否している。

　獣人はもう僕の間近まで迫っていた。


「待ってくれ、俺はお前を――」

　そいつは何かを言おうとしていた。だけど、ここで捕まるわけにはいかない。父さんに母さん、そして村の人達皆の顔が、今もどこかで苦しんでいるかもしれない彼らの顔が幻影となって僕の前に現れる。

　最後の気力を振り絞って僕は獣人が伸ばしてきた手を必死で振り払い再び走り出す。山の奥へ、もっと奥へと逃げなければ。

「だめだ！　そっちは危ない！　待つんだ！」

　その声と同時に聞こえたのは山がその身を揺すったかのような地鳴り。驚いて目をやれば山の上からは木々を押し倒しながら土砂がこちらへと向かっているのが見えた。もう終わりだと思った。僕は家族と再会することもできず、復讐を果たすこともできずここで死んでしまうのだと。

　けれどこれでよかったのかもしれない。獣人に捕まり、奴隷として扱われるよりはここで終わったほうが遙かにましだろう。

　それでも……、やっぱり死ぬのは怖い。

そう強く思って目を閉じた瞬間、僕は何かに抱きしめられた。全身がずぶ濡れで、だけど身体の熱を感じる。見上げれば、それは僕を追いかけてきた虎の獣人だった。土砂に呑み込まれる直前、そいつと目が合ったことをよく覚えている。

その目はとても印象的な夕焼け色だった。

結局僕が死ぬことはなかった。あの時、僕を追いかけてきた虎族の獣人――ロムルスと名乗った彼が僕を土砂の直撃から守ってくれたらしい。

ただ、その時に頭を打ったせいか精神的な問題なのか目が覚めた時には僕の目は光を失い、さらに数年という月日が経過していた。

そんな意識不明のままで寝たきりだった僕の面倒をみてくれたのがロムルスさんだ。

彼は追っ手ではなかった。ワイアット村の生き残りを探して保護しようとしていたのだと教えてくれた。

どうしてそんなことをと問いただしても彼は言葉を濁すだけ。

それでも、僕は彼の世話になるしかなかった。彼の本意がどこにあろうと彼が獣人であろうとその時の僕は立ち上がることもままならず、身体を起こすのがやっとの状態でしかも目まで見えてなかったのだ。

今僕達がいるのはキャタルトンの北の端、ドラグネアとの境にある鉱山の町リョダンだ。この町にはどんな患者でも治療を施し、最後まで責任を持って診てくれると大層評判のいい医師と呼ばれる存在がいる。その人を頼ってロムルスさんが僕をここまで連れてきてくれた。その医師はセイルさんというエルフらしい。言葉や喋《しゃべ》り方を聞く限り、僕の知っているエルフとはほど遠いけれど腕は確かだそうだ。何年も意識不明だった僕がこうして生きているのがその証《あかし》だと言ってもいいだろう。

目を覚ましてから何より驚いたのがキャタルトンの王族が変わったということだ。猫科の獣人が国の上層部のほとんどを占めるこの国でヒト族の青年が王となるなんて誰が想像しただろうか。奴隷となった人々も解放されているらしいがそれを知ったところで今の僕にはどうすることもできない。それに、あれからずいぶんと時間がたってしまった今、僕の家族や村人達が生きているとはとても思えない。

だから、僕は過去を振り返るのはやめた。

セイル先生に頼み込んでリハビリを続けながら医師見習いとして教えを受けた。セイル先生は忙しい身であるにもかかわらず僕の願いを叶えてくれた。人間の身体のつくりや仕組み、病気の種類にその原因や治療法、薬学や診察の仕方を素人《しろうと》の僕に一から教えてくれたのだ。ただ、その教え方はとんでもない速度で進んでいく上に先明し、本というものを読むことができない僕にはひどく難しいものだった。それでもセイル先生が伝えてくれるすべてを余すことなく身につけようと歯を食いしばる。ロムルスさんにも協力をしてもらい、医学書を読み上げてもらってその内容を自分が読めるように文字を点と線に置き換え自分用の医学書を作り上げていった。

数年もたてばそんな生活にもすっかり慣れていた。外科的な処置は目が見えない僕にはさすがに難しいが内科的な診察や薬の処方などであれば問題なくこなすことができる程度にはなった。

そんな僕にロムルスさんはいつも優しかった。言葉はあまり多くないけれど僕の身を常に気遣い、献身的ともいえるその態度に僕の心は少しずつ彼へと傾いていってしまったのだ。彼の存在があることで僕は過去を――家族や村の人達のことをどうにか割り切ることができそうになっていた。何より彼は僕の……。

土砂に巻き込まれる直前、この目が光を失う最後の瞬間に見たのが彼の顔だった。今思えば僕のことを心から心配してくれていた彼の顔。そして空色の瞳。それをもう二度と見ることができないのが何よりも悲しかった。

それからまたしばらくの時がたち、僕とロムルスさんはリョダンを離れることにした。

国が変わったとしてもまだまだ貧しい地域が多いキャタルトン。リョダンにはセイル先生がいる。それならば僕は別の町でセイル先生の代わりとなりたいと願ったのだ。それがセイル先生やロムルスさんに対する恩返しになるのではないかと考えて。

ロムルスさんにその意思を告げると、ロムルスさんは僕の行くところであればどこにでもついていくという。その言葉が嬉しかった。はっきりとこの時に自覚した、僕はロムルスさんを愛している。

けれど、リョダンを発《た》つと決めていたその前日に僕はそのロムルスさんによって這い上がることのできない底なし沼へと突き落とされることになった。

ロムルスさんが僕の横に座って手を握る。そして、今までに聞いたことのないほど、失意と悲しみを込めた声で言葉を紡いだ。

自分は昔キャタルトンの騎士だったのだと、そして命令を受けて盗賊達が根城《ねじろ》にしているという村を襲ったと。だが、それはすべて偽りの命令だった、自分達は罪もなき村人達を奴隷に落としてしまったのだと彼は言った。

その事実を知って自分は騎士を辞めて冒険者となった。贖罪《しょくざい》をしたいと思ってもどうすることもできなかった。そして、あの日あの町で僕を見つけたのだという。ヒト族の中でも珍しい深く濃い紅色の髪と瞳。特徴的な僕のこの姿を彼は、僕の村が襲われた日に見ていたそうだ。盗賊の村だというのにヒト族の多さ、そして僕のような小さな子供が多いことに強い違和感を覚えていたのだと。

彼はすべてを僕に告げてこう言った。

「お前が望むのであればこの命を捧げることで償《つぐな》おう。だが、俺の命だけで贖《あがな》えるほど俺達がやってしまったことは軽くない。代わりにこの命が尽きるまでどうかお前の傍で償いを続けることを許してくれないだろうか……」

聞きたくなかった。

知りたくなかった。

どうして今になって。

愛してしまった相手が敵《てき》だった、憎まなければならない相手だった。

ロムルスさんが僕にここまでよくしてくれる理由。

僕はそれを勘違いしていたのだ。僕が彼を愛したように彼も僕を愛してくれているのだと、そう思っていた。僕が彼の『番《つがい》』だからだとしても、それでも愛されているのであればそれでよかったのに。

ヒト族である僕達は『番』に気づくことは難しい、だけど視力を失った僕の嗅覚はロムルスさんから香る『番』の香りを間違いなく嗅ぎ取っていた。

僕が彼を愛して、彼が僕を愛してくれるのであればもうそれでよかった。過去を引きずることをやめ、彼と幸せになりたいとすら考えていた。リョダンから別の町へと移ろうと思ったのもそうすることで区切りを付けてしまいたかったからだ。


けれど、もうそれは許されない。

僕達を地獄に突き落とした張本人を知ってしまった。

僕は彼のことを憎まなければならない。

彼が所属していた騎士団を許してはいけない。

いいや、野蛮な獣人を僕は絶対に許さない。


絶望っていうのはこういうことを言うのだろうか。

そのときの僕の感情は不思議と凪《な》いでいた。怒ることも泣くこともできず、僕はロムルスさんへ淡々と告げた。

「ロムルスさん。その言葉に嘘はないんですよね？　僕の傍で一生償いを続けてくれるのであれば僕のお願いを聞いてくれますよね？　ねぇ、ロムルスさん」

この言葉をロムルスさんに告げたとき、僕はきっと笑っていたはずだ。そんな僕の言葉をロムルスさんがどんな顔をして聞いていたのかは分からない。


そうして僕達はリョダンを旅立ち、リョダンよりさらに東にある高山と砂漠に囲まれたベッセという街へとやってきた。

僕はそこで医師として、薬師《くすし》としての生活を始めた。医療従事者なんてものは存在しないその街では目が見えない僕のような人間でも薬を処方するだけで感謝された。

医師としての日々は忙しく、だがやりがいはあった。だけど、それだけではいけない。僕はなんとかして僕達を地獄へと突き落とした奴らに復讐をしなければならない。そもそも自分だけが幸せになろうと思ったことがいけなかったのだ。どうすれば父さんや母さん、そして村の人達に僕は報いることができるだろうか。ロムルスさんにはああ言ったものの具体的な手段があるわけではない。

そのロムルスさんとの生活は歪《いびつ》ながらも今も続いている。あれからなおのこと言葉数が少なくなってしまったロムルスさん。だけど、そのことをもうつらいとは思わない。


彼は僕の敵なのだから。


ベッセでの生活にもすっかり慣れたある日、食材の買い出しをした帰り道を一人歩いていると突然口を塞がれそのまま担《かつ》がれて廃屋に連れ込まれた。

身体をまさぐられ、欲に満ちた熱い吐息を吹きかけられてようやく僕は思い出した。そうだった、獣人の中にはこういう理性の欠片《かけら》もない野蛮な生物がいるということを。

過去にも自らの意思で身体を売り渡しただけでなく、何人もの獣人に襲われたこともある。わずかな食料と引き換えにこちらの足元を見てその欲望を満たす獣人もいた。そんな奴らに生きている価値なんてあるんだろうか？

ヒトを自らの欲望のはけ口としか見れない獣人に相応の報いを与えてやれば、それは村人達に報いることにならないだろうか……？

結局、その時は戻ってこない僕を心配したロムルスさんがやってきて事なきを得た。

だけど、よく分かった。僕の身体は十分な餌になる。愚かで野蛮な獣人達を炙り出すための、そんな奴らは死んでしまえばいいと思った。きっと、ロムルスさんに頼めば彼はそいつらを殺してくれるだろう。だけど、それだけでは物足りない。死は一瞬の恐怖、だけど僕達の家族や友人は無限の苦しみを受けたはずだ。

僕にはそいつらを苦しめ続ける手段に一つ心あたり

があった。

セイル先生のところで見つけた古い書物。

僕の不注意で焼失させてしまったそれにはある魔獣の血液を基にした特殊な薬の作り方が記されていた。その魔獣の血液は劇的な治癒力を持つ薬となるが、一方で副作用として獣人の理性を弱くするという。どうにかしてその副作用を克服《こくふく》しようとした研究者は研究の中で別のものを発見してしまう。魔力を使い特殊な加工をその血液に施すと、魔獣の血液が持つ治癒の因子を増大させることができた。しかし、それは獣人の身体の造りを根本から変えてしまうほどの力を持っていたのだ。その薬を与えた獣人はゆっくりと理性を失い、やがては完全な魔獣へとその身を変化させてしまうという代物《しろもの》。禁忌《きんき》とされたその調合術。そのときはそれがなんの役に立つのかすらわからなかったけどまさかこんなところで役に立つことになるとは思わなかった。

運がいいことにその魔獣の生息地はこのキャタルトンだ。今では極端に数を減らしてしまったというその魔獣。本当に現存しているかどうかもわからない魔獣。それをロムルスさんに「お願い」をして捕らえてきてもらう。僕の祈りが天に届いたのかその魔獣の生き残りをロムルスさんが奇跡的に見つけてくれた。ワイアット村があった近くの樹林でロムルスさんが見つけた時には既に別の魔獣に襲われて事切れる寸前だったというそれ。亡骸から血をもらって僕の魔力を混ぜていく。魔力を扱うのがあまり得意ではない僕は血液の加工に苦労したが村の皆のことを思えばそんな苦労はなんてことはなかった。

そうして、僕の復讐の道具は完成した。


僕の想像どおり、僕の身体は愚かな獣人をおびき出す餌としては最適だった。薬を試すためにキャタルトンのいくつかの町をロムルスさんと共に旅をした。そこで医師として診察をしながら評判の悪い獣人や未だにヒト族を奴隷扱いする獣人などに声を掛ける。閨《ねや》を共にする中で夜が楽しくなる薬だと称して甘えた声でその薬を与えれば、奴らはほいほいと誘いにのって愚かにも薬を飲み干した。

その結果は完璧だった。ゆっくりと理性をなくしたそいつらは少しずつ、少しずつ獣人から魔獣へと変化していったのだ。

こうして僕の復讐は始まった。

僕の行為にロムルスさんは何も言わず協力をしてくれた。いや、協力をさせた。ロムルスさんの噂を聞きつけて彼が元いた騎士団の人間が訪ねてくることもあった。時には彼にあえて元騎士を呼び寄せさせたことすらある。彼らの意思ではなかったかもしれない、彼らは騙《だま》されただけなのかもしれない、それでも彼らは僕にとっては憎み復讐するべき相手だ。彼らには手料理を振る舞う中で、食事や飲み物へと例の薬を混ぜて与えた。

ロムルスさんには村を襲った騎士の名簿を作らせた。そうして僕は、僕達の村を襲った部隊を率いていた人物の名を知る。ランドルフというロムルスさんと同じ虎族の獣人。いつかは、いつかはこいつにも罪を贖《あがな》わせてやらねばならない。

そうして僕が作った復讐という名の病は今少しずつこのキャタルトンにむしばみ始めている。僕達が苦しんだように、僕達を苦しめたあいつらの家族や兄弟、子供達すべてが同じ苦しみを今頃味わっているのだろう。

だけどそれを嬉しいとは思わない。自分がしている復讐が何を生み出すかなんてどうでもいいというのが本音なのかもしれない。

けれど、僕はロムルスさんのことが、

憎くて、憎くてたまらない。

ロムルスさんのことが好きだから、愛しているからこそ憎い。家族や村のことがある限り、僕はロムルスさんを愛してはいけない、僕達の未来に幸せはない。そうであれば共に不幸のどん底へと落ちていこう。こうして僕の狂気に付き合わせていることこそがロムルスさんへの復讐なのだ。

彼がかつての仲間を手にかける僕をどう思っているのかはわからない。いや、憎まれているに違いない。

だけど、僕にできるのはこれだけなのだからもう後戻りはできない。

そして、今日もまた一日が始まる。そういえばあの薬の残りがもう少なくなってきていたはず、どうにかしてまた作らなくてはいざというときになくては困る。そんなことを考えていると小さな診療所の扉を誰かがたたく音がして、外からは聞き慣れた声が聞こえてきた。

だけどそれ以外にいくつかの気配がある。もしかして急患だろうか？　その可能性を考えると自然と身体が動いてしまい、自嘲《じちょう》めいた笑みが浮かぶのがわかる。誰かを不幸のどん底に落としながらそれでも誰かを助けようとしてしまう自分の気持ちがわからない。それでも僕はこんな生き方しかできないのだからしょうがないと沈み切った気持ちから浮上できないままに僕は扉へと歩みを進めた。

15. ロムルスとエンジュ

「お帰りなさい……他の人の気配を感じたんですが急患ですか？」

勝手口を開けて姿を見せたのは見まごうことなきヒト族。

僕より少し年上だろうか？　紅玉《こうぎょく》を溶かして煮詰めたような髪の色がヒト族にしては珍しい。前髪を眉の上で切り揃え、後ろは背の半ばまで伸ばしている。バランスよく配置された鼻と口、閉ざされた瞳の下縁を控え目な睫毛《まつげ》が飾っていた。セイル先輩のような派手さはないけど、清潔で感じのいい素朴な印象を受ける人だった。

「いや、急患……ではない。ちょうど市場で出会ったのだが……エンジュ、お前に話を聞きたいそうだ。……セイルさんの紹介状も持っている」

長く共に暮らしているにしては、ひどくぎこちない様子でロムルスさんはエンジュさんに事情を告げる。

「セイル先生の？」

ロムルスさんの態度はいつものことなのか、エンジュさんはセイル先輩の名前にだけ反応を示した。

「やっぱり……そうだ……。その髪の色を見間違えるはずもない、それに面影が……。ああ、あああ……、君は、エンジュ……君、ワイアット村に昔住んでいた……エンジュ君、だよね？」

エンジュさんを見た瞬間固まって立ち尽くしていたウィルフレドさんが、ここに来てふらふらと前に歩み出た。

「……どうして僕の村のことを？　なぜ、僕のことをご存じなんですか？」

エンジュさんの顔に緊張が走る。ワイアット村という名は、そこに住んでいた者にとって懐かしい故郷であると同時に、逃れられない呪縛でもあるのだろう。

「俺だよ、エンジュ君！　ウィルフレドだよ！　君の家の隣に住んでたマルクスの兄のウィルフレドだ！」

「え……」

エンジュさんの手から、カルテのような紙の束がばさりと落ち床に広がった。

「えっ、嘘……、本当に……？　ウィルフレド……さん？　マルクスの……お兄さんの？」

「そうだよ、そのウィルフレドだ！　エンジュ君……よくぞ生きて……！」

堪《こら》え切れなくなったのだろうウィルフレドさんは、エンジュさんに駆け寄りきつく抱きしめた。一瞬ロムルスさんがそれを止めようと反射的に動いたが問題ないと判断したのだろう。その光景を黙って見守っていた。

「エンジュ君……、ああ近くで見るとますますあの頃の面影がある。その深い赤色の髪を忘れたことはなかったよ……。」

「僕の……名前と髪の色まで知ってるということは本当にあのウィルフレドさんなんですね……。ああ、懐かしい……あの頃が……マルクスと夕方まで遊んでいた僕をよく迎えに来てくれましたよね……。僕はウィルフレドさんに兄のように懐いていて……。そんな人に生きてまた会えるなんて……夢のようで、僕……っ」

ウィルフレドさんは榛色の、エンジュさんは閉ざされた瞳から、共に涙を流し言葉を詰まらせる。やはりエンジュさんはウィルフレドさんの知るエンジュさんだ。悲劇によって引き裂かれた彼らの対面は彼らだけでなく僕達の心をも強く揺さぶる。ガルリスさえも涙を浮かべて、その涙にクロが舌を這わせていた。ただ、ランドルフさんとロムルスさんは喜びと苦悩が入り交じった複雑な表情をしている。

「ウィルフレドさん、他にも生きてる人はいるんですか？」

「……俺の両親は死んでしまった。それでもほんのわずかだけど生き残った人もいる。そうだ！　エンジュ君、俺の弟のマルクスも生きていたんだ！」

「マルクスが!?」

エンジュさんが見えない目を見開く。髪と同じ色の少し濁った瞳が一瞬見えた。

「俺が知ったのも随分後のことだ。だけど、マルクスは生き延びて今は幸せに暮らしてる」

「マルクスは幸せなんですね！　ああ、信じられない！　でも……本当に本当によかった……」

エンジュさんは顔を覆い、肩を震わせ咽《むせ》び泣いた。

それなのにロムルスさんはそんなエンジュさんに声を掛けるでもなく、唇を引き結び下を向いている。エンジュさんとロムルスさんの関係は、いわばウィルフレドさんとランドルフさんのそれと同じだ。エンジュさんがそのことを知っているのであれば、胸中何かと複雑なものは互いにあるだろう。けれど、彼らはこれまで共に暮らしてきたという。その不自然さが、僕の感覚にやけに引っかかる。

同郷の二人が奇跡的な再会を果たしている傍《かたわ》らで、僕は努めて冷静に考えを巡らせる。

「エンジュ君、こうして生きてまた会えたことだけでも俺は本当に嬉しいよ。けど……その……、君の目はどうしてしまったんだい？　あの頃は目が悪いことなんてなかったはずだよね？」

ウィルフレドさんは瞳を閉ざしたままのエンジュさんの頬にそっと手のひらを添えながら、遠慮がちにそのことについて触れた。

「……獣人達に何かされたのか？」

僕にはウィルフレドさんの質問の意図がすぐにわかった。性奴隷の中には客の選り好みをしないように、目を潰される者もいたという。事実、ウィルフレドさんは足の腱を切られるという非道な目に遭っていたのだ。

「いえ、これはちょっとした事故に巻き込まれて……。目を覚ました時には見えなくなっていたんです。えっと、ここにその時の傷が……。失明の原因が外因性のものなのか、心因性のものなのかセイル先生でも分からなくて手の施しようがないらしいんです」

「うわ……ひどいな」

艶のある髪をかき分けたエンジュさんの左側頭部には、古いけど大きな縫合跡が見えた。

「こんな大きな傷……、一体君の身に何が起きたんだ？」

エンジュさんがどういった過程でロムルスさんと出会い、ここに落ち着いたのか。それはぜひとも知っておきたい。セイル先輩は本人達の口から聞くといいとけんもほろろだったし……。

「村が襲われて、訳もわからず馬車に乗せられて……僕はどこともわからないところに運ばれました」

「……俺もだよ」

ゆっくりと語り始めたエンジュさんに、ウィルフレドさんが怒りと悲しみの混ざった顔で頷く。なんの罪も犯していないのに、縄打たれ商品として運ばれる屈辱を思い出しているのだろう。

「僕は何が起きたのかわからなかったけれど、とにかく逃げなくちゃと思って隙をついて逃げ出したんです。でも、逃げたところで村には帰れないしお金もないし……結局僕は売られるのと大差ないことを自ら行って、その日その日の命を繋ぎました。生にしがみついて……浅ましいですよね……」

強いられたのではない。自らの意思で生きたいと願い、そのために身を売った。そのことが、ウィルフレドさんとはまた別の方向性でエンジュさんの心に大きな翳《かげ》りを作っているように見えた。

古く厳格な価値観のヒト族はどこまでも一途《いちず》だ。獣人に奴隷とされ、伴侶と無理やり引き離された者は命を自ら絶つことも多かったと聞いたことがある。

「そんなことはない！　俺だって似たようなもんだ……、いや……俺のほうがもっとひどいさ……」

「……ウィルフレドさんも……」

エンジュさんはつらそうに顔を伏せた。

「けど、その頃はまだ目は見えていたんだろ？」

「はい……逃亡生活もしばらく続いたある日、僕は運悪く土砂崩れに巻き込まれてしまって……、数年間意識が戻らなかったんです。そして、次に目を開けた時には何も見えなくなっていました。この傷もそのときのものです」

「そんな……、なんてことだ……」

エンジュさんに降りかかった不幸の連鎖に、ウィルフレドさんは大粒の涙を零《こぼ》す。

「でも、僕は運がよかったんです。そこにいるロムルスさんに助けられ、セイル先生の治療を受け、医者として生きていくために必要な教育まで受けることができたんですから」

「そうか、うん、よかった。マルクスは伴侶も得て、子供もいるんだぜ？　なぁ、エンジュ君、つらい思いをしてきた君にこんなことを聞くのはどうかと思う。だけど聞かせてくれ、君は今『幸せ』かい？」

「え？　……しあわせ……ですか……」

「ああ。俺は今、『幸せ』なんだ。だから君はどうかと思ってね」

「あ、ごめんなさい。そうやって深く考えたことがなかったので……、今はロムルスさんもいてくれますし、この町の皆も僕を頼りにしてくれています。ええ、『幸せ』ですよ」

ウィルフレドさんはあえてこの質問をしたのだろう。その効果はてきめんだった。『幸せ』という言葉を聞いた途端《とたん》、エンジュさんの顔が明らかに曇ったからだ。

だが、それは一瞬のことですぐに模範的とも言える笑顔で『幸せ』を口にする。

それが僕の心の中を強く強く締めつける。つらい……、エンジュさんがそうでないことはその態度とロムルスさんの様子を見ればわかってしまう……。僕は自らガルリスの手を握り、そのぬくもりで心を落ち着ける。

「僕のことよりウィルフレドさんのことを教えてください。あなたはあれからどのようにして今まで生きてきたんですか?」

「俺は……まぁ、だいたいエンジュ君と同じだよ。つらいこともあったけど、キャタルトンの革命で解放された口だ。今はもともとワイアット村があったところに新しく村を作って助け合って暮らしてるよ。子供もいるんだ」

ウィルフレドさんは自身が性奴隷であったことは濁しつつ、今の暮らしについて明るく語る。

「えっ、お子さんが……? その……お相手は獣人、ですよね?」

「うん、まぁそうなんだけどな」

旧ワイアット村の住人にとって、獣人の伴侶となることにはやはり抵抗があるのだろう。それを身をもって知るウィルフレドさんは、少し困ったように苦笑する。

「実はさ、今ここにその相手もいたりするんだ」

「え!?」

エンジュさんは心の底から驚いているようだ、そしてウィルフレドさんはランドルフさんに視線を向けて互いに頷き合う。ああ、そうか……彼らはあえてランドルフさんの名前を出すことで……。

「遅くなったけど、紹介するよ。俺の『番』で伴侶のランドルフ。虎族なんだ」

「冒険者をしているランドルフと申す。名乗るのが遅れて失礼したエンジュ殿」

紹介されるとランドルフさんは礼儀正しく名乗り、エンジュさんに右手を差し出す。

「ランドルフ、エンジュ君は見えないんだから」

「そうだったな……、申し訳ない」

「いえお気遣いなく」

ウィルフレドさんにたしなめられ、ランドルフさんは差し出されたエンジュさんの手を掴み握手を交わす。

二人とも気づいていないわけがない、『ランドルフ』という名を聞いた瞬間、エンジュさんの身体がビクリと震え反応したことに。それにロムルスさんの、どうして名乗ったのだという苦虫を噛みつぶしたような表情に。

「こちらこそ、ご挨拶が遅れましたランドルフさん。ウィルフレドさんに昔お世話になっていたエンジュです」

エンジュさんは穏やかな微笑をランドルフさんの声がするほうに目を閉じたまま向ける。

「そうだ、スイ君とガルリスさんのことも紹介しなくちゃね」

「まだ他にもどなたかいらっしゃるんですか？」

ウィルフレドさんはエンジュさんの手を取り優しく立たせ、僕達がいるほうへと導く。あくまで自然に、でもその手がわずかに震えているのを僕は見逃さなかった。

「そう、スイ君はレオニダスで医者をしてるんだ。俺は彼のお母さんとちょっとした縁があって親しくしてもらってる。そんな縁で今回スイ君の旅に同行していたんだけどリョダンで君の話を聞いてね……。スイ君は俺達と同じヒト族でエンジュ君よりは歳下なのかな、それでガルリスさんは竜族でスイ君の伴侶だよ」

「お二人のおかげで僕はウィルフレドさんに会えたっていうことなんですね……。はじめまして、そしてありがとうございます。スイさん、ガルリスさん」

「こちらこそはじめまして」

「俺がガルリスだ。それよか昔馴染みに会えてよかったな！」

屈託なく笑いながら、ガルリスは気さくにエンジュさんの肩をたたく。

「……っ！」

ガルリスの言葉と行動にロムルスさんは何か言い返

そうとしたが、すぐに唇を真一文字に引き結んで言葉を呑んだ。

「お二人は僕達にとって恩人ですね」

「いえ、こればかりは運命の巡り合わせですから……。ですが、お二人が再会できたこと同じヒト族として僕も本当に嬉しく思っています。ただ、僕の本来の目的はエンジュさんにお話をうかがうことでして、お時間をいただくことはできますか？」

「そういえば、セイル先生のご紹介だとおっしゃってましたよね？　僕に聞きたいこと、ですか――あ……」

エンジュさんの言葉を遮るように、表口の呼び鈴がカランカランと柔らかな音を立てた。

「ごめんなさい。診察時間のようです。こんな小さな診療所ですけど、案外と忙しいもので……詳しい話はまた後でも構いませんか？」

「ええ、もちろんです」

そう言われればそう返すしかない。それに、真実に辿りつくための駒《こま》はもう目の前に揃っているのだから。

窓から見えていた日の明かりも完全に落ちて暗くなり、空気に肌を刺す寒さが混ざり始めた頃、ようやく患者の足が途絶え診療所の看板が下ろされた。僕が診察を手伝ってなお、その忙しさはかなりのものだった。ベッセだけではない、ベッセの周りにある名もなき小さな村からもエンジュさんを頼って患者がやってきているのだという。

「皆、お疲れ様。簡単なものだけど、夕飯できてるよ」

僕達が医療器具を片付けカルテの整理をしていると、ウィルフレドさんが前掛けをしたまま診察室へと入ってきた。ウィルフレドさんが開けた扉からは空腹だったことを思い出させてくれる、とてもいい匂いが漂ってくる。

「えっ、ウィルフレドさんが作ってくれたんですか？」

エンジュさんが申し訳なさそうにウィルフレドさんに頭を下げる。

「気にしないでくれ。俺はスイ君みたいに君を手伝うことはできないからこれぐらいのことはね。たいしたものじゃないけど、皆で食べよう」

ウィルフレドさんは十数年振りに再会した弟に等しい存在の肩を抱く。エンジュさんもそれを自然に受け入れている。同郷のヒト族同士、それも親しくしていた間柄だったというのがその姿からもよく分かる。

僕達は大人六人が座るにはいささか狭いテーブルに、身を寄せ合うようにして座った。何より、獣人の中でも特に大型種の三人がいるから余計に狭く感じる。だけど、今からしなければならないことを考えればこの狭さはむしろ都合がいい。

「どうだ！　美味そうだろ！」

『キョエー！』

「どうせウィルフレドさんとランドルフさんが作ってる横で摘《つま》み食いばっかりしてたんでしょ？」

なぜか自らの手柄のようにドヤ顔を見せてくるガルリスとクロに、僕はやれやれと苦笑する。ガルリスは料理の腕が壊滅的というわけではないがあまり頓着がないのでそんなに凝《こ》ったものは作れない。野外では食べられる獲物を捕まえて捌《さば》き、その場で焼いてというサバイバル技術を遺憾なく発揮するというのに。

僕の言葉に否定の言葉が飛んでこないということはあながち想像が間違ってないのかもしれない。二人とも優しいからガルリスとクロの好きにさせてくれていたのだろう。

「さ、冷めないうちに食ってくれよ。堅焼きパンとギウのすね肉を煮込んだシチューとチェルシャのサラダ、あとは果物を切っただけだけどさ」

「いえ、十分すぎますよ。いただきます」

もう習慣になってしまっている我が家独特の食事の前の作法をガルリスと一緒にして、僕はスプーンを手に取り、シチューを一口いただいた。

「どうかな？　いつもチカユキ君の手料理を食べているスイ君の口に合えばいいけど」

料理はあまり得意ではないと言っていたウィルフレドさんが、少し不安そうな顔を僕に向ける。

「美味しい……うん、すごく美味しいです」

お世辞ではなかった。チカさんがいつも作ってくれるそれとは違うし、それを受け継いだ僕の味とも違うけど、よく煮込まれて深く色づいた赤茶色のシチューはギウの肉の旨味とその中に少し酸味を感じる。その酸味はきっと、小さな種をいくつも持ち、熟《う》れると真っ赤になるトメーラが一緒に潰して煮込んであるのだろう。一心不乱にスプーンを動かすガルリスはこの味が気に入ったみたいだ、後でウィルフレドさんに作り方を聞いて今度作ってあげよう。ちなみに、クロも小さな小皿にシチューをもらって美味しそうにそれを食べている。

「懐かしい……ああ、これです。僕が、ウィルフレドさんの家に遊びに行ったときに食べさせてもらった味……。僕の隣にはマルクスが、向かいにはウィルフレドさんが……それにご両親も……」

エンジュさんの閉ざされた瞳から涙が落ちた。エンジュさんの光を失った瞳の奥には、彼が最も幸せだった時代の温かな光景が今も焼きついているに違いない。

「うちの母の得意料理だったからね。その味を再現できてたならよかった。さあ、おかわりはいっぱいあるからどんどん食べてくれ」

そんなウィルフレドさんとエンジュさんを見ながら、ランドルフさんとロムルスさんは黙々とスプーンを動かす。彼らが今どんな気持ちでここに座っているのかそれを推し量ることは僕にはできない。

「俺も美味いと思うぞ。スイの飯の次くらいに」

「最後のはいらないでしょ!? そこは素直に褒めときなよ!」

「俺は嘘を吐くのが下手だからな」

ガルリスの素直すぎる言葉に、ウィルフレドさんは小さく吹き出した。

「そうだ、ウィルフレドさん」

不意にエンジュさんが何かを思い出したようにスプーンを皿に置いた。

「ん? なんだいエンジュ君?」

「ウィルフレドさんの今の暮らしのこと、そしてそこに至るまでの経緯を……嫌でなければもう少し詳しく聞かせてもらえませんか?」

「ああ、そうだったな。もちろん構わないよ」

ウィルフレドさんはパンをちぎりながらどこか遠くへと視線を向けて、語り始める。その表情からは過去のすべてを受け入れたある種の覚悟を感じられた。

「俺はあの日、村が襲われた日からずっと獣人の下で生きてきた。そこがどんなとこだったかはまぁ察してくれ。俺も逃げることは考えたし、実際逃げようとしたこともあったんだが、ことごとく失敗したんだ」

ウィルフレドさんはついてなかったと苦笑する。聞いた限りの状況下ではむしろエンジュさんやウィルフレドさんの弟さんが逃亡に成功したことが奇跡に等しかったはずだ。

「やはり、獣人に……」

エンジュさんの顔に暗い影が落ちた。詳しく語られずとも、それが何を意味するかは誰もが知っている。

「それでもしぶとく生き延びた俺は、革命と同時に出された奴隷解放令で自由の身になれた。けど、その頃にはだいぶ身体にガタが来てたし、今日から君は自由だ好きにしたまえ！　って言われても、一人で何かを満足にできる状態じゃあなかった。頼る相手も、生きる術も何もなかったんだ。保護をしてもらえるとは聞いたけど……、獣人からのその言葉を甘んじて受け入れることはできなかった」

「……わかります」

神妙に頷くエンジュさんのスプーンは完全に止まっていた。運よく奴隷となることからは逃れられたエンジュさん、けれどその表情はその過去が決して幸運の一言では片付けられないものであることを物語っていた。

「そんな俺のことを見守り、助けてくれたのがランドルフだ。ランドルフと俺の間にはいろいろなことがあった、それでも俺はランドルフの傍にいることを選んだんだ」

「……」

ウィルフレドさんに名前を出されてもランドルフさんは沈黙を保ったままだ。

「ですが、ウィルフレドさん。ランドルフさんも獣人ではないんですか？　ウィルフレドさんが獣人にされたこと……それはきっと僕の想像を遙かに超えた苦難の日々だったと思います。そんなウィルフレドさんがどうして獣人であるランドルフさんを受け入れることができたのか、僕にはわかりません……」

「もちろんすぐに受け入れられたわけじゃない。獣人に対する憎しみは今でも消えたわけじゃないんだ。それでも、獣人すべてがそうじゃない。人間にだって悪い奴もいる。そうやって割り切って生きてきた。そうした積み重ねの上で俺はランドルフを選んだ。過去の因縁とか全部忘れて、ランドルフと共に生きるって決めた。それに、俺達は『番』なんだよ」

決して感情を荒ぶらせることなく穏やかにまるで子供に言い聞かせるように語るウィルフレドさんの言葉をエンジュさんは静かに聞いていた。だけど『番』という言葉が出ると同時にエンジュさんの手が、テーブルの上で拳を作る。

「ランドルフだけじゃない、いろんな人達に俺は助けられた。スイ君のお父さん達やお祖父さん達、皆獣人だけど獣人である前にあの人たちは一人の人間として俺のことを尊重してくれた。いつしか俺は、『獣人』ってくくりだけでは人を憎めなくなっていたよ。マルクスもエンジュ君と同じように運よく逃げ切ってさ迷っていたところを獣人に保護されていた。今は狼族の伴侶として、子供に囲まれて幸せに暮らしてる」

「あのマルクス君が……」

エンジュさんの顔が暖炉《だんろ》の作る陰影の中で複雑に歪んだ。

「ウィルフレドさんもマルクス君もいい人達に出会えたんですね」

「エンジュ君だってそうだろう?」

「僕、ですか?」

エンジュさんが見えない目を微かに開く、そこに見えるのはわずかに濁った紅玉の瞳。

「俺にとってのランドルフが君にとってのロムルスさんじゃないのかい?」

「いや……俺は……」

ロムルスさんが口の中で何かを呟く。おそらく、そんなんじゃないと否定しているのだろうが、それは照れから来るものではないだろう。明らかにこわばった表情をしているのだから明白だ。

「そうですね。ロムルスさんには本当にお世話になってます。あの土砂崩れから救ってくれて、今でも僕のことを支えてくれています。ええ、どうしてそこまでよくしてくれるのか不思議なぐらいです。申し訳ないとすら思っています」

ロムルスさんへの感謝を述べるエンジュさん。その表情は微笑んでいる、けれどその物言いが、ひどく他人行儀に聞こえるのは僕の気にしすぎだろうか。

「それでも……僕は、こんな身体ですから、これからもロムルスさんに頼って生きていくしかないんです」

エンジュさんの微笑んだ顔が、なぜだが僕には泣いているように見えた。

「エンジュ……」

小さく名を呼んだものの、ロムルスさんはそのまま手元の皿に視線を落とし黙り込む。そんな元部下を、ランドルフさんも無言で見るばかりだ。

「目が見えないんならスイに――」

僕は余計なことを言いかけるガルリスの脛《すね》を、テーブルの下で蹴飛ばした。治すにしろ治せないにしろ、今はそれを告げるときじゃない。

『ピョエー！』

ガルリスの背中にへばりついていたクロが、僕に「ガルリスをいじめるな！」とばかりに威嚇《いかく》してくる。いや、本人は平然とした顔をしてるし、蹴った僕の爪先のほうが痛いんだけど。

「あの、ガルリスさんでしたよね……？」

鳥類とも違うクロの独特の鳴き声に気づいたのか、エンジュさんは軽く首を傾げた。

「ん、なんだ？」

「あなたは何を連れているんですか？」

「ああ、クロのことか」

ガルリスは自分の背中からクロを引き剝がし、エンジュさんに手渡そうとする。

「クロ……ですか？」

エンジュさんは差し出されたクロへと恐る恐る手を伸ばす。

「多分噛まないと思うから平気だぜ」

「エンジュ、気をつけろ。それは魔獣の一種だ」

前髪に隠れがちなロムルスさんの表情が険しくなる。

「大丈夫ですよ、ロムルスさん」

ロムルスさんの言葉を制し、エンジュさんはクロにゆっくりと触れた。こんな時にもエンジュさんとロムルスさんの関係にはぎこちなさが見え隠れする。

「小さい……それに硬いしっかりした毛が突っ張って……脚は短いですね。それに、羽……羽毛のない羽がある」

エンジュさんはクロの身体につぶさに触れながら、その形状を把握していく。目の見えないエンジュさんが、未知の物を理解するには触れて指先で確かめるより他にすべはない。

「あの、クロ君の色は何色ですか？　身体は？　瞳の色は？　羽はどうです？」

珍妙な小さな生き物に興味を持ったのか、エンジュさんは熱心にガルリスに質問を投げかける。医師である彼の好奇心なのかずいぶんとクロに興味を抱いているようだ。確かに、クロはレオニダスの魔獣図鑑にも載っていないような珍しい魔獣だからそれも無理はない。

「身体の毛は真っ黒だ。だからクロって名付けた。瞳は真っ赤だな」

「羽も真っ黒ですか？」

「外側は真っ黒だが、内側は銀色がかってるぜ」

「不思議な魔獣ですね」

「エンジュさん」

話が一段落つくのを見計らって、僕はエンジュさんに声を掛けた。ここからがある意味本題だ。

「この国の王であるカナン様から通達が来ていませんか？　『擬獣病』についての」

「カナン様から……？　『擬獣病』……？　いえ、あいにくここは辺境の地ですから……」

「そうですか、それではこの国で今ゆっくりと広まっている病。獣人のアニマだけが罹患し、徐々に理性を失い、その姿まで魔獣のように変わっていくという病気についてはご存じですか？」

わざと直球、かつざっくりとした聞き方をして相手の反応を見る。

「それは過去に根絶されたはずの病では……？　今になって流行《はや》っているのですか？　……何分僕はこの町からほとんど出ないので、世の中のことにはどうにも疎《うと》くて、すみません」

困ったように眉を寄せながら首を傾げるエンジュさん。だが、少し考え込むような表情が次の瞬間何かに気づいたものへと変わる。

「ああ、そういうことですか。『擬獣病』と呼ばれるその病についてスイさんは調べにいらっしゃったんですか？」

「ええ、セイル先輩の下に『擬獣病』について記した文献があったそうですね？　ですがそれは焼失してしまった。そして、先輩はあまり詳しいことを覚えていないとおっしゃるんです」

「なるほど……申し訳ありません。僕はこのとおり目が見えないので文字を指で感じ取れるものへと書き起こしているのですがその際にランプを倒してしまいまして……。あっという間に燃え上がってしまって……火はすぐに消したんですが何も残りませんでした」

その言葉には嘘が感じられなかった。虚実入り乱れているであろうエンジュさんの言葉は、一言一言を吟《ぎん》味《み》する必要がある。

「ええ、そのこともうかがってます。ですがその内容をあなたなら覚えていると先輩はおっしゃってました。どうです？」

「そんな、セイル先生は僕のことを買い被りすぎですよ。昔に一度読んだだけの文献をすべて覚えられるほど僕は賢くありません。それに、治療法があったかどうか……。思い出してはみますが、セイル先生が覚えている以上のことを思い出せるとは……。お役に立てず申し訳ありません」

エンジュさんは心底申し訳ないといった様子で頭を下げる。

「エンジュ君、何か覚えていることはないのかい？　スイ君はそのために……」

「いえ、ウィルフレドさん。これぱっかりはしょうがないことです。僕だって一度読んだだけのものをずっと覚えておくことなんてできませんから。エンジュさん、もし何か思い出されたらまた教えていただけますか？」

僕の言葉にロムルスさんが無言で反応する。あれほど強く帰れと言ったのにと、その視線は物語っていた。

「ええ、もちろんです。せっかくこんなへんぴなところまで来ていただいたのにお力になれずすみません」

「本当に気にしないでください。ウィルフレドさんとエンジュさんが再会できた。それだけでも大きな成果だと僕は思いますので。あっそうだロムルスさん、僕はあなたにも聞きたいことがあったんです」

「……なんだ？」

僕はあえて質問の矛先をロムルスさんに切り替えた。隠し事が下手なのか、ロムルスさんは早くも軽く狼《うろ》狽《た》えている。

「少し前に、ロムルスさんの騎士団時代の友人が二人訪ねてきませんでした？　バルガさんとフレドさんとおっしゃるんですが」

「ああ……旅の途中だと言っていた」

既にランドルフさんの口から彼らの名前はロムルスさんへと伝わっている。だから僕はあえてこの質問を口にした。ロムルスさんはエンジュさんの顔色をうかがうようにして、言葉少なに肯定した。二人の力関係が透けて見えるようだ。

「そのうちの一人、フレドさんはひどい傷を負っていて、薬師の手当てを受けたと言っていました。それはエンジュさんですか？」

「ええ、その方のことならよく覚えてます。脇腹を魔獣の鉤爪《かぎづめ》で軽く抉《えぐ》られたようでしたので化膿止めと痛み止めを処方して、傷口の処置もしましたよ」

ロムルスさんとは対照的に、エンジュさんの答えは明快だ。

「こちらに来る前に彼らと会ったのですが二人とも『擬獣病』を発症しています」

「そうですか……、それはお気の毒に……」

僕が遠回しに投げかけた質問、二人が『擬獣病』に罹ったのはあなたが関係してるんじゃないですか？という問いにもエンジュさんはまるで動じない。ロムルスさんと出会った時の反応、そしてエンジュさんの答え。それは僕の中でもうある種の確信となっている。

「難しい話はそのくらいにして、甘いもんでも食いながらお茶にしようぜ？」

「俺が淹れるよ。ちょっと待っててくれ」

食卓に漂う緊迫感を振り払うように、ガルリスが言葉を発してウィルフレドさんが立ち上がる。

「そうだね……。エンジュさん、ロムルスさん、不作法に質問ばかりしてしまってすみませんでした」

聞きたいことはあらかた聞いたし、今この場でこれ以上彼らを追求しても事態がいい方向へと進むことはないだろう。

「いえ、こちらこそ。ですが、こんなことではセイル先生に申し訳がたちませんね」

「……」

特に態度を変えることもなく、エンジュさんは穏やかに微笑みながらウィルフレドさんの淹れたお茶を口に運ぶ。

「ちょっと珍しい砂漠の果物も買ってみたんだ」

そう言ってウィルフレドさんが出してくれたのは、櫛形に切られたオレンジ色の果物だった。

「これは？」

僕はそれを一つフォークに刺して尋ねる。

「このあたりでしか育たないカルクっていう植物の実らしい。水気はほとんどないけど、ホクホクした食感で強い甘みがあるって話だ」

僕は初めてのカルクを一口かじり咀嚼《そしゃく》する。

「甘い……」

確かに水気がなくボソボソするけど、お菓子みたいに甘い。

「カルクは砂漠の茶菓子と呼ばれているんです。お茶と一緒に食べないとあっという間に口の中の水分がなくなってしまいますよ」

エンジュさんもカルクをかじりなら教えてくれた。

「ゲホッゴフッ」

「って言ってる傍から何やってんの!?　ほら、お茶飲んでお茶！」

僕は盛大に咽ているガルリスにお茶を飲ませ、背中を擦ってやった。どうやら丸ごと一つを口に入れてしまったらしい。

そのせいか食卓に漂っていたわずかな緊迫感も消え失せた。

その後の話題はウィルフレドさんとエンジュさんの再会を喜ぶものへと再び戻っていく。ただ、ランドルフさんとロムルスさんの口数は少なく、しばらくしてランドルフさんが口を開いた。

「さて、ずいぶんと長居をしてしまった。私達はそろそろ引き上げるとしよう。エンジュ殿もロムルスも急なことで騒がせてしまってすまなかったな」

「いえ……」

立ち上がり暇《いとま》を告げるランドルフさんに、ロムルスさんは短く答えた。その隣でエンジュさんは張りついたようにも見える笑みを浮かべていた。

エンジュさんの家から、ベッセに一つしかないという宿に向かう道すがら、僕達はエンジュさんの家でのことを整理する。

「エンジュさんはロムルスさんが元騎士であることは知っていますよね。でも、ロムルスさん達が自分達の村を襲った騎士だということを知っていると思いますか？」

「それは……、知ってると思うよ。あの二人の距離感や空気は、過去の俺とランドルフそのものだからね……」

「ということは……」

「エンジュ君はすべてを知ってると思って間違いない。ロムルスさんのことも、ランドルフのことも。ランドルフの名前を出した時のエンジュ君の反応がそれを教えてくれたよ」

そう答えるウィルフレドさんの表情は苦渋に満ちていた。やはりウィルフレドさんも気づいていたのか、だからあえてああいう言葉をエンジュ君に伝えたのだ。

待ち望んだ再会、だけどそれはつらい事実も暴いてしまった。

「ウィル、すまない……」

「謝らないでくれよ。なぁ、スイ君やっぱりエンジュ君は……」

「ええ、どのような形でかはまだわかりません。ですが、『擬獣病』に彼らが関わっているのは間違いないでしょう。『擬獣病』のことを覚えてないというのも……嘘だと思います。きっとエンジュさんはすべてを知っている」

僕は残酷な事実をウィルフレドさんに告げなければならない。予想はしていた、だけど一番あって欲しくなかった真実を。

「やっぱり、復讐……なのでしょうか。本来の標的はバルガさんやフレドさんのような村を襲った騎士達で、他の獣人はそのついで？　エンジュさんは『擬獣病』を狙った相手に感染させることができる？　だけど一体どうやって……？　ロムルスさんもそれに協力を……？」

「スイ」

「あっ……、ごめんなさい」

目の前に疑問が立ちはだかるとそちらに対してばかり注意が向いてしまう。ここにはランドルフさんもウィルフレドさんもいるというのに声に出して考えることではなかった。ガルリスの咎めるような声が僕を現実へと引き戻してくれた。

「気にしないでくれ。ロムルス達がそうなのであれば私はそれを止めることが彼らへの償いの一つだと思っている。そうだな、ウィル」

「ああ、そのとおりだよ。だけど、意外だな。ランドルフなら自分がエンジュ君達の復讐を受け入れることで罪を償うとか言うかと思ったんだけど」

「私はお前を見ているからな。復讐という行為がどれほどする側の心を傷つけ、蝕《むしば》んでいくのかは分かっているつもりだ」

ウィルフレドさんの手をとるランドルフさんの表情に迷いはなかった。そんなランドルフさんにウィルフレドさんが少しだけ背伸びをして突然キスをした。

「ウィ、ウィル……！」

「ありがとう、ランドルフ。やっぱり、あんたが俺の『番』でよかったよ。なぁ、スイ君。エンジュ君達がしていることは罪だ。それを理解した上であの子達を救ってやりたいと俺は思うんだ。力を貸してくれるかい？」

「もちろんです。言ったじゃないですか僕は『擬獣病』の真実を知りたい。そして、必ず治してみせます。それはきっとエンジュさん達を救うための大事な鍵の一つだと思うんです。そのためには僕はできる限りのことをしますよ」

僕の答えにウィルフレドさんとランドルフさんが深く頷いた。そして、腕を組み全く言葉を発していなかったガルリスが突然僕の頭をぐしゃぐしゃと乱暴に撫でる。

「ちょっと、何すんのさ」

「いや？　俺の相棒は偉いなと思ってな、そんでエンジュ達のこと具体的にはどうするんだ？」

「もう、髪の毛がすごいことになってそうなんだけど。でも、そうだね。取りあえず、もう少しエンジュさんとロムルスさんの様子を見てみる必要があると思うんだ。いきなり二人にあなた達が『擬獣病』をばら撒いている張本人ですね？　って聞いてもはいそうですって言うわけないんだから」

「俺もエンジュ君の話をもう少ししっかりと聞いてみようと思う。できれば俺は、あの子を責めるんじゃなく寄り添ってやりたいから……」

「私はロムルスだな。エンジュ殿の気持ちを一番理解しているのがウィルであれば、ロムルスの気持ちを一番わかってやれるのは私だ」

ウィルフレドさんとランドルフさんは善悪を超えてエンジュさんとロムルスさんのすべてを受け止め受け入れようとしている。穏やかな宣言の裏に、彼らの強い覚悟が見えた。

「そんじゃ、しばらくここにとどまるってことだな。そういえばスイ、エンジュの目は治してやらねぇのか？」

ガルリスの言葉にそういえば食事中にガルリスの言葉を遮ったことを思い出した。

「今の段階ではね……。僕の力の特異性をエンジュさんに教えるのは早すぎると思うし、失明の原因も定かじゃない。外傷による器質的な異常であれば僕の力でどうにでもなるけど、それが心因性のものだった場合は僕の力ではどうしようもないんだ。期待させておいてがっかりさせるような残酷なことはしたくない」

「つまり、全部解決したらこっそり試して治してやるってことでいいのか？」

「えっと……うん、まぁそんなところだよ」

正直そこまで単純なことでもないと思うのだけど、ガルリスが言うと僕が難しく考えすぎているような気すらしてくる。

「まぁぼちぼち頑張ろうよ」

僕は一つ肩をすくめ、あえて軽く言う。重い話を暗い顔でしていたら、首まで底なし沼にはまって前に進めなくなってしまうから。

「明日からのこと、もう少し詳しい話は朝食をとりながら決めましょう。今日起きた出来事、分かった事実はあまりに大きい。ウィルフレドさんもランドルフさんも身体ではなく、心が疲れていると思います。だから、今日はこれ以上何も考えずにしっかり休んでください」

宿につくと僕はランドルフさんとウィルフレドさんにそう告げ、それぞれの部屋へと分かれた。

16. 宿での一夜

「ふう……」

部屋に荷物を置いて僕が一番にしたのは、お風呂の用意をすること。

「なんだ、早速風呂の支度か？」

「ればっかりは譲《ゆず》れなくてね」

少し呆《あき》れたように笑うガルリスに、僕は湯加減を確かめながら答える。正直なところ、今日は心身共にひどく疲れる一日だった。エンジュさんとウィルフレドさんの再会、そして彼らが今回の事件に関わっているという確信が僕の心に暗い影を落とす。こんな時は温《ぬる》めの風呂にゆっくり浸かり、頭と気持ちの整理をつけたい。

「先に入るよ」

僕はガルリスの返事も待たず、そそくさと衣服を脱ぎ捨て浴室にこもる。小さな町の一軒しかない宿屋だけど、お風呂の広さはそれなりにあるのが嬉しい。

「やっぱりシャワーだけじゃなくて湯船がないと始まらないよね」

僕はホカホカと湯気を立てるお湯が張られた湯船にうっとりと目を細め、細かな砂で汚れた身体をシャワーで軽く流す。砂漠から吹く乾いた風がどうやら目に見えないほど小さな砂を運んでくるようだ。

「ちーっす」

「え？　ちょっと!?」

さあ、いよいよ湯船にと思ったタイミングで、ガルリスが生まれたままの姿で浴室に入ってきた。その逞しすぎる胸元では竜族だけが持つ竜玉が穏やかな光を放っている。あの輝きを見ると僕の心はなぜか郷愁に駆られてしまう。あれが僕とガルリスを結びつけているからだろうか。いや、今はそれよりも……。

「で、何してんのさ？」

「何って、せっかくだからな。お前とこう肌の触れ合いをだな」

「せっかくの意味わかんないよ？」

「そう言うなって、旅に出てからお前と風呂に一緒に入る機会なんてなかったじゃねぇか」

「まぁ、そうだけど……」

確かに旅の間はほとんどシャワーで済ませてしまっていたし。湯船があっても、二人でゆっくりと……というタイミングがなかなかなかったのも事実だ。

「なぁ、スイ。俺はお前の肌が恋しい」

「あ……」

ガルリスに後ろから抱きすくめられると、僕を求めるガルリスの感情が全身を通して直接流れ込んでくるような気がする。

嬉しい。口では素直になれなくても、僕の身体はガルリスの逞しい肉体を求め、心はガルリスに求められることを悦《よろこ》ぶ。

「仕方ないなぁ……ほら、二人で入るにはちょっと狭いから気をつけてよね?」

僕は二人で入るには少し手狭な浴槽にガルリスを誘う。

「うわ……」

僕がガルリスに背後から抱かれたまま湯船に身体を沈めた途端、ものすごい勢いでせっかく溜めたお湯が溢れ出してしまう。

「ねぇ、ガルリスのせいでお湯がほとんど……」

既にお湯は僕の膝より下にしか存在していない。お湯という緩衝材がなくなってしまい、僕の背後にあるガルリスという熱量を直接感じることになってしまう。もう数え切れないほどベッドの上で肌を重ねてきているのにどうしてこうも気恥ずかしいのか。

「俺はスイを直に感じられて嬉しいぞ。こうしていれば寒くもないだろ」

ガルリスはより自身の身体を僕に密着させ、巧みとは言いがたいけれど求めるような一途な愛撫を僕に施してゆく。

「あ……ッんっ」

ガルリスの大きな手が僕の控え目な性器を丸ごとすっぽりと握り込み、やわやわと上下にしごく。そのもどかしいような刺激に僕の後ろはすぐさま反応し、刺激を求めるかのようにはしたなく疼《うず》き始めてしまう。

「スイ、お前は俺が欲しくなかったか? 俺はいつでもお前を求めてるんだ、わかってるだろ?」

ガルリスの低く掠れた声が僕の鼓膜を、長く温かな舌が耳孔《じこう》をねっとりと犯す。

「俺はもう十分我慢したと思わないか? なぁ、……

スイが欲しくてたまらねぇ」

「ふぁっ……や、お尻に当たってるから……っ」

「お前の中に入りたい。お前のすべてを味わいたい。できることならお前を丸ごと食っちまいてぇ」

既に灼熱の塊《かたまり》と化したガルリスの剛直が、凶器さながらの質量で僕の腰に擦りつけられる。幾度となく交わってなお、僕は慣れることなどできず悲鳴を上げながら受け入れる。そして、その凶器がもたらす快楽もまた規格外で、悲鳴は間を置かずあられもない嬌声《きょうせい》へと変わる事を僕の身体は覚えていた。

「んぁぁ」

ガルリスの犬歯が僕の首筋に立てられた。これをされてしまうと全身に震えが走り、全て曝け出してしまいたい、僕の奥底を暴いて欲しいと血がざわめいて止まらない。

「ガル……リス……待って」

「嫌だ」

「お願い……だから、ベッドで待ってて」

ここまでされてしまったら、僕だって抱いてもらわなければ身体の疼きがおさまらない。


「……分かった。待ってる」

拍子抜けするほどの聞き分けのよさであっさりと湯船から上がり上機嫌でベッドへと向かうガルリス。

「はぁ、お湯に浸かってゆっくりするはずだったんだけど……」

半分以下に減ってしまったお湯、そんなものにすらガルリスを感じ愛しく思う自分に苦笑する。

湯船は諦め、一人身体を洗い清めていると、ガルリスに与えられた昂《たか》ぶりが少し落ち着き、代わりに長かった今日一日の出来事が頭に浮かぶ。

「僕も覚悟を決めないとね……」

だけど僕にできることって一体なんだろう？『擬獣病』の原因を突き止めて治療法を見つけること？いや、そんなのは当たり前のことだ。未だこの国の負の遺産に苦しめられている二人に僕ができることなんて本当にあるのだろうか？

「ないよ……、そんなの」

頭から熱いシャワーを浴びながら、僕は自嘲気味に呟く。

ウィルフレドさんやランドルフさんの前では必死に

虚勢を張ってきた。彼らのほうが遙かに苦しいことが分かっていたから……。具体的な解決策も持たないままに、もう少し様子を見て調べたいとどの口が言ったのか。

僕にはいつだって帰れる家があった。温かく迎えてくれる優しい家族がいた。僕が本当に悩み傷つき困っていれば、必ず誰かが手を差し伸べてくれた。

本当の孤独、飢え、絶望、恐怖。そうした世の中の残酷さを僕は知らずに生きてきた。

幼い頃誘拐された暗い塔の中で、孤独と恐怖と寒さに震え、絶望に涙したことはある。けれども、あの時だって意地悪な騎士がなんのかんのと世話を焼いてくれた。

そんな僕にウィルフレドさんやエンジュさん、それにランドルフさんやロムルスさんの何がわかるというのだろう？　推測はできてもそれは理解したことにはならない。僕が何を言ったところで、それは苦労を知らないお坊ちゃまの戯《ざ》れ言でしかないのだから……。

こんな時、チカさん——母さんならどうするんだろう。少しばかり周りの人間より頭の回転が速くても、母さんから受け継いだ特別な力があったとしても、つまるところ僕は人としてまだまだ未熟な若造に過ぎない。医者としても人としても、母さんまでの距離は果てしなく遠い。

「おーい、まだかぁ？　待ちくたびれたぞ！」

自らの思考に没入していた僕の耳に、ガルリスのあたり憚《はばか》らぬ大きな声が聞こえてきた。

そうだった、僕は独りじゃない。ガルリスが、愛する『半身』が僕にはいる。僕が一人で袋小路に迷い込んだとしても、必ずガルリスがそこから救い出してくれる。僕には断片的にしかわからないけれど、ガルリスには僕の感情の流れが手に取るようにわかるらしい。それを恥ずかしいと思ったこともあったけど、今はこんなにも頼もしく思える。きっと今も僕の中に淀む澱を感じ取り、それごと僕を食べようとしてくれているんだ。

今は何もかも忘れてガルリスのことを愛し、愛されよう。どうにもならないことを思い煩《わずら》うのは時間の無駄だ。考えてどうにかできることならば、よく考えて実行に移せばいい。考えてもどうにもならないことならば、そもそも悩むことそのものに意味がない。

「お待たせ」

「ずいぶん長風呂だったな、まぁそのおかげでクロはこのとおりだからちょうどよかったかもな」

その言葉にガルリスが視線で指す方向を見れば、ガルリスの外套に包まれてクロが小さな寝息を立てていた。僕はそれを横目に、寝台で待っていたガルリスの上に跨《また》がる。筋肉の鎧《よろい》に覆われたガルリスの腰は太く、膝と太腿で挟み込むとそれだけで僕の足は開いてしまい、何もかもが丸見えになってしまう。

「ずっと我慢してたんでしょ？　今夜は好きなだけ僕を食べていいよ？」

僕はわざと腰を揺らしてガルリスを煽《あお》る。僕の恥ずかしい場所を余すところなくガルリスが眺めているのかと思うと、僕の脳と腰の奥は甘く痺れ蜜をしたたらせる。

「もちろんそのつもりだ。だがな、あんまり煽ると後悔することになるのはお前だぞ？」

「あっ」

ガルリスは腹の上に跨った僕を軽々と持ち上げ、自分の顔の上に座らせる。この体勢はまさか……。

「ん……あ、あァっ――……ッ」

食べるという宣言どおり、ガルリスは長く先の尖った竜族の舌で、僕の後孔から性器までを存分に味わい尽くす。

「ひっあぁぁッ！」

室内に卑猥《ひわい》に響く水音、陰嚢《いんのう》ごとすべてガルリスの口の中に収められた僕の性器。強烈な快感に僕の控え目な分身が、ガルリスの口内で存在を主張する。

「んん……はぁっ出ちゃう！　ガルリス、そんなにしたら、出ちゃうから！」

ガルリスから与えられる快楽には驚くほど弱い僕の身体は、早くも解放を求め下肢を震わせ始める。

「いいぜ？　夜は長いんだ。いくらでも出せばいい」

「うぁ、ガルリス！」

ガルリスの長い舌が蛇のように僕自身に絡みつき、先端が彼の喉奥で締めつけられた。

「うぁ……も、出るっ」

次の瞬間、僕はガルリスの喉奥に他愛もなく精を放っていた。

「ああ、久しぶりのお前の味だ」

ガルリスの赤く充血した舌が、自身の唇をゆっくりと舐める。唾液に濡れた唇が、ひどく性的に見えて僕は身震いした。

「スイ、俺はお前が好きだ。愛してる」

「え……な、いきなり……な、に？」

ガルリスは唐突に直球すぎる愛の言葉を吐き出し、猛然と僕を押し倒した。

「俺は好きな奴にはまっすぐに好きだと、愛してると言ってやりたい。エンジュとロムルスみてぇな歪な関係は嫌だ」

「……ガルリス」

やはりあの二人の奇妙な距離感と冷たい空気感にはガルリスも気づいていたのだ。いや、もしかしたら本能で物事を判断するガルリスは、誰よりもあの場の居心地の悪さを肌で感じていたのかもしれない。

「僕はガルリスを愛してる、ガルリスも僕のことを愛してくれてる。それが変わることはないって僕は信じてる。少なくとも僕はガルリスを愛し続けるって約束するから……。それに、エンジュさんもロムルスさんもきっと大丈夫……大丈夫だから。」

ガルリスと向き合うまで逃げ回ってきた僕が言うことじゃないかもしれないけど、脇道にそれるだけそれてきたからこそわかる。愛する人と正面から向き合うことの喜びは何ものにも代えがたい。一度それを知ってしまったら、もう知らなかった頃には戻れない。

「俺もお前を……お前だけを愛し続ける。スイ……お前のすべてが欲しい。いくらお前を愛しても愛し足りないんだ」

「あ――っ」

ガルリスは僕に覆い被さり、強く先ほどとは逆側の首筋に噛みついてくる。彼の鋭い犬歯に僕の弱い肌は他愛なく裂け、一筋の血を流す。

「お前のすべてが愛おしい」

僕の流す生命の象徴に、ガルリスは興奮を隠すことなく舌を這わす。まるで獲物を前にした肉食獣のようなガルリスの姿に僕の心はそれを待ち望んでいたと奮《ふる》い立ってしまう。

「ん、くうぅッ――」

僕の血液を舐め取り、肌への甘噛みを繰り返しながらガルリスの長い指が僕の中に入ってきた。節くれだったそれは、指とは思えない質量で僕の内側で蠢き悦い場所を擦り上げる。

「ひぁっあっッ」

挿入される指が二本に増えた途端、僕の背筋から脳髄までを刺し貫くような快感が走り抜けた。

「――――っ！」

その衝撃に、僕はガルリス自身を待たずして短い絶頂を迎えてしまう。先ほど達したばかりの先端からも、申し訳程度の白濁が飛び散りガルリスの腹を汚した。

「スイ、何度でも愛してやる。今だけは何もかも忘れて、全部俺に委ねろ」

熱い吐息と共にささやきながらガルリスの指は僕に歓《よろこ》びを与え続け、僕は射精を伴わない軽い絶頂を断続的に繰り返す。

もたらされる快楽に身を委ねながら僕はガルリスの言葉を反芻《はんすう》する。愛しているという言葉。そして、今だけは何もかも忘れろと……。やっぱりガルリスには僕の思っていることは筒抜けなのだと改めて実感させられる。

愛されることは幸福に満ちている。それが自分のすべてを理解してくれる相手であればなおのことだ。僕とガルリス、ウィルフレドさんとランドルフさん、そしてエンジュさんとロムルスさん。形は違えど、僕たちはそれを知っているはずなのに……。

ああ、でも今はもうガルリスの言葉に従ってガルリスにすべてを委ねよう。

「ガルリス……も、焦《じ》らさない……で」

温い快楽のもどかしさと切なさに、僕はガルリスへと必死に手を伸ばし懇願した。

ガルリスが欲しい。この身をガルリスそのもので満たして欲しい。僕が僕でなくなるくらい、ガルリスのすべてで暴いて欲しい。僕の中で被虐と紙一重の欲望が狂おしく高まる。

「ああ、俺ももう欲しくて限界だ。今夜はお前の悦ぶ顔を見ていたい」

「僕……も、ガル……リスを見てい……たい」

獣の交わりそのものに後ろから貪られるのも好きだけれど、今はガルリスから目を離したくない。僕が乱れる様を見るガルリスを、僕もこの目で見ていたい。

「目ぇそらすなよ」

ガルリスは僕に覆い被さったまま、僕に柔らかな口づけを落としてきた。

僕の足を大きく割り開きガルリスがその身をさらに寄せてくる。ガルリスの前に秘所をすべて曝け出しているという現実に僕の最奥《さいおう》は熱く疼き、早く早くと貪欲に求め勃ち上がった先端からは蜜がしたたった。

「来……て、ガル……リス」

僕はガルリスに手を伸ばし、その太い首に手をかける。ガルリスも腰を落とし、その灼熱の先端が僕の後孔にわずかに触れた。

「んは……ッん」

敏感すぎるそこにガルリスの熱を感じただけで、僕はより一層張り詰め唇から切ない吐息が漏れる。

「スイ……、もう限界だ」

限界だと言う言葉そのままに、ガルリスは一気に僕を貫き通した。

「――あっ!!」

身体の奥底に灼熱の楔《くさび》を打ち込まれたような衝撃に、僕は声を上げることもできず全身を棒のように硬直させる。

「お前の中は……熱いな、それに俺に喰らいついてくるみてぇだ。だけどな、これで終わりじゃない。スイゆっくりと息を吐け」

「ああっ――ひぃぁあ――っっ!!」

行き止まりのさらに奥へと侵入してくるガルリスに、僕の口からは自然と叫びが迸《ほとばし》った。身体の内側からガルリスにすべてを侵食されているような感覚。まさに全身を、心までガルリスに喰われているのではないかという錯覚に陥る。

「スイ、俺を見ろ。俺だけを見て、俺だけを感じろ。余計なことは全部忘れちまえ」

「いっ、ま、まっ、ああっ、やあ――っっ」

はじめはゆっくりとした抽挿《ちゅうそう》、それは徐々に激しさを増していく。僕の奥を一突きされるたびに全身に走る快感というにはあまりに強い衝撃。両手、両足の指先一本一本まで届くほどのその強烈な刺激に僕はもう嬌声を上げることしかできない。

ガルリスが僕を求めるあまりの激しさと過ぎた快楽

は本能的な死すら感じるほどだ。そんな突き詰めた悦楽の中で、僕は啼《な》いて叫んでガルリスの背中に爪を立て、ただただガルリスのぬくもりにどこまでも深く溺れていく。

「もっと、もっとだ!! お前をもっと味わわせてくれ、いくら味わっても食い足りねぇ。あぁ、スイ! スイ!」

健気《けなげ》なまでの一途さでがむしゃらに僕を求めてくる、数百年の時を経た逞しき竜。自然と溢れ出る涙を流しながら見上げた先には、全身から汗を噴き出し、精悍な顔をわずかに歪め、僕を求め続ける愛しき竜の姿。胸元の竜玉がガルリスの瞳と同じ朱に染まり、そこに僕の淫らな姿が映し出されていた。

「僕……ッ……もぉ……ッ!」

ガルリスへの愛しさが止まらない。満たされてなお溢れ出すその気持ちに、僕はもはや喘ぐことしかできない。

「スイ、愛してる」

再びささやかれるまっすぐな愛の言葉。僕はそれに答えを返そうとしたものの、ガルリスの大きな口で僕の口は塞がれてしまう。口内を侵されながら、再び過ぎた快楽が全身に襲いかかる。何度も何度も僕を求めるガルリスが最奥で爆《は》ぜる熱を感じながら、僕は与えられた愛の言葉に抱かれ、真っ白な世界へと意識を解放した。

「さてスイ君、今日はどうする?」

僕達は昨日の約束どおり、宿の食堂で軽い朝食をとりながら今後について話し合う。

ウィルフレドさんのこと、それに自分が置かれている状況を考えれば胸中複雑だろうに、ランドルフさんはあくまでも僕を立て判断を委ねてくれる。

「そうですね……取りあえず僕は、エンジュさんの診療所に行こうかと思います。僕は僕の目でもう少し、エンジュさんの人となりを見ておきたい」

「そう……だな。なら、俺もスイ君と一緒に行こう。俺ももう少しエンジュ君と話がしたいし、エンジュ君と話す中で見えてくるものもあると思うんだ」

その先にあるものがきっと愉快なものではないことを承知の上で、ウィルフレドさんは僕の意見に賛成し

てくれた。

「俺達はどうするよ？　一緒に診療所にいても邪魔にしかなんねぇだろうし、それにランドルフ、もしかしたらあんたはエンジュに狙われてるかもしれねぇんだろ？」

「ちょっとガルリス」

「いや、いいんだ。ロムルスと私の関係をエンジュ君が知っているのであれば彼が最も狙いたいと思う相手が私なのは間違いないだろう。なればこそ、昨日言ったように私はロムルスの真意を知りたい」

「なら、なんか理由つけてあいつだけ連れ出してみるか？」

　クロを頭の上に乗せたまま、手を止めずに朝食を食べながらガルリスが答える。だけど、ロムルスさんがそんなに簡単にエンジュさんを一人にするだろうか？　何かいい手はないものかと考えながら朝食を食べ終えた僕達は、結局四人で再びエンジュさんの診療所の扉をたたいた。

「おはようございます、ロムルスさん」

　僕は診療所の呼び鈴を鳴らし、のそりとその大きな身体を出したロムルスさんに挨拶をする。ただ表情には出さなくとも、彼がなぜまた来たのか、あれほど帰ってくれと言ったのにという思いが全身から伝わってくる。

「……エンジュから話があるそうだ。中に……入ってくれ」

だが、彼の口から出たのは意外な言葉だった。

彼の纏う空気と相反するその言葉がどんな意味を持つのかはまだわからないが、すんなりとエンジュさんに会うことはできそうだ。

　診療所の奥の小さなキッチンでエンジュさんは白衣を着て、僕達を待っていた。

「エンジュさん、おはようございます」

「その声はスイさん、でしたよね。おはようございます。それに他の皆さんも、よく来てくださいました」

「おはようエンジュ君、昨日はよく眠れたかい？」

「おはようございます、ウィルフレドさん。正直なところあまりよくは眠れませんでした。まさか、ウィルフレドさんとこうして再会できるとは夢にも思っていなかったので気持ちが昂ぶってしまって」

「はは、俺も同じだよ。まだ実感が湧かないというのが正直なところでもあるからね」

ウィルフレドさんの問いかけに素直に答えるエンジュさん。その言葉に嘘偽りはなさそうだ。

「それで、ロムルスさんにうかがったんですが何やら僕達にお話があるとか」

「話が……というよりは、お願いなのですが」

早速本題に入ろうとする僕に、エンジュさんは申し訳なさそうに眉を下げる。

「あ、立ったままですみません。狭いところですがこちらにかけてください」

エンジュさんに促されるまま、僕達はエンジュさんを中心に円を描くように椅子に腰掛ける。

「……茶を用意しよう」

僕達が座るのを見届けると、ロムルスさんは台所へと消えた。

「お願いというのは、皆さんにもう少しだけここに滞在してもらえないかと思いまして……」

「え？」

エンジュさんからの申し出に思わず声を漏らしてしまった。ロムルスさんの態度を見れば、僕達にここにいて欲しくないというのは明らかだ。それはエンジュさんも同じかと思っていたのだが、やはりウィルフレドさんの存在が大きいのだろうか？

「昨日あれからずっと考えていたんです。『擬獣病』のこと、せっかくスイさん達が僕のことを頼ってきてくださったのにこのままなんの収穫もなしに……というのは同じ医師としてあまりに申し訳なくて……」

「ですが……」

「もしかしたら写本した中に手がかりとなる文献が残っているかもしれません。それに僕も記憶の糸をたぐり寄せてみるつもりです。ですから、僕にもう少し時間をくださいませんか？」

こちらとしては好都合すぎる、願ってもない申し出だ。だけどそれをその言葉のままに受け取ることはもはやできない。その裏に隠された意図はなんだ？

「診療所を開けながらになってしまいますし、それに目の見えない僕は少し特殊な方法で文献の写本を作ってるんです。なのでそれを読めるのも僕だけなので少し時間がかかってしまうかもしれませんが……」

「いえ、ぜひお願いします。そういえばセイル先輩に聞いたんですが、書物の文字を読み上げてもらい、紙の上に線と点で写し取って文字とされてるんですよね？　診療所のお手伝いなら僕もさせてもらいますし、その文字についてもぜひ詳しく教えてもらいたいです」

「なら俺も手伝うよ。医者のまねごとは無理だけどロムルスさんの代わりにエンジュ君を手伝うことならできる」

僕に感謝と了解の言葉を述べながら、エンジュさんはウィルフレドさんの言葉に不思議そうに首を傾げる。

「ロムルスさんの代わり……ですか？」

「そうそう、まだ何日も滞在するならここにいるつよーい獣人さん達にもこの町のために働いてもらわないと勿体無《もったいな》いじゃないか」

「ああ、なるほど」

ウィルフレドさんは上手いことロムルスさんとエンジュさんを引き離そうとしているのだ。ならばそこに便乗させてもらおう。

「この町はあまり食料が豊富にも見えませんでしたし、砂漠のほうへ足を伸ばせばきっと凶暴な魔獣もいますよね？　フレドさんもこの町の近くでグレルルなんていう恐ろしい魔獣と戦ったみたいですし……、この際です僕達の頼もしい連れとロムルスさんでそのあたりの懸念を払拭《ふっしょく》してあげれば、町の皆さんも喜ばれるんじゃないでしょうか？　皆さんはどうですか？」

僕は獣人三人の顔を順に見る。ガルリスとランドルフさんは心得たとばかりに頷いているがその横でロムルスさんは渋い顔をしたままだ。

「俺じゃ長年一緒にいるロムルスさんほど上手くエンジュ君の目にはなれないかもしれない。だけど頑張るから」

「いえ、ウィルフレドさんが助けてくれるのであればとても心強いです。えっと……ロムルスさん、お願いしてもいいですか？　僕は大丈夫なので」

「ロムルス、積もる話もある。できれば俺達と一緒に彼らの願いを叶えてやってはくれないだろうか？」

未だに苦虫を噛みつぶしたような表情のロムルスさんにランドルフさんが頭を下げる。その横ではガルリスが何を考えているのか腕を組み、仁王立ちで肩にはクロを乗せてロムルスさんへと強い視線を向けていた。

「……エンジュがそう言うのであれば、わかった……」

「よっしゃ、そうと決まればさくっといこうぜ。強いといっても所詮《しょせん》は魔獣、俺達三人にかかりゃなぁ？」

『キュエー！　キュエー！』

そうだそうだとガルリスに同意するクロの姿に相変わらずしょうもない嫉妬心がちらついてしまう。

「ならば、まずは砂漠へ向かい町の周囲の危険性の高いものから排除していこう。食用になるものがいれば適宜《べんぎ》確保。だが、根絶やしにする必要はない。ある程度の共生は必要だからな。その後は山に向かってもいいだろう」

「……わかりました。では、数日程町を空けるということですね……」

「そうなっちまうな、スイ。大丈夫か？　寂しくないよな」

「全く問題ないから安心して、この町自体の治安も悪くなさそうだし、いざとなったらスイ君特性の魔術でどーんってしてあげるから」

「……手加減してやれよ」

僕の冗談にガルリスが真顔で突っ込んでくる。まぁ、確かに以前攻撃魔術の実験に付き合ってもらったらガルリスが立っていた側の湖が完全に干上がってしまったことはあったけど、あれは制御ができなかった子供の頃の話だ。

「エンジュ……本当にいいのか？」

「はい、僕のことはご心配なく。頼もしい友人が二人もいますから、あっスイさん今さらですが僕達そう歳は離れてなさそうですし、もっとくだけた話し方でいいですよ？」

「あっそう？　じゃあ、お言葉に甘えてそうするね。エンジュさんも気を遣わないで大丈夫だから」

僕の返事に満足したのかエンジュさんは目を閉じたまま微笑み頷いた。

僕達はそれぞれの伴侶の支度を手伝い、その後ろ姿を見送る。さて、ここからが終幕を迎えつつある僕達それぞれの物語の正念場だ。

17. ガルリス

俺達は群れをなして人里を襲う、高山帯に生息する中型の魔獣を今し方討伐したところだ。スイ達と行動を別にして既に数日がたっている。

砂漠でも旅人を襲う凶悪な蚯蚓《みみず》型の魔獣を退治して、他にも食料になりそうな魔獣もしっかりと確保してある。スイが師匠から借りたというこの不思議な鞄は明らかに入らない大きさのものが入る上に、その中に入れておけば腐ることもない。妖精族の技術にも思えるが、そんなものを持っている師匠は相変わらず訳が分からない存在だ。

いや、そんなことはどうでもいい。スイがロムルスとエンジュをわざわざ引き離したのには理由があるんだろう。あっちはあっち、こっちはこっちで上手くやればいいんだがランドルフがどんなに話しかけてもロムルスはろくな返事を返しやしない。

ロムルスという奴は腕は立つ。虎族の恵まれた体軀《たいく》、その姿からランドルフやゲイルと同じように圧倒的な力で敵をねじ伏せていくタイプかと思っていた。しかし、無駄のない動きで素早く獲物《えもの》を仕留める剣技は、ダグラスのそれに近い。得物も首や鎧の繋ぎ目や関節を狙いやすいやや小振りな曲刀を使う。

まぁ俺はもっぱら素手なんでそのあたりの細かい使い勝手はわからないんだが。

「あんまり手応えがない連中ばっかりだな」

「ガルリス殿の手にかかればどのような魔獣もそうであろう。砂漠で仕留めたあのゾルワーム、砂の中を自由に動き回り奇襲をかけてくるのが厄介で並の冒険者では逃げることすらままならない相手だ」

なるほどそういうもんか。砂の中から出てくるのを待つのが面倒だったんで腕を砂の中に突っ込んで衝撃波で砂漠の中から追い出せばなんてことはない相手だったからな。

若干の物足りなさを覚える俺から少し離れた場所で、ロムルスは暗い顔をしてうつむいたままだ。町を出てからずっとあんな状態なんだから見てるこっちが暗くなっちまう。

まぁ、それはわからんでもない。エンジュもロムルスも悪い奴ではない、それは俺でもわかる。それに『擬獣病』で無差別にこの国を混乱させたいわけでもない。純粋な悪意で動いてるんであればスイもあれほど悩むことはなかっただろう。こいつらには、いやエンジュには『復讐』という明確な動機と大義名分があるからだ。

スイはだからこそ苦しんでいる。自分がどうすればこいつらを救うことができるか、助けることができるのか悩んで悩んで悩んだ末に答えを出せていない。あの夜、『半身』である俺の中にはスイの苦しみが痛いほど流れ込んできた。だから、あいつを慰める気の利いた言葉なんか知らねぇ俺は、あの夜スイを貪るように抱いた。

スイは疑う余地なく頭がいい。いつだって冷静に考えて合理的に動く。だが、本人に自覚があるのかないのかわからねぇが驚くぐらい人の心の動きに敏感だ。そしてそれに呑まれやすいからこそ理屈と理論と証明だけで誰かを切り捨てることはあいつには絶対にできない。

本人はチカユキに似てるのは姿だけと言っているが、誰よりもチカユキに似た魂《たましい》を持つのはあいつだ。こんなことを思ってるなんて本人にバレたら怒られそうだけどな。

だから、俺は俺にできることをしてやろう。

「取りあえず飯にしねぇか？　もう昼だ」

二人もそれに同意し、手持ちの食材で簡単な昼飯を作る。味が悪いわけじゃないが、どうしてもスイの手料理が恋しくなっちまうのはしょうがないだろう。それは俺だけじゃなく、目の前の二人の獣人も同じようだ。

だが、二人の間にはほとんど会話がない。ロムルスがランドルフに対して頑《かたく》なに心を閉ざしているのだから手に負えない。元々、口が達者ではないランドルフとしてもどう攻めたものかと思案しているのがよくわかる。

ロムルスがランドルフに背を向けた状態で小さなナイフを取り出して、炙った肉を薄くスライスし、ゆっくりと口に運ぶ。

『グギャ！　グギャギャ！　キーッ！』

「うお!?」

その時、不意に俺の肩に乗っていたクロが甲高い声で鳴いた。

「おい、どうした？」

『ギーッキィーッッ!!』

俺の問いかけも耳に入らぬ様子で、クロは牙を向きロムルスを威嚇し続ける。

「一体なんだってんだ？」

クロを拾ってまだ日も浅いが、こんなにも激しく威嚇するのを見るのは初めてだ。

「腹が減ってんのか？　ほら、これでも食って落ち着けよ」

俺はクロに切り分けた魔獣の肉を与え、なんとか機嫌を取る。

「悪いな」

「いや……構わない」

クロに散々威嚇されながら、ロムルスは気を悪くした風でもなく物静かに首を横に振る。だが、少し気まずそうに見えるのは気のせいだろうか。何かしらの秘密を抱えているのはほぼ間違いねぇが、俺の目に映るこいつも悪い奴に見えねぇ。クロはロムルスの何をこうも警戒してるんだ？

「なぁ、俺はお前に聞きたいことがあるんだ」

俺は木の枝に刺した魔獣の肉を焚《た》き火で炙りながら、ロムルスに問いかける。

「エンジュの望みはなんだ？」

「…………」

ランドルフが俺の横で俺と共にロムルスへと視線を向ける。ランドルフが幾度となくロムルスに問うても答えがなかった質問だ。

「意味がわからない」

「言葉のままだぜ？」

炎を挟んで、俺とロムルスの視線が数秒絡む。

「ロムルス、お前が傍にいるということはエンジュ君は私とお前がそうであることを知っているはずだ。隠し切れるものではない、言わずに傍にい続けることなど不可能だと私が一番よく知っている。なればこそ、エンジュ君の望みはなんだ？　私達への復讐なのか？」

「エンジュからすべてを奪ったのは俺だ……」

「お前ではない。私達は皆同じ咎《とが》を背負い続けている」

雲が空を覆い、ランドルフの顔に影が落ちる。

「はっきり言おう。私達はお前達がしていることにほぼ行きついていると思ってくれて構わない。その手段はわからないがな……、だがお前はこのようなことをこのまま続けるつもりなのか？」

「……エンジュがそれを望むなら……」

「そうやって、ただただエンジュの言葉に従うだけが償いだと思ってんのか？　なぁ、お前もエンジュも二人ともちっとも幸せそうに見えないぜ？　もう何人かには復讐したんだろう？　ならもっと喜べよ」

「──っ！　貴様《きさま》っ、俺がそんなことを本当に望んでいると思うのか!?」

「おっ、やっと感情を見せたじゃねぇか。取り繕った答えなんて必要ねぇんだよ。俺達が知りたいのはお前の本心だ」

「…………」

一瞬俺の挑発にのったものの、ロムルスは再び頑なな態度で硬い肉をかじる。臭みに一瞬顔をしかめつつも、文句は口にしなかった。心を閉ざした奴の口を割らせるのは難しいな。どうにも俺は駆け引きというやつが苦手でいけねぇ。

「なぁロムルス、お前とエンジュ君は『番』だ。間違いはないな？」

ランドルフが静かにだがはっきりとロムルスに呼びかけた。その言葉にロムルスは大きく動揺を見せる。

魔力を嗅ぎ分けられる俺ならともかく、ランドルフはいつそのことに気づいたんだ？　あまり能動的に動く奴じゃないから気づかなかったがランドルフも底が知れない奴だ。今度一度手合わせでもしてもらいてぇところだな。

「お前は気づいているんだな。ならば、エンジュ君はどうだ。そのことを知っているのか？」

「……知っていようが知っていまいがそんなことは関係ない……」

「関係ないことではない。エンジュ君の気持ちを聞いたことがあるのか？　お前の思いをエンジュ君に伝えたことは？」

ランドルフの眉が上がり、その声は不思議と悲しさを感じさせる。

「…………」

「ないんだな……。ロムルス、これだけは言わせてくれ。お前とエンジュ君は過去の私とウィルそのものだ。だが、今お前達は薄氷《はくひょう》の上を歩いて渡っている。それはいつ崩壊してもおかしくないんだ」

「……俺はエンジュと共にあると決めている……」

「ああ、分かる。その気持ちは痛いほどに分かる。贖罪という言葉を盾に何かに身を委ねたいと思う気持ちも分かる。だが、それだけではだめだ。私がウィルを一度失いかけたようにお前もエンジュ君を失うことになりかねないぞ」

「……エンジュは俺が守る」

何年も積み上げてきたものがロムルスにもあるのだろう。言葉をいくら重ねてもそれを崩すのは簡単ではなさそうだ。ランドルフは伏し目がちに、元部下へと哀れみの視線を投げる。

「なぁお前、もしかして死にたいのか？」

ふと浮かんだ疑問をそのまま口にした。スイがこの場にいたら頭をはたかれていただろう。俺の言葉にロムルスが目を見開く。

「それともエンジュに殺されたいのか？」

「そんなことは………!!」

ないとはっきりと言葉にできなかったことがロムルスの本心だろう。ランドルフも俺の言葉を咎める様子がないのはそれを分かっているからだ。

「なぁ、ヒト族ってのはな。あんな弱っちい見た目をしてるけど俺達獣人とは違うところでとんでもなく強い連中だ。だけどな、強さの裏側にはガラス細工みてぇなもろさも持ってるんだ。今のお前のやり方じゃ、いつかあいつは壊れちまうぞ」

「――――ッ！」

ロムルスは俺の言葉に一瞬ビクリと肩を震わせたが、やはり何も言わずうつむいて肉をかじる。スイのためにもどうにかしてやりたいが、ここまで拒絶されるともう打つ手はない。

「ロムルス、お前には私と同じ後悔をして欲しくない。どうか、今一度考えておいてくれ。ガルリス殿の言葉も含めてだ」

「もうやめてくれ……。俺にはどうしようもないんだ……。俺にできるのはエンジュの望みを叶えてやることだけ……。もういい、とにかく……とにかく……早く帰ってくれ！」

『クエェ……』

最後には強い拒絶になってしまったロムルスの言葉に、俺の肩の上でクロまでが困ったような鳴き声を上げた。


翌日、俺達がベッセに帰ると、スイ達は特に変わったこともないような様子で診療をこなしていた。

「エンジュから何か聞けたか？」

「だめ、目ぼしいことは何も」

宿で風呂に入った後、寝台の上で問う俺にスイは溜め息交じりに首を振るばかりだ。

「全く何も話してくれないわけじゃないんだよね。ただ、情報を選んで小出しにしてる感じがする」

「選んで小出し？　なんのために？」

スイの言葉に俺は首を傾げる。

ロムルスの態度とエンジュの行動にはどうにも矛盾する部分が多い。

ロムルスはエンジュの望みを叶えると言っていたがあいつらも一枚岩ではないのだろうか。

「まるで僕達を足止めして帰らせないようにしてるみたい。何かを為すために僕達をここにとどめておきたいってそんな感じがする」

「そいつは……」

「ガルリスも分かってるでしょ？　エンジュさんの狙いはどう考えてもランドルフさんだって」

まぁ、順当に考えればそうだよな。あいつらがバルガやフレドを狙ったとしたらそのリストにランドルフの名前がないわけがない。

「純粋にエンジュがウィルフレドと一緒にいたいってのは？」

「その気持ちがないとは言わないよ。それでも、それ以上にエンジュさんの奥底には僕には推し量れないものが眠ってるんだと思う」

「つらいだろうな」

寝転んだ俺を枕代わりにしていたスイがそのエメラルドの瞳で俺を覗《のぞ》き込んでくる。

「エンジュさんが？」

「エンジュとウィルフレド、ランドルフにロムルス。それにスイ、お前もだ」

『クキュー』

俺の言葉に呼応するかのように寝床の中からクロが小さな鳴き声を上げた。

「僕が？」

「俺に隠し事ができると思ってるのか？」

スイから常に流れ込んでくる魔力の波動。その揺らめきはスイの心の揺らめきと同じ。

「はいはい、そうだったね。僕の『半身』さん。でもね、あの人達のつらさに比べたら、僕のつらさなんてなんてことはないんだよ。僕は当事者じゃない、あくまで部外者なんだから」

そう呟いてスイは俺の腕の中で目を閉じた。揺らいでいた魔力の波動が一転して穏やかなものへと転じていく。

「……守ってやらねぇとな」

腕の中の小さな至宝に呟いて、俺も同じように目を閉じた。

それから数日、俺達はこれといった進展も得られぬまま、奇妙に平穏な日常を送った。

スイとウィルフレドはエンジュと共に診療所を手伝い、俺とランドルフはロムルスと共に町の近場で魔獣を退治し、食料を調達して過ごす。

だがそんなある日の夜、俺は左肩が妙に軽いことに気づいた。その理由はすぐに思い当たる。最近いつも俺の肩に乗っているクロがいつの間にかいなくなっていたのだ。魔獣退治をしてその帰り道まではいたはずなんだが……。

「どこ行っちまったんだ？」

クロはもともと野生の魔獣、どこに行ってもおかしくはないが妙な胸騒ぎがする。俺はクロが持つ、魔獣特有の魔力の残り香をなんとか探り当てた。

「こっちか……いや、参ったな」

気配を辿って辿りついた先で、俺はガシガシと頭を掻いた。

「はぁ、なんでだよ」

クロの魔力の残り香が示す見えない道の先、そこにあるのはエンジュの診療所だった。普段であれば知ってる人間の下にいるのであれば胸を撫で下ろすところだろう。だが、今は嫌な胸騒ぎしかしない、それは俺の本能の訴えだった。気配を消して、診療所の扉から中の人間の気配を探る。エンジュとロムルス二人共揃っているのを確認してから俺が扉を開こうとしたそのときだった。

『ピギャァァァッッ!!』

「クロ!?」

扉の奥から聞こえてきたのはまぎれもなくクロの声、ひどく怯えたような悲鳴。俺は考えるより先に家の中に飛び込んだ。閉まっていた鍵が弾け飛んだが気にしてる場合じゃねぇ。

「クロ！　ここにいんのか!?　クロ！」

『キュ！　キュエッ！　キュゥゥッ！』

クロはすぐに見つかった。診療所の中でエンジュに抱かれて……というよりも、押さえつけられているというのが正しいだろう。

「おい、クロに何をするつもりだ？　そいつは確かに魔獣だが悪さをするわけじゃない。俺とスイにとっては家族みたいなもんなんだがな？　くそっ、脚から血が出てるじゃねぇか」

クロの小さな後ろ脚からは血がしたたっているのが見えてわずかに頭に血が上るのを感じる。


「ガルリスさん、何か誤解をされてませんか？　怪我をしていたこの子をロムルスさんが連れてきてくれたんです。僕は治療をしているだけですから」

自分でも語気が荒くなっている自覚のある俺の恫喝《どうかつ》に、エンジュは慌てるでもなくしれりと答え、ロムルスは相変わらず黙り込んだまま立っている。

エンジュは医者だ。チカユキやスイと志《こころざし》を同じくしているのであれば確かに魔獣ですら治療をするだろう。だが、何かがおかしい。

確かにクロの小さな脚には切り傷ができているが、それは俺の目には意図的につけられた刀傷として映る。さらに処置台の近くの白い器には、クロの血が意図的に集められているようにすら見える。

「そうか、分かった。クロを離せ」

「まだ治療の途中なのですが……」

ここで俺と争うつもりはないと、エンジュは押さえつけていたクロから手を離した。

『ピィィィーーッ』

解放された途端、クロは一直線に俺の胸に飛び込み縋《すが》りつく。魔獣といえどまだ幼い、ここの空気がよほど怖かったのだろう。

「手当てならスイにしてもらう」

俺はクロをしっかりと抱きかかえた。エンジュの真意がどこにあるにしろ、これ以上クロに触れさせるつもりはない。

「お前達が抱えているものをすべてわかっているとは言わん。それでも、俺もスイもできることならお前達が今置かれている状況から抜け出せるように手助けしたいと思っている。俺達だけじゃない、ランドルフとウィルフレドもだ。だが――」

俺はここで一息つき、何がどう転んでも俺にとって不変の事実をロムルスとエンジュに伝えた。

「もしお前達がスイやスイが大事に思っているものを害するなら、俺は容赦はしない。たとえそれをスイが止めたとしてもだ。ロムルス、お前もわかるよな。お前にとってエンジュがそうであるように俺にとってはスイがそうだ」

俺が獣性を抑え込むのをやめたせいか、ロムルスとエンジュは少しだけ息苦しそうに俺の言葉をうつむいて聞いている。否、俺はその言葉を聞かせた。

そのまま動かない二人を残し、俺はクロを連れてスイの待つ宿への道を急ぐ。

きっと近いうちに何かが起こる。

理屈ではなく竜族としての本能が、俺とスイを巻き込む嵐の接近を訴えていた。

「大変だ！」

もはや日課となった宿での朝食をちょうど済ませたタイミングで、血相を変えた若い獣人が飛び込んできた。

「どうしたんだよ？」

目を丸くしたウィルフレドが尋ねると、飛び込んできた獣人は息も切れ切れに事情を話し始める。

「通りの真ん中で、流れの冒険者崩れがいきなり声を上げて倒れたんだ。乱暴な奴ですぐに暴れる奴だったからまた何かもめ事かと思って皆遠巻きに見てたんだよ！　そしたら、そいつがみるみる魔獣みたいな姿になっちまったんだ！」

俺の隣でスイが息を呑む。ああ、これが俺の予感だったのだろうか。

「それで、その人は！　魔獣のような姿になった人はどこに!?」

興奮と焦りを抑え切れない口調で問うスイに、若者の顔が恐怖で歪んだ。

「襲ってきやがったんだ！　牙を剝いて爪を振りかざして、誰彼お構いなしに！」

スイが俺の横でぶつぶつと独り言を呟いている。本人は気づいてないかもしれないがこいつの癖だ。これまでに比べて症状の進行が速すぎる、どうして突然の発症を、既に理性がない、なんで？　と矢継ぎ早に自問自答しているのがよく分かる。

考え込んでいるスイの横でウィルフレドが声をあげた。

「なぁ、そいつはまだ町の中にいるのか？」

「いや、そいつはひとしきり暴れると恐ろしい声で唸《うな》りながら走って山の中に。あれはなんなんだよ！　人間があんなんなっちまうなんて聞いたこともないぞ!!　またあんなのが町に入ってきたらと思うと、おっかなくておちおち外にも出らんねぇよ」

若い獣人の薄く小さな鼠《ねずみ》族らしい耳がクシャリと萎《しお》れる。目の前で人から魔獣へと変わっていく有様がよほど恐ろしかったのだろう。

「落ち着いてくれ、それは病気なんだ。きちんと治療すれば治るんだよ。　なぁ、スイ君」

突然のウィルフレドからの呼びかけにスイも我に返ったようだ。

「えっ、ええ。僕はそのためにここに来たんです。混乱が広がっては余計な怪我人が出てしまう可能性もあります。あなたは、それを目撃した方達に事情を説明してもらえますか？　僕達はその人を追いますから」

「おっおう、病気……なんだな？　うん、俺、町の皆にしばらく家から出ないように言ってくる」

そう言うとあっという間に目の前の鼠族は宿から飛び出していった。

「僕たちも急ごう。今までの『擬獣病』患者とは明らかに様子が違う。まずは保護してみないことには」

「なぁ、スイ君やっぱりこれって……」

ウィルフレドとランドルフはもう気づいているのだろう。これがあの二人の仕業《しわざ》だということに。

「ウィル、今は何を言っても推測にしかならない。まずは、スイ君が言ったように逃げた者を保護してからだ」

「ランドルフの言うとおりだ。スイもそれでいいな？」

「あっ、うん。でも、僕も一緒に行くからね」

そう言うだろうとは思っていたけどやっぱりか。

「スイ……」

「止めても無駄だよ。それに、理性のない相手を傷つけずに捕まえるなら僕がいたほうがいいはずだよ」

「分かってる、止めねぇよ」

本当はスイを危険がある場所には連れていきたくないが、こうなったスイは止めて止まる奴じゃねぇのもわかってる。だったら俺は俺にできることを全力でするだけだ。それは目の前の二人も同じようだ。ついていくと言い張るウィルフレドにそれをなんとか阻止したいランドルフ。

「ランドルフ諦めたほうがいいぜ。こいつらヒト族は見かけ以上に頑固だからな」

俺の言葉にランドルフも渋々ウィルフレドの同行を許したようだが、守るべき相手に告げる言葉は同じだ。

「スイ、俺の傍を離れるなよ。俺が何があってもお前のことは守ってやる」

「言われなくても、そんなのとっくの昔から知ってるよ……ありがとね」

最後に小さく付け加えられた『ありがとう』に、俺の胸が強く高鳴る。

「よし、急ぐぞ。スイは俺が抱えて走る、ランドルフはウィルフレドを獣体に乗せてやれ」

「えっちょっ」

片手でスイを抱え上げ、俺はその場から駆け出す。俺の肩には小さな脚に白い包帯を巻いたクロが乗って小さな鳴き声を上げていた。


俺達は取りあえず砂漠とは逆方向へと向かい山へと入る。まぁ山といってもそうデカくも険しくもない、町沿いの丘といってもいいだろう。

俺の腕の中には諦め切った表情のスイ、俺達の少し後ろに虎へと姿を変えたランドルフが続き、その背にはウィルフレドが乗っている。

「こっちのはずなんだが」

俺が魔力の残り香を嗅ぎ分けて道案内をしているよ

うなものだから間違えるはずはない。

『確かに匂うな』

ランドルフがわずかに湿った鼻をひくつかせあたりを警戒する。確かに匂う。それは魔力の匂いではない、獣人でも魔獣でもない、なんとも言えない生き物の匂い。

『ドゥルルルヌガァァァァッッッ！！！』

突如俺達の頭上から凄まじい咆哮《ほうこう》が響いた。どうやら山の中を探し回るまでもなく、向こうから襲ってきてくれるようだ。

「ガルリス！」

「ああ、上だな」

俺はスイを抱えたまま身構える。下手に手放すよりこのほうが守りやすい。

『ギョワゲェエエエッッ!!』

理性のぶっ飛んだ奇声を張り上げながら、魔獣化したそいつ――スイいわく擬似的な魔獣『擬獣』は木の上から襲ってきた。

「――ッ」

鋭い爪を腕の一振りで弾いて受け流し、飛び退き間合いを取る。

『フギャオオオオオッ！』

俺の不意を衝《つ》き損ねた擬獣は、次の標的にランドルフを選んだ。

『ふんっ！』

ランドルフは振り降ろされた擬獣の爪を同じく鋭い爪で受け止めると同時に、強烈な頭突きを擬獣の腹にぶち込んだ。完全に決まったように見える。普通の獣人なら腹の中のものをぶちまけてしばらく動けなくなる一撃だ。

『グ……ギャァァァァッッ！！！』

だが擬獣は立った。

「おいおい頑丈だな」

そう言いながらも殺してはいけない、できれば傷つけずにというのはなかなかに厄介な制約だ。

痛みと衝撃に一瞬怯《ひる》んだものの、次の瞬間には怒りの咆哮を放ちランドルフに突進する。気の弱い奴なら腰を抜かすような状況で、ランドルフは至って冷静そのもの。擬獣の爪が届くギリギリまで引きつけ、擬獣が腕を振り出してくるタイミングに合わせ全身を使った体当たりを仕掛けた。

上手い。擬獣を見事にひっくり返したランドルフの技は、かなりやり込んだ人間のそれだ。

「ランドルフさん！　爪と牙に気をつけて！」

スイの鋭い叫び声に、倒した状態から擬獣を押さえ込みにかかろうとしていたランドルフが慌てて飛び退く。

ああ、そうだった。この戦いでは、掠り傷一つ負うことも許されない。どんだけ些細な傷でも、俺達獣人には感染リスクがある。出発前散々スイに言われたのに、すっかり忘れてたわ。

『厄介だな』

自らが傷つくことを恐れず攻撃してくる擬獣を相手に、こっちは傷一つ負ってはいけない。だからといって、相手の息の根を止めることもできない。となると方法はやっぱり一つだけだ。

「ガルリス、あれの動きを少しでいいから止めて。闇の精霊があいつをきちんと捕足できるように手伝って」

「ああ、わかってるさ。少しここを離れるけど構わねぇか？」

「ランドルフさんもいるから大丈夫。行ってきて」

俺が擬獣を押さえ込んで、その隙にスイの精霊術で今までしたのと同じように深い眠りに落としてやればいい。俺がするのは闇の精霊達があいつの心の底に侵入できる時間を作ってやること、ただそれだけだ。

「了解だ、クロもスイと一緒にいてくれよ」

『キュー！』

俺はスイにクロを預け、地面に落ちていた石ころを軽く擬獣に投げて挑発してやる。

『キャオラァァァッ！』

案の定、擬獣は怒りに赤い目を燃やし俺に突っ込んできた。理性のない獣の勢いはなかなかだが、いかんせん攻撃が単調すぎる。爪と牙の動きに集中し、その動きを見切ればどうという相手じゃない。速さと力と体力勝負みたいなものだが、すべてにおいて俺は擬獣に勝る。

「悪いが大人しくしてもらうぜ」

突き出された擬獣の前手を捌く反動で横に回り込み下段蹴りを一発入れてやればその場で擬獣は横倒しになった。擬獣の首を掴み、逆の手でその胴体を無理やり押さえ込むと、擬獣の体がわずかに地面にめり込んだ。しまった、ちょっと力を入れすぎたがそれももう必要ない。俺が腕の力を抜くのと同時にスイの詠唱《えいしょう》が終わり、擬獣は意識を失った。

だが、あたりから負の力に満ちた魔力の匂いが消えてない。

「ウィルフレドさん！」

ここにはいないはずのその魔力の持ち主の声が聞こえる。

「えっ、エンジュ君!?　どうしてここに」

虎の獣体――ロムルスの背に乗ったエンジュの姿がそこにはあった。

「っ、だめ!!　ウィルフレドさん！　ランドルフさん！」

スイの言葉に反応するようにランドルフがウィルフレドを抱え下がろうとする。だが、相手が相手だけにランドルフの反応がわずかに遅れた。

ロムルスがランドルフへと飛びかかりそのまま押し倒す。ロムルスの背から体を伸ばすエンジュの手の中には銀色に光る何かが見える。俺の体はその瞬間無意識に動いていた。

竜族の血が全身を駆け巡るのがわかる。

まるで何かの魔術の力を受けたかのように、後押しされたその力は俺の体を一瞬でエンジュとランドルフの間に割り込ませた。

エンジュが手に持っていた銀色の光を放つそれがランドルフを庇《かば》った俺の腕に突き立てられるのが妙にゆっくりと見えた。

スイとクロが声を上げたのに気づいたが、俺の視線は目の前の銀色のそれ――中に深紅の液体を蓄《たくわ》えた注射器に奪われたままだ。ゆっくりと体内にその深紅の液体が流れ込んでくる。それはあっという間に全身を巡り、俺の思考を呑み込んでいく。

ああ、しまったな。

こいつは俺の不注意で、完全に油断していた。

スイに怒られちまう。

「う……っ」

ちっぽけな注射器が一本刺さったところで、痛みなんてないようなものだ。だが、俺の体内に入ったそれがよくないものだってのは俺にだってわかる。

「ガルリス！」
駆け寄ってきたスイが俺の隣で叫ぶ。
だが俺はそれに答えられない。
ゆっくりと遠くなる意識。
その場に立っていることすら難しい。
徐々に俺を侵食していくそれ。
俺の……意識が……何かに、……何かに呑み込まれて……いく。
ああ、スイ……スイ……スイ……。
愛しい俺の『半身』。
だが今、目の前に見えるのは深紅に塗られた世界だけだ。

18. 僕の物語

目の前で起こったことが一瞬理解できなかった。けれど、駆け寄ったガルリスが僕の呼びかけに答えることもなく、そのまま倒れ込んでしまったというのは現実だ。

「ガルリス！　しっかりして！　ガルリス！」

「エンジュ君、一体何を！」

『ロムルス！　貴様！』

ウィルフレドさんとランドルフさんも口々に叫ぶように声を上げる。気がつけばロムルスさんはエンジュさんを抱き上げ、この中で唯一戦うことのできるランドルフさんから距離をとっている。

完全に油断していた。ランドルフさんをエンジュさんが狙っていたことなんて分かっていたのにまさかこのタイミングで仕掛けてくるとは思わなかった。

急いでガルリスの脈をとってみれば、少し速いけど力強く鼓動を刻んでいる。命に別状はなさそうだ。だけど、ほっと胸を撫で下ろしている場合じゃない。致死性の毒じゃないとしてもガルリスが昏倒《こんとう》するなんてよっぽどのことだ。だけどその原因がわからなければ僕の力でも治せない。

僕はゆっくりと立ち上がり、ロムルスさんとエンジュさんに向かい合う。二人とも昨日までの二人とは違う、心を殺したまるで人形のような顔つきをしている。

「エンジュさん、あなたの目的は……いや、それは聞くまでもない。村を襲われたことへの復讐ですよね……？」

「なんだ知ってたんですか？　それなら、邪魔をしないでくださいよ。そいつが喋ってるってことは僕は失敗したんでしょう？　ガルリスさんには悪いことをしましたね」

エンジュさんは見えてないはずの瞳を開き、ランドルフさんのほうを忌々《いまいま》しげに見つめる。その瞳は薄く濁った朱色、見えていないというのは嘘ではないはずだがランドルフさんの獣の気配を察知したのだろうか。

「君の狙いは私なのだろう。ならばガルリス殿は関係ないはず、彼の治療をさせてくれ。私のことが憎いのはわかる、だが関係ない者まで巻き込んでは――」

「黙れ!!　お前のせいで僕達は、いや僕達の村は!!　絶対に、絶対に許さない。それに、治療法なんてありません。ガルリスさんに打ち込んだのはお前に打つはずだった『擬獣病』の種なんですから」

僕はすぐにでもエンジュさんに摑みかかりたい気持ちを抑え、努めて冷静に問いただす。

「セイル先生のところで読んだ『擬獣病』の文献の内容を忘れてるっていうのはやっぱり嘘だったんですね。……本当に治療法は知らないんですか」

「たとえあったとしても教えると思いますか?　『擬獣病』に罹っているのは罪人ばかりなんですよ?　なんで治してやる必要があるんです。ああ、ガルリスさんは関係なかったですね。ですが、僕の邪魔をした報いだと思って諦めてください」

冷淡な口調で吐き捨てるエンジュさんに、僕の怒りは限界を超えそうだ。

何よりも愛する人を傷つけられたこと、それが憎悪となってせり上がってくる。

ガルリスは強い、だから今まで僕の目の前で傷を負うことなんてなかった。

だからこそ、初めて知る感情に僕の心は張り裂けんばかりに悲鳴を上げている。

僕のすぐ傍でガルリスは未だに昏倒したままなのだから。

「エンジュ君!」

ウィルフレドさんの顔は悲しみに歪んでいる。信じたかった者に裏切られた、だけどそれを糾弾《きゅうだん》することもできないという複雑な表情だ。

「ウィルフレドさん、あなたはそいつに騙されてるんです。ロムルスさんが教えてくれました。その獣人は僕達の村を襲った張本人なんですよ!?」

「……知ってる。全部知ってるよ……。俺は騙されてなんかいない。すべてを知った上でランドルフと共にあることを選んだんだ」

その言葉にロムルスさんが明らかに動揺しているのがわかる。目を見開き、ランドルフさんとウィルフレドさんを交互に見やっている。

「何を……何を言ってるんですか?　ウィルフレドさん、あなたはすべてを知っていて……?　ねぇ、ウィルフレドさん僕達は運よく生き残りました。だけど、あの村の皆は僕達の家族は全員苦しみの果てに死んでいったんですよ⁉　あの村での暮らしは慎ましかったけど幸せでしたよね？　それを！　それを！　こいつらが全部！　全部！　全部！」

『エンジュ……落ち着いてくれ……』

「うるさい！」

この場で唯一自分の味方であるはずのロムルスさんにもエンジュさんは憎しみの表情を向ける。そんな彼の姿を見ているうちに、僕の中の憎悪が少しずつ揺らぎ、それは哀れみへと変わっていくのがわかる。

「うん、そうですよ。ウィルフレドさん、脅されてたんでしょう？　無理やりなんでしょう？　獣人にはヒト族を自分に隷属させる呪いもあるって聞きました。だからなんですよね？」

「エンジュ君、何を……」

ウィルフレドさんは目を見開き、エンジュさんの様子を呆然《ぼうぜん》と眺めている。対するエンジュさんの口調は先ほどまでと打って変わって感情に乏しく、表情も不自然なまでに凪《な》いでいる。

「ウィルフレドさんは悪くないんです。その獣人に騙されて、子供まで産まされたかわいそうなウィルフレドさん。でも、安心してください。僕がウィルフレドさんを解放してあげますから」

ウィルフレドさんはそうじゃない、違うんだと懸命に声を上げ、首を振るがそれがエンジュさんに届くことはない。エンジュさんはこの場に似つかわしくない笑みすら浮かべている。

「エンジュ君、頼むから話を聞いてくれ！　確かに、ランドルフは俺達の村を襲ったかもしれない、だけどそれは――」

「そんなことは知ってる‼　ロムルスさんから全部聞いてるさ！　それで、ウィルフレドさんは『真実』を聞いて許せたの？　たとえそれが命令で騙されたにしても、こいつらが僕達の敵で、仇《かたき》であることに変わりはないんだよ⁉」

「それは……」

剝き出しの感情をぶつけられ、ウィルフレドさんは返す言葉を失い唇を嚙む。ウィルフレドさんにとって、エンジュさんの感情は他人事ではない。かつて散々向き合い葛藤《かっとう》し、今なおふとした折に直面する高く厚い壁なのだ。

「僕は嬉しかったよ？　ウィルフレドさんとまた会えて、マルクスも生きていると聞けて……本当に涙が出るくらい嬉しかった。でもね？　だからって家族を、優しかった父さんと母さんのことを、村の皆のことを忘れられると思う!?」

エンジュさんの問いかけは、魂を絞り切った果ての悲鳴だった。

そしてエンジュさんの傍で、ロムルスさんもまた声なき悲鳴を上げている。強く噛みしめた獣の口からしたたり落ちる血は、まぎれもなく泣くことを許されない彼の涙だ。

「村のことだけじゃない！　僕はね、逃げ出してからも獣人達のせいで散々な目に遭ってきたんだ！　無理やり犯されたことだって、一度や二度じゃない。だから僕は、野蛮で愚かでおぞましい獣人共に復讐してやるって……、いや違う復讐しなきゃいけないいんだ!!」

「それで『擬獣病』を広めた、と？」

目の前で泣き叫ぶエンジュさん。

僕の目には彼がまるで何かを求めてさ迷う幼子のように見える。

だからこそ僕は冷静に事を進められる。ガルリスに打たれたのが『擬獣病』の病原体そのものであれば、今僕達の傍で深い眠りに落ちてる擬獣と同じように残された時間は長くない。ガルリスが擬獣になってしまう前になんとかエンジュさんから情報を引き出さなければならないのだ。

「そうだよ。だってそうだろう？　復讐すると言ったところで、非力なヒト族が獣人に力で勝てるはずもない。正面から向かっていったって、返り討ちにされるのが関の山。だから僕は力ではなく、血の滲むような努力で得た知識で復讐をしたんだ」

エンジュさんは成し遂げた復讐の蜜を味わうかのように、うっとりと微笑む。エンジュさんのとった復讐の手段は、彼ができることのうちで最も効率的だったのだろう。もしエンジュさんが一時の激情に駆られて刃物を振り回したところで、屈強な獣人達からすればちょっとした余興に過ぎない。

「さあ、ロムルスさん。あなたの力でウィルフレドさんをあいつから解放してあげてください。難しいことじゃありません。あなたの力であいつを倒して、そこに倒れてる擬獣の牙で傷でもなんでもつけてやればいいんですから。ねぇ、ロムルスさん僕のお願いを聞いてくれますよね？」

『………』

凍りついたような微笑みを浮かべロムルスさんに訴えかけるエンジュさん。ロムルスさんは獣の姿のまま一度目を閉じ、そしてゆっくりと僕達のほうへと向かってきた。

僕とウィルフレドさんは無意識にランドルフさんの前に出て彼を庇ってしまう。僕達が盾になろうとなんの役にも立たないのは分かっていたけどそれでも自然と体が動いた。

そんな僕達をランドルフさんが逆に背に庇い、ロムルスさんがこちらに駆け出そうとしたそのとき、僕は自分の心臓が異常な強さで脈打つのを感じた。

「えっ……ガルリス？」

それを自覚した途端、僕の中にガルリスの――『半身』の強烈な感情と断片的な記憶が流れ込んできた。

「うっ……っあ、あぁッッ」

「スイ君？」

『どうした!?』

初めて経験する異様な感覚に、僕は立っていることすらままならずに身悶《みもだ》える。

『エンジュ

クロ

血液

ロムルス

敵　敵　敵

エンジュ　ロムルス　敵

排除

排除　排除　排除　排除　排除

スイ　スイ　スイ　スイ　スイ

護《まも》る

護る　護る

護る　絶対

敵　敵　敵　敵　敵　敵　敵

スイ…………逃げろ　逃げろ　逃げ――』

「ガルリスッ!!」

ガルリスから流れ込んでくる情報と感情の渦《うず》に呑み

込まれバラバラになりそうな心を叱咤し、僕は必死にガルリスの名を叫んだ。

『クピィ！　ピィッ！　ククピィーーッ！』

クロもガルリスの異変に怯えたように甲高く鳴き、助けを求めるように僕を見る。

「グ、グォ……ッグルル」

起き上がったガルリスは苦しげなうめき声を発し、自らを抱きしめるような形で小刻みに震えている。僕はこんなガルリスの姿を見たことがない。

「ガルリス……!?　だめだよ！　感情に呑み込まれたら擬獣になっちゃう!!」

『グゴァッ！』

ガルリスの下に駆け寄ろうとした僕を押しとどめたのは半ば唸り声と化したガルリスの制止。それを受けた、僕の身体は本能的にすくみ上がる。

だけど、それがガルリスの理性の限界だった。

『グガァァアッッッ』

大きく開いた口から天に向って咆哮を放ちながら、ガルリスは僕の目の前で異様な変容を遂げていく。

もともと逞しい肉体がさらに肥大し、歪に盛り上がった背筋を引き裂き本来の彼のモノとは違う赤黒い翼が突き出す。手足は完全に鱗《うろこ》に覆われた竜のそれとなり、禍々《まがまが》しくねじくれた鋭い爪が不揃いに飛び出している。胸元に輝く竜玉は既に輝きを失い濁った黒へとその色を変えた。

「ガルリス……」

人と爬虫類が融合したような顔が、それでもガルリスの面影を残していることが余計につらい。今のガルリスは竜族のそれとは明らかに違う、生物としての理《ことわり》から外れ、外からの力で無理やり身体を変えられた異形《いぎょう》そのもの。

「これは擬獣化……？　でも……違う……、それだけじゃない……」

目の前の光景に意識を奪われながらも僕はガルリスの足元に転がる、すっかり空になってしまった注射器を見ながら状況を分析する。

そこに倒れている元獣人はあっという間に理性を失い擬獣化した。ということは、今までのやり方と違うやり方でエンジュさん達は彼の擬獣化を進めたはずだ。そう、ガルリスにしたように直接体内へと病原体を送り込むという手段で。

「けど、それって……」

普通の獣人であれば、単に段階をすっ飛ばして擬獣化するだけなのだろう。エンジュさんが想定していたのもあくまで普通の獣人。だけどガルリスは普通の獣人じゃない。一人で国を滅ぼしてしまうほどの力を持つ竜族なのだ。その血と『擬獣病』が合わさることで普通の獣人とは違う反応が起こってもおかしくはない。それは、今目の前で異形と化してしまったガルリスが証明している。

ガルリスも他の獣人と同じように理性を失っていってるのは間違いない。そして僕は気づく、さっきガルリスから僕の中に流れ込んできた思念のようなもの。理性なく、ガルリスが衝動のみで動くとしたら狙われるのは。

「いけない！　ロムルスさん！　エンジュさんを連れて逃げて！」

僕がありったけの声を振り絞って叫んだ時、ガルリスは既にエンジュさんの前に一瞬のうちに移動し、立っていた。

「ガルリス！　だめだ！！！」

ガルリスは鋭い爪の生えた手を振り上げ、躊躇なくエンジュさん目がけてそれを振り下ろす。制御されていないガルリスの力がエンジュさんを直撃すればその体はいともたやすくちぎれてしまうだろう。

『エンジュ！』

すんでのところでロムルスさんがエンジュさんを庇いガルリスの腕の力を受け流そうとするも、二人はまとめて吹き飛び空を舞う。ガルリスの無造作な腕の一振り、それも直接は当たらず掠めただけでだ。

目の前の光景に、この場にいる誰もが凍りつく。

ロムルスさんとて決して弱くはないはずだ。獅子族と比肩し得る力を持つ虎族であり、鍛錬《たんれん》を続け騎士となったのだ。それがこんなにもたやすく、まるで幼子同然に振り払われたという現実。

あまりにガルリスという存在が身近すぎて忘れてしまっていた、世界の均衡《きんこう》を崩しかねない竜族の力というものを僕はいやでも思い知る。

『グォォォォォォォッ』

ガルリスはエンジュさんとロムルスさんを完全に標

的と定め、牙を剝き再び襲いかかる。先の一撃で気を失ったエンジュさんの前で獣体のままロムルスさんが懸命に応戦し、そこにランドルフさんも加わった。今は、敵味方そんなことを言っている場合ではないと判断したのだろう。

「だけどこのままじゃ……」

一対二、されど相手は力の制御を一切するつもりのないガルリスだ。いかに虎族の二人が手練《てだ》れだとしても防戦一方では長くはもたない。いや、防戦すらままならないように見える。こうなったガルリスを力でどうにかするなんて同じ竜族でもなければとても無理だ。

「スイ君！　ガルリスさんのあの姿は一体なんなんだい!?　このままじゃランドルフもロムルスさんも！」

見るからに異形のガルリスの姿と、その圧倒的力に狼狽するウィルフレドさん。当然だ。完全な竜の姿をしたガルリスを何度も見ている僕ですら、その禍々しい力の放出に戦慄《せんりつ》を禁じ得ないのだから。それでも僕は、この場の空気に呑み込まれるわけにはいかない。

絶望的な時ほど冷静さを失ってはいけない。一つの判断ミスが命取りになるこの状況、パニックになったり悲観している余裕はないのだ。

「ウィルフレドさん、今は詳しい説明をしている時間はありません。ですが、ガルリスが『擬獣病』を発症していることは確かです。それならば、僕達にできることは一つだけ」

「エンジュ……君、エンジュ君だね!?　もし、『擬獣病』の原因が詳しく分かればスイ君の力で！」

僕はその言葉に力強く頷くと、急いでウィルフレドさんと共に倒れ込み意識を失っているエンジュさんの下に走る。

「――っ、ランドルフッ！！！」

そんな僕達の視界の端で体勢を崩したランドルフさんの頭部めがけてガルリスがその鋭い鉤爪を振り下ろそうとしていた。悲鳴のように彼の名を呼ぶウィルフレドさんの横で僕は急いで風の精霊に呼びかける。詠唱をしている時間はない、ガルリスを風の力で吹き飛ばして欲しいと願えば、空気が圧縮されそれがガルリスに向かって飛んでいく。だけど、間に合わない。

『ガルルルルルグォォォォォォォォ』

目の前で起こるはずの惨劇から反射的に目を閉じて

しまった僕の耳に、遠吠えのような鳴き声が聞こえた。

ガルリスの動きを威圧するかのようなその鳴き声。

実際、ガルリスの動きが一瞬だけ止まり、僕の放った空気の塊がガルリスを吹き飛ばした。

そういえば聞いたことがある、猫科の獣人——特に豹族の中には遠吠えに魔力をのせて放つことで精霊術と似たような力を行使できる者がいるということを。

だけど誰が？

ランドルフさんやロムルスさんではないとすれば……、いや今はそれを考えている場合ではない。僕は急ぎ、闇の精霊へと呼びかけ深淵《しんえん》へと誘うその力をガルリスへと放つ。

『グルルルガアアアアアアア!!』

だめか！　動きを止めたガルリスの心であれば闇の精霊達が搦《から》め捕《と》れるかと思ったがガルリスはゆっくりと立ち上がり、再び目の前の獣人二人に飛びかかる。

だけど、明らかにさっきより動きが遅い。眠りに導くことはできなかったけどこれなら今しばらくランドルフさんとロムルスさんが耐えてくれるはずだ。

「起きて！　エンジュさん！」

僕は体の至るところに擦り傷を作り、吹き飛ばされた衝撃で意識を失っているエンジュさんに呼びかけながらその全身へと癒やしの魔力を流す。吹き飛ばされた衝撃で頭を打っていたとしてもこれでもう大丈夫。

全身を大きく揺すり、頬を軽くたたけばわずかに反応が返ってきた。

「う……うぅ」

小さくうめくとエンジュさんは焦点を持たない瞳を薄く開き、あたりの喧騒に戸惑った表情を浮かべる。

「一体……何が……？」

その反応から、僕は現状がエンジュさん的にも想定外の事態であることを悟った。

「エンジュさん、時間がありません。死にたくなければ、いえロムルスさんを死なせたくなければ『擬獣病』について知ってることを全部教えてください！」

「馬鹿だ！　君は馬鹿だよエンジュ君！　いや、俺が悪いんだな……ランドルフと共に君の前に現れたことで俺が君を追い詰めてしまった！　すまない、本当にすまない」

呆然とするエンジュ君を、ウィルフレドさんは強く抱きしめた。

「エンジュさん、悪いけど僕はウィルフレドさんみたいに優しくはできない。今のこの状況をなんとかできるのはあなただけだから」

僕はウィルフレドさんの腕の中で呆けているエンジュさんに厳しく迫る。セイル先輩から譲り受けた古文書の知識でエンジュさんは『擬獣病』をばら撒いた。解毒や中和の方法を知っているとすれば彼をおいて他にいない。

「ガルリスは竜族なんだ。他の獣人とは違う。今のガルリスは『擬獣』とも言えない状態だ。誰も今のガルリスを止めることなんてできやしない。それに、僕やこの子を守るという本能が強く働いて暴走してる」

『クギーーッ！』

まるで僕の言葉を理解しているかのように、クロはエンジュさんを激しく威嚇する。

「今さら隠し立てしてもしょうがないってわかってるんでしょ？　知ってることがあるなら早く教えて。このままじゃランドルフさんより先にロムルスさんとあなたがやられるよ」

恫喝めいた物言いだけど、これは脅しではなくこの先に待つ未来だ。

「あは、あははは！　それで僕を脅してるつもりですか？」

エンジュさんはどこか箍《たが》の外れた不協和音のような笑い声を上げた。

「僕もロムルスさんも死ぬ？　だからなんです？　もういいじゃないですか、これで全部終わりなんですから」

うっとりと目を細めるエンジュさんは狂気に取り憑《つ》かれたかのようで、そこに出会った日の純朴な青年の面影はない。

「ロムルスさんは、僕への贖罪のためにとてもよく働いてくれました。だからもう、楽にしてあげても構いません。どうせ、僕という『番』を手に入れることはできないんです。あの人もそれを望んでるでしょう」

その言葉でようやく気づく、エンジュさんとロムルスさんのぎくしゃくとした関係はそういうことだったのか。ロムルスさんの罪悪感をそのまま復讐へと利用するエンジュさん。贖罪と『番』への思いがない交ぜになったままエンジュさんに加担してきたロムルスさん。エンジュさんへの罪悪感を贖うために、ロムルスさんはかつての仲間を罠に嵌《は》め、新たな罪を重ねてきた。彼の纏うどこか投げやりで疲れた空気は、増え続ける罪の重さそのものだったのだ。ウィルフレドさんをちらりと見やれば唇を噛みしめている。自らの過去と相似のように重なる存在にかける言葉も見つからないのかもしれない。

「ガルリスさんのおかげで少し違う形になってしまいましたけど、これこそ僕の望む終焉《しゅうえん》です。竜族の力と『擬獣』の力……素晴らしいですね。きっとこのまま僕達を殺してくれるでしょう。願わくば僕より先にランドルフを殺してもらえるといいのですが……。ああ、もちろんウィルフレドさんとスイさんは逃げていいんですよ？」

そう言って向けられた微笑からは狂気が消え去りどこか安堵《あんど》めいたものすらあって、この場にひどくそぐわない。

「僕はもう疲れました。憎むことに、愛したい人を愛せないことに、僕をこんな風に歪めたこの世界そのものに。ガルリスさんがすべてを壊し尽くしてくれるのであればそれが僕にとっての救いです」

だめだ。このままじゃだめだ。もはや彼の目的は復讐ではなく、世界と心中することにすり替わっていた。こうなってしまった人間を説得するのはとても難しい。何を言っても破滅へと背中を押すことになりかねないからだ。

「エンジュ君、君は愛したい人を愛せない……と言ったね。それは、ロムルスさんのことかい？」

言葉を探しあぐねている僕の隣から、ウィルフレドさんが一歩前に進み出て力強い言葉を投げかける。

「だったらどうだというんです！　たとえそうだとしてもそんなこと許されるわけがないでしょう!?」

悲鳴のような声を上げるエンジュさん、しかしその叫びは真実の心を曝け出す。

「誰かを愛することに……心が素直に感じるその気持ちに善悪なんかないんだよ。誰かや何かに許してもらうものでもない」

ウィルフレドさんの言葉には、自らの経験に裏打ちされた重みがある。

穏やかに説くウィルフレドさんの瞳には、多くの葛藤を超えてきた人間だけが得る、凪いだ湖面の静けさがあった。

「俺も最初はランドルフを憎んだよ。憎んで憎んでそれでも愛してしまって、絆《ほだ》されて、彼に惹かれてしまった自分は決して許されないと思った。俺の気持ちは村の皆への、家族への裏切りだって悩んだよ」

「だったら……!!」

自分と全く同じ苦しみを経験してきたと語るウィルフレドさんに、エンジュさんの何も映さない瞳が見開かれた。

「だからそんな気持ちに決着をつけるために、俺はランドルフへの復讐としてこの胸に自分で短剣を突き立てた。俺とランドルフは『番』だからね。俺の命と引き換えに、『番』を永遠に失う絶望をランドルフに押しつけようとしたのさ」

ウィルフレドさんはかつて自ら切り裂いた胸へと握った拳をゆっくりと当てる。

「でも俺は死ねなかった。必死に俺を救ってくれた人がいた。俺のことを思って泣いてくれる人がいた。最悪の絶望を与えた俺をそれでも愛してると言ってくれる人がいた。俺はそのことに感謝している。生きてるってことはさ、それだけで可能性の宝庫なんだ。俺は今生きている。生きているからマルクスに会えた、エンジュ君にも会えた。俺にはそれだけで十分なんだ」

生きていることの可能性。

そうだ、僕達医者の役目はその可能性を一つでも多く未来へと繋ぐことだ。

たくさんの苦しやみ悲しみを背負いながら、それでも生きることを肯定するウィルフレドさんの背中からは気高さすら感じられる。

「俺がランドルフを受け入れ愛したことは、エンジュ君にとってひどい裏切りなのかもしれない。それでも俺はこれからもランドルフと共に歩む。未来に向かって二人で進むよ」

「それでも……僕は……」

拳を握りしめ唇を噛んだエンジュさんの肩が震えている。今彼の中に渦巻く感情は失望だろうか？　それとも羨望《せんぼう》だろうか？　こんなにも空っぽになりながら、失くすためだけに、胸にこびりつかせていた希望の残《ざん》滓《し》が少しだけ輝きを見せ始めているのだろうか？

「ねぇエンジュさん、いいかげん楽になったら？」

「楽……に？」

エンジュさんは僕の言葉に顔を上げた。

「過去に何があってもさ、もう重荷を下ろしてもいいんじゃないかな？」

「復讐が重荷？　違う、違う、復讐は僕の……」

エンジュさんを支えている一柱に、僕はわざと無造作に爪をかける。

「不幸自慢をするわけじゃないけど、僕の母さんも頼る人のないこの世界で、すべてを憎んでもおかしくないような目に遭ってきた」

僕の頭の中に、幼い頃から見てきた様々なチカさんの表情が蘇《よみがえ》る。それらの多くは幸福に満ちていて、その視線の先には愛する家族がいた。

「獣人に娃奴隷として限界まで酷使された挙げ句、死にかけ同然で転がされていたのを父さんが助け出したんだ」

僕は心の中でチカさんに謝りながらすべてをエンジュさんへと打ち明ける。今の彼にとって必要なことだと気づいたからだ。

「でも、母さんはすべてを許した。許して受け入れて、獣人である父さん達のことを愛して愛された。だから僕は今こうして生きていられるんだ」

「……君のお母さんは強い人だね……」

エンジュさんの声には羨望の色が見えた。そこに僕は一縷《いちる》の希望を見出す。羨《うらや》みは生きてこそであり、それは明日へと繋がる大切な欲だ。

「苦労を知らない僕の口から何を言ったたって、それはきれい事だってわかってる。エンジュさん達やウィルフレドさんと母さんでは事情が違うのも理解はしているんだ。それでも僕はエンジュさんに伝えたい」

「…………」

「復讐をやめろとは言わない。だけど、エンジュさんも生きて愛した人と結ばれて子供を作って心の底から幸せになればいいと思う。そうやって幸せに生きて最後に笑ってやるんだ。本当にあなた達を不幸のどん底に突き落とした奴らにね。自分達はこんなに幸せになったぞって、お前達は自分達みたいに幸せになれたのかってあざ笑ってやればいい。それも一つの復讐の形だと僕は思うんだ」

「………あ……ああ、だめ。だめなんだよ」

小さく掠れた声で呟いたエンジュさんは、もはや感情を抑えようともせず、うつむき泣きじゃくっていた。

「それでも……僕は全部なんて許せない。僕自身も許されない。僕はたくさんの獣人を、ロムルスさんと同じ騎士達をこの手で『擬獣』にしてしまったんだ。もう、取り返しなんかつかないよ」

それまでずっと獣人を、世界を怨嗟《えんさ》するばかりだったエンジュさんの口から、自身の罪と向き合う言葉が出てきた。それはとても大きな一歩だ。

エンジュさんは両手で顔を覆ったまま言葉を続ける。

「本当は僕も分かってた。ロムルスさん達が悪いんじゃないって。だけど、それを認めるわけにはいかなかった！　憎んでないと狂ってしまうから！　恨まないと立っていられないから！　毎晩、両親や村の人達の怨嗟の声が聞こえてくるんだ！」

「……わかるよ、俺もそうだった。だけど、思い出して欲しいんだ。君の両親や村の皆は君が幸せになることを恨んだり妬《ねた》んだりするような人達だったかい？」

ウィルフレドさんは泣きじゃくるエンジュさんを、優しく抱きしめる。

「ロムルスさんを愛しているのに愛せない、憎まなきゃいけないことが何よりつらかったんだ！　こんな苦しみを味わうくらいなら、いっそ出会いたくなかったと……崖崩れに巻き込まれた時、あのまま死んでしまえばよかった……何度もそう思って、運命のすべてを呪った……！」

「エンジュ君、君が幸せになることを一番望んでいるのは俺達が仇をとらなければと必死にもがいたその人達なんだ。それは、わかってるんだよな。ああ、苦しいよな。俺もそうだった。君はもう一人の俺だ。もっと早くに見つけ出せていればこんなことには……」

「僕は……僕は……」

いつしかウィルフレドさんも榛色の瞳から涙を零し泣いていた。ウィルフレドさんの胸元に顔を埋めたままエンジュさんの深い後悔と苦しみが入り交じる嗚咽《おえつ》があたりに響き渡る。

ここまで来ればあと一押しだ。

僕の精霊術で動きは鈍ったといえ、未だにガルリスはランドルフさんとロムルスさんを襲っている。時折、先ほど聞こえた遠吠えが見えない形で加勢をしているようだけどそれでも二人の息は上がってきている。急がなければ。

「エンジュさん、まだ遅くはありません。どうか僕に力を貸してください。『擬獣病』の原因は、ガルリスに打ち込んだあれはなんなんですか！」

僕は泣きじゃくるエンジュさんの肩に手を置き、問いかける。

「……その子です。クロと呼ばれていた魔獣の子」

『クキュー！』

名前を呼ばれたクロが小さな鳴き声を上げた。だけど、今エンジュさんはなんと言った？　クロが『擬獣病』の原因？

「クリーグル、それがその子の種族です。クリーグルの血液にヒト族の魔力で特殊な加工を施したもの、それが『擬獣病』の感染源。過去にこの国で『擬獣病』が流行った時も、原因は伴侶を獣人に殺されたヒト族の復讐だったそうですから……」

「それじゃあ、ガルリスに打ったのは……」

「僕が魔力を使って加工をしたその子の血です。そこに倒れている彼とガルリスさん以外には薬に加工して飲ませていたので効果の違いは見てのとおりです……」

エンジュさんの表情を見ればそれが嘘ではないことがわかる。それに怪我をしたというクロの傷口が明らかに人為的に傷つけられたものだったこともそれが真実だと告げている。

「何か治療法は、あるんですか？　いや、過去に流行ったものが一度完全に治まっているんです。絶対にあるはずなんです」

「それは……」

「あるんですね!?　ロムルスさんもランドルフさんも限界が近い。急がないと取り返しがつかないことになってしまう！」

ガルリスにそんなことは絶対にさせられない。いや、僕がさせない。気がつけば僕はエンジュさんの肩を両手で持ち、必死に揺さぶっていた。それをウィルフレドさんに止められる。

「クリーグルの血液にエルフの薬師が何か特殊な加工を施したものが特効薬となったそうです。ただ、その作り方自体は秘伝とされ記述がありませんでした。ですので……」

「それじゃあエンジュ君も治療薬は持っていないのかい!?」

自然と舌打ちをしてしまう。ただ、原因となったのもクリーグルの血であり、その治療薬となったのもクリーグルの血。ならばクリーグルの血そのものはあくまで基剤になっているだけ、そこに加えられたものでクリーグルの血は特異的な効果を得たことになる。そうであれば、

「エンジュさん、あなたの魔力を混ぜて加工したと言いましたよね。クリーグルの血そのものになんらかの毒性があるわけではないということで合ってますか?」

僕の問いかけにエンジュさんは確かに頷いた。

「それなら……、できることはあります。エンジュさんの魔力でクリーグルの血が変異しているのであれば、ガルリスの体内からエンジュさんの魔力を全部取り除いてしまえばいい。魔力で魔力を洗い流すんです」

「そんなことができるとは思えません……、僕の魔力だけを取り除けたとしてもスイさんの魔力がガルリスさんの体には残る。それが、クリーグルの血になんらかの影響を及ぼさないとも限りませんから。それに——」

僕はエンジュさんの言葉を遮った。

「魔力の拒否反応ですよね。他人の魔力が流されることによる不快感や痛み。その点は僕なら大丈夫なんです。それに、ガルリスの体内に僕の魔力が残ったとしてもそれも問題はないんです。僕の魔力はガルリスの魔力みたいなものですから」

「あなたたちは一体……」

「『至上の癒し手』、エンジュ君もその二つ名ぐらいは聞いたことがあるんじゃないかい? スイ君はそれを継いでるんだよ」

僕はウィルフレドさんの言葉に首を横に振る。

「そんな大層なもんじゃないです。ですが、僕はガルリスの『半身』。僕とガルリスは二人で一つ。僕達の命は繋がってるんです。だから僕は……絶対に諦めない!!」

後ろで危ないと叫ぶウィルフレドさんを無視し、僕は吠え猛りながら暴れているガルリスへと歩き出す。

異形化したガルリスを相手に、ランドルフさんとロムルスさんはなんとか均衡を保ってはいるけれど、それももはや限界だ。何かのきっかけがあれば狂った竜がすべてを蹂躙《じゅうりん》するだろう。

だけど僕はその均衡をあえて崩してやる。

「ガルリス！　ガルリス！」

『スイ君っ!?』

『――っ！』

僕は危険を承知で彼らの間に駆け寄り身体ごと割って入った。

「ガルリス！　僕を見て！」

『グルルルルルァァァァ』

ガルリスは一瞬だけ動きを止め赤く光る瞳を僕に向ける。

「ツ――！」

刹那《せつな》、またもや僕の中に直接ガルリスの意識が流れ込んできた。

『スイ　スイ　スイ　スイ

スイ　ス……

憎い　憎い　憎い

敵　敵敵敵敵敵敵敵

憎い

敵

殺す

憎い

敵

殺す』

「あぁ、ガルリス……」

ガルリスはこんなになってしまっても、まだ僕のことを思ってくれている。それをこんな時こんな形で思い知らされる残酷さに涙が零れる。

いつも明るく陽気で、魂に無垢な美しさを宿すガルリス。その彼が暗く淀んだ憎しみに囚われていることが悲しい。だが、ガルリスが動きを止めたのもその一瞬だけ。もはや、僕が僕だということも認識できないのだろう。

「ガルリス――ッ！」

僕がガルリスに辿りつくより先に、ガルリスの腕が一閃《いっせん》。遠くから聞こえた遠吠えのおかげか直撃は免《まぬか》れたもののその衝撃だけで僕の身体は吹っ飛ばされ、鞠《まり》のように地面の上を幾度か跳ねて転がった。

「あっぐッッ」

全身が砕けたかのような痛みに苦悶の声が漏れる。

「ガル……リ、ス」

それでも僕が立てたのは、ガルリスへの強い思いがあるから。体の痛みなんてたいしたことない、それより心のほうがずっと痛い。

『キユギユー……』

立ち上がったもののふらふらと揺れている僕の足元に、クロが心配そうにすり寄ってきた。

「大丈夫……だよ」

僕は大地をしっかりと踏みしめ、ガルリスへと再び視線を向ける。

「クロもガルリスが心配なんだね？　僕もだよ。でも大丈夫、必ず僕がガルリスを元のガルリスに戻すから。だって、ガルリスは僕の『半身』だから――いや、僕の愛する人だから！」

踏みしめた大地を蹴って、もう一度ガルリスの下に駆け出す。何度でも、何度だって僕は立ち上がる。僕とガルリスの未来のためなら、何も恐れず進むことができる。

『ゴガァァァッ！』

僕を見たガルリスは、凄まじい声を張り上げ鋭い爪の光る奇妙に歪んだ腕を振り上げた。不思議とその光景を恐ろしいとは思わなかった、だけどただただ悲しくてしょうがない。

『くっ、やめるんだガルリス殿！』

『止まれ！』

『ガルルルルルグォォォォォォォォ』

『クギユゥゥッ！』

ランドルフさんとロムルスさんが捨て身でガルリスの体にしがみつき、遠くからは僕を後押しするかのようにガルリスの動きを阻害する遠吠えが聞こえる。そして、最後はクロまでがその小さな体でガルリスの顔に飛びかかる。そうして皆が作り出してくれた一瞬の隙をついて、僕は全身を使ってガルリスの胸元に飛び込んだ。

『グルルルガアアアアアアア!!』

「離さないよ、ガルリス。もう絶対に離さないから……！」

ガルリスは全身を震わせ、ロムルスさんとランドルフさんを振り落とす。僕は、ガルリスの首に手を回し、必死にしがみついたままその衝撃になんとか耐えた。

見上げたガルリスの顔は僕の知ってる顔とは違う。憎しみに染まり、すべてを滅ぼそうとしている異形だ。だけど、だけど、それでも僕はその顔が愛おしかった。

そして、僕はありったけの魔力をガルリスに注ぎ込む。

『グルアアガルウウウ』

「ガルリス、こんな時じゃないと言えないから聞いて。僕は生意気なことを言って、なんでも一人でできるようなふりをしてるけど、本当はとっても弱い人間なんだ。必死に仮面を被ってるけど、一人は寂しい、一人は嫌だ、一人じゃなんにもできない。だから……、だから僕にはガルリスが必要なんだ！」

僕の言葉がどこまで届いているのかはわからない。

でも、ガルリスは先ほどまでの暴れっぷりが嘘のように抱きついた僕を振り払おうとはせず動きを止めている。その全身にさらなる魔力を流していけば、異物としてエンジュさんの魔力が僕へと流れ込んでくる。その不快さに嘔吐しそうになるがギリギリで耐えた。

ガルリスが少しずつ変化しているのがわかる、この際だ僕の全部を持っていけばいい。

「僕はガルリスの優しさを知ってる。温かさも知っている。その強さだって。だから、お願い僕の大好きなガルリスに戻って……。何をするのもしないのも、自分のことは自分で決めるんでしょ？　ねぇ、ガルリスこんなのだめだよ」

僕の魔力で少しずつ浄化されていくガルリス。僕の魔力はクルーグルの血に反応することなく、そのままガルリスに馴染んだようだ。その代わりに僕の中に流れ込んでくる真っ黒な魔力が僕の全身を蝕んでいく。それは痛みと不快感だけじゃない、こうするしかなかったエンジュさんの闇そのもののように僕には感じられた。

「僕はガルリスの『番』じゃないけどさ、誰よりもこの世界でガルリスのことを愛してるって自信があるんだ。ねぇ、僕の大切な『半身』、僕がこの世界で一番愛する人」

僕はガルリスへの愛を、普段は照れ臭くて言えない素直な言葉に乗せてささやき続けた。こうしていると、まるで子守唄を歌っているような気分だ。

『グォ……ス……イ……スイ……』

やがてガルリスの口から意味をなす言葉が紡がれた。

「ガルリス……」

ガルリスがゆっくりと元の姿と理性を取り戻してゆくのを見ながら、僕は全身の力が抜けてガルリスにしがみついていることができなくなってしまう。ガルリスに魔力を流しすぎて枯渇《こかつ》してしまったことと、異物であるエンジュさんの魔力をこの身に受け入れすぎたからだ。

ガルリスを見れば、一度膝をついたもののそのまま何ごともなかったかのように立ち上がる。はぁ、あの体力が本当に羨ましい。

「スイ！　おい！　大丈夫か!?」

崩れ落ちる僕を抱きかかえたガルリスの声が聞こえる。あぁ……よかった。

「……大丈夫なわけないでしょ？　もう、ガルリスの魔力の容量が大きすぎて必要以上に僕の魔力を食われちゃったんだから……。でも、大丈夫？　身体はおかしいところはない？」

「ああ、お前のおかげなんだな」

『キュピー！』

つい、ガルリスの前では憎まれ口をたたいてしまう。肩にクロを乗せたガルリスに身体を預けたままいつものように強がってみせるけど、正直身体は限界が近い。僕の頭を撫でてくれるガルリスの手を素直に心地いいと思える程度には。

「正気に戻られたか、ガルリス殿。手荒な真似をしてすまなかった」

「……」

獣体から人へとその姿を変えたランドルフさんとロムルスさんはまさに満身創痍《まんしんそうい》といった様子だ。ランドルフさんはともかくロムルスさんはガルリスがこうなってしまった原因の一つでもある、ひどく気まずそうな様子でうつむいたままだ。

「こっちこそ悪かったな。記憶がないわけじゃねぇんだが霧の中に包まれた感じっつうか、要所要所しか覚えてねぇんだ」

「意識があってやってたならはったおすところだよ……」

「そういや、お前が俺を眠らそうと魔力を送り込んできたのは分かったんだがな。その直前に変な鳴き声が聞こえて身体が金縛りみたいになったんだがお前知ってるか？」

「あれは――」

ランドルフさんがそれに答えようとしてくれたとき、少し離れた場所から鋭い叫び声が上がる。

「エンジュ君っ!!　そんな……まさか!?」

声を上げたのはウィルフレドさん、その腕の中ではエンジュさんが力なく横たわり、口の端からは血が溢れている。それは毒を自らあおったように見えた。

しまった、完全に油断していた。

説得できたと思っていた。

ウィルフレドさんがいてくれればエンジュさんは大丈夫だと思っていた。……いや、それは言い訳だ。

僕はガルリスのことしか考えてなかった。

ガルリスを助けるための僕の言葉は逆にエンジュさんを追い込んでしまったのかもしれない。自分の詰めの甘さが本当に嫌になる。

ガルリスが僕を抱えたまま二人の下へ辿りつくより先に、ロムルスさんがエンジュさんへと駆け寄っていた。

「エンジュ！　エンジュ……！　……どうして！　こんな――」

「どう……して？　最初に……言った……じゃないですか……全……部終わらせ……ると」

エンジュさんは血を吐き出しながらも微笑んだ。

「僕が……してきた……ことは、罪……です。僕は……、その罪を……あなたにまで……背負わせて……しまった」

「違う！　それは違うぞエンジュ！」

エンジュさんの手が力なく、ロムルスさんのほうへと伸ばされる。目が見えなくともロムルスさんの存在を感じ取れるエンジュさん。それほど強い繋がりがあるのにどうして……。

「この罪は……僕……だけの……もの。ラン……ドルフ……さん、あなた……ならロムルス……さんを……守れる……はず」

エンジュさんの言葉にランドルフさんは目を閉じ頷く。その握りしめられた手からは血がしたたり落ちていた。

「ウィル……フレ……さん、これが……間違いだって……わかって……るんです。でも……、だめ……でした。僕は……あなた……みたいに……強くは生き……られ……ない。これは……復讐じゃ……ないんです。僕は……楽になりた……い」

「どうして、どうしてだよ。生きようって、生きて幸せになろうって言ったじゃないか。生きてればどんなことだってできるんだ。死は救いになんてならないんだよ!!」

ウィルフレドさんの叫びは悲しみを越えて怒りとなっていた。血を吐きながらもエンジュさんは言葉を続ける。

「僕が……生きてる……限り、ロムルス……さ……ん……は……僕という影から……逃げられない。たとえ……『番』でも……僕という存在は……あなたにとって害……でしか……」

「やめろ……やめてくれ……！　違うんだ、エンジュ！　エンジュ！」

エンジュさんの手がロムルスさんの顔に届き、流れ落ちる涙をその手で優しく拭う。

「ロム……ルスさん、僕は……あなたを……利用する……ような……最悪の……『番』です。……どうか、僕のことは……忘れて……あなたは……生きて……カハッ」

「エンジュ！　エンジュ！　しっかりしろ！」

多量の血を吐いたエンジュさんをロムルスさんが抱きしめる。ロムルスさんの瞳から零れ落ちる大粒の雫が、次々とエンジュさんの頬を濡らしていく。

「僕のため……に……泣かない……で。お願い……僕のことを……嫌いに……なって。でも……、でも……、好き……だった。大好き……だった……。ああ、僕の大好きな……。傍に……いることがつらくて……幸せ……だった。ロム……さん」

意識が混濁しているのだろうその言葉は大いなる矛盾を孕んでいた。

そして過去形で語られる愛の告白。

こんなにもつらい告白を、僕は聞いたことがない。

「エンジュ、エンジュ！　嫌だ！　死ぬな！　俺を置いて逝くなぁぁっっ！」

自らの腕の中でゆっくりと終わりを迎えていく命に、ロムルスさんが初めて吠えた。

「俺がっ――――！　俺が間違っていた！　お前に真実を告げなければよかった！　ただのロムルスとしてお前のことを愛せばよかった！　だが、俺は……！　俺はそれから逃げたんだ!!　そのせいで、そのせいでお前をこんな目に！　お前は俺の贖罪に付き合わされただけだ！　お前を嫌いになることなんて、忘れることなんてできやしない！　お前と共に過ごした日々、それは罪だとわかっていても俺にとって人生で最良の日々だったんだ！　頼む、頼むからこれからも俺と共に生きてくれ！　エンジュ！　お前のことを愛してるんだ!!」

それはロムルスさんの魂《こころ》からの叫び。

心の奥底に秘めていた願い。

エンジュさんを抱きしめたロムルスさんは、拭いもせずに涙を流す。だが、そんな呼びかけもむなしく、エンジュさんの呼吸が見る間に弱まっていくのが傍目にもわかる。

「……め…ない……」

「おい、スイ」

ガルリスの腕の中からなんとか立ち上がる。正直今の僕は魔力はすっからかんで貧弱な体力もそれに引きずられるようにして限界だ。それでも僕にはやるべきことがあった。

「認め……い。絶対……認め……い。こんな終わり方は絶対に認めない!!　セイル先輩は僕達がこの物語の登場人物だと言った。それにこの物語は僕の物語だとも……。なら、絶対にこんな終わり方は許さない！　この物語が僕の物語なら運命をねじ曲げてでもこの手で僕の望んだ結末にしてみせる！」

僕の目からも自然と涙が零れ落ちていた、それは自らの死を望んだエンジュさんへの怒り？　それとも、正面から愛を告げることができなかったロムルスさんへの哀れみ？　原因はなんでもよかった。ただ、僕は胸が張り裂けんばかりに目の前のすべてが悲しい。ならば、その運命を僕が変えてやる。傲慢さと諦めの悪さなら誰にも負けないという自信があるから。

「ロムルスさん！　一緒に暮らしていたあなたならエンジュさんが飲んだ毒の種類に見当がつくんじゃあり

ませんか!?」

「エンジュ……!　エンジュ……!　すまなかった……、戻ってきてくれ……エンジュ……」

エンジュさんに縋りつき、泣声を上げるロムルスさんの耳に僕の声は届いてないのかもしれない。それならば、力尽くでもと足を踏み出した僕をランドルフさんが制止した。

「ロムルス、腑抜《ふぬ》けている場合ではない!　私が鍛えたお前ならこの苦難を必ず乗り越えられるはずだ!　今お前ができること、すべきことを考えろ!」

「たっ、隊長……!」

ロムルスさんの頰へと容赦のない一撃が打ち込まれる。ここまで感情をあらわにしたランドルフさんを見たのは初めてかもしれない。だけど、今はそれに驚いている暇はない。

「ロムルスさん、エンジュさんが飲んだ可能性のある毒薬の候補を。早く!」

「センジャナ、スリムラ、ベンヒルト……、俺が思いつくのはこれだけだ」

「それだけ分かれば十分だよ。ロムルスさん、あなたはエンジュさんとこの先も共に未来を歩んでいきたい。そう思ってるんですよね?」

「ああ、ああ……。もう逃げない……。俺はエンジュを守り、愛する……と誓う。君がエンジュを助けてくれるのなら俺の命だって捧げてもいい」

「だから、それはだめだよ。一緒に生きていくことが大事なんだから。でも、うん。ありがとう」

そのロムルスさんの言葉で僕は頑張れる。ロムルスさんが言った薬物はどれも内臓を一気に侵す劇的な効果を持つ毒薬だ。本来、一般的な毒薬を飲んでもすぐにこんなに吐血をすることはないのだとチカさんが教えてくれた。もし、可能性があるとすれば胃や食道を一気に腐食させるほどの劇薬だと。それに、センジャナには呼吸抑制を主とした神経毒も含まれていたはずだ。

「スイ君、大丈夫なのかい……?　君の力なら確かに、だけどさっき君はガルリスさんに……」

エンジュさんの傍で彼の頭を撫でながら涙で濡れた顔を僕へと向けてくるウィルフレドさん。

「心配しないでください。僕は『至上の癒し手』で

『医者』です。この物語で僕が与えられた役割はきっとこれですから……。それに、確かに僕の魔力は空っぽですけど、頼りになる相棒がいるんで。ねっ、ガルリス」

「ああ、お前がこれでもかと注いでくれたからな。あり余ってるぐらいだ。それで、やるんだろ？」

ガルリスはお前のやることならわかっているとばかりにニヤリと笑う。それは僕を信頼してくれていることの証。

「じゃあ、ガルリスの魔力いっぱいもらっちゃうけど頑張ってね」

「お前が生まれたあの日から、俺のものはお前のもので、お前のものは俺のものなんだ。遠慮なんてお前らしくねぇからな。いくらでも持ってけ」

僕は意識をガルリスと繋げる。

普段の魔力の授受とは違い触れ合うことすら必要としないそれは初めて僕が能動的にガルリスと繋がる瞬間。

さっきまでガルリスの意識があれほど流れ込んできていたんだから、その逆を辿ればいい。

今の僕にはたやすいことだ。

意識をガルリスと同調させ、僕はその奥底にある魔力を探る。さっきは荒れ狂う意識に阻《はば》まれて辿ることのできなかった道が確かにそこには存在していた。

温かいガルリスの、そして僕の魔力を再び自らの中へと導いていく。

その最中僕はガルリスの意識とも触れ合う、そこからは恥ずかしいほどに僕のことを想い、愛してくれているというガルリスの気持ちが溢れ出していた。普段から口にはしてくれることだけど……、ああ、こんなにも僕は愛されている。

言葉よりも雄弁に、僕自身とガルリスが混ざり合い高まるその感覚は、身体を繋ぐ悦楽とは比べものにもならない魂の交歓そのものだ。

「エンジュさん、この世界は悲しいこともつらいことも、醜《みにく》い争いや悪意も確かに存在しているよね。だけど、それ以上に優しくて温かくて、本当はとても幸せな世界なんだ。どうか、あなたもその世界をロムルスさんと手を繋いで生きて……、そうじゃないと悲しすぎるよ」

僕は弱い呼吸を繰り返すエンジュさんに向かって、治癒術をかけ始める。エンジュさんの容態は決して予断を許してはいけない状態だ――だからこそ冷静に。

毒によってもたらされた内臓の損傷を修復、特に胃や十二指腸、食道といった消化器系を重点的に。もちろん、解毒も同時に行っていく。あとはセンジャナがもたらしているかもしれない呼吸抑制を緩和するために神経系を辿り、呼吸器にも魔力を流し込んでいく。

言葉で説明したり、頭で思い描くのは簡単だ。だけど人間の身体の細胞を修復するというのは全神経を研ぎ澄まして行わなければならない。いくら、魔力をガルリスが無限に提供してくれるといってもそれを扱い、エンジュさんの身体へ流すのは僕なのだから。

全身から脂汗が噴き出るのがわかる、口の中は既にカラカラだ。

「ロムルス、お前とエンジュ殿は『番』だったな。私達……、いや特にヒト族は魔力が生命の根源だといっても過言ではない。そうであればお前にもできることがある。今それを行い、スイ殿の力となれるのはお前だけだ」

エンジュさんを抱きかかえたままその場で、大きな身体をまるで迷子の小動物のように震えさせていたロムルスさんへランドルフさんが声を掛ける。そうだ、『番』の魔力は何ものにも代えがたいもの。エンジュさんを満たす魔力が増えれば、それだけ僕の治療も進めやすくなる。

「隊長……、隊長……、俺は、俺は、すみません、本当にすみません」

その言葉と同時にエンジュさんの中が一気に強い生きる意思を持った魔力で満たされるのを感じた。さすが、大型種の獣人の魔力、生命力に満ち溢れている。その魔力がエンジュさんの命を支えてくれるはず。これならば、僕も治療だけに集中することができる。

「まだ隊長と呼んでくれるのだな……。お前が俺に詫びることなど何もない。どうか、もう過去には囚われず未来を生きてくれ。彼と共に……」

「エンジュ君頑張って!!」

ロムルスさんとウィルフレドさんが再びエンジュさんの手をしっかりと握りしめる。その姿はまるで何かに祈っているかのようだ。

それを横目に見ながら僕はエンジュさんの体内へすべての意識を集中させる。

神経系を修復していく過程、膨大な神経系の仕組みや役割、構造を理解し、それを正常なものへと復元する。何度やっても決して慣れることのない繊細すぎるほどに繊細なその作業。わずかに震える自分の手を見つめ、一度目を閉じる。

『スイ、お前ならできる。大丈夫だ。自信を持て、お前は俺の〈半身〉なんだからな』

『キュー!!』

クロが小さく鳴き、言葉を発さず僕を見守っていたガルリスから流れ込んでくる意識が僕の全身を包み込む。それは、信頼に溢れた歓喜だった。そうだ、僕はやれる。

「く……ぅっ」

僕の全身から脂汗が流れ、知らず歯を食いしばる。

医師として、『至上の癒し手』を継ぐ者として、そしてただ彼らと同じヒト族として。

そして、ガルリスの——僕の愛する竜の『半身』として。

目の前の苦しみに満ちた生命を手放すことだけは絶対にできない。

治癒を始めてどれだけたったのだろう。祈るように佇《たたず》むランドルフさんとウィルフレドさん、そしてロムルスさんが見守る中で、エンジュさんの容態はゆっくりと落ち着きを取り戻していく。

「ああ……やっと……」

エンジュさんの呼吸が元に戻るのを確認すると同時に、僕の意識は遠のきながら、ガルリスのぬくもりに溶けて消えた。

19. その物語の結末は

次に僕が目を覚ました時。

場所こそエンジュさんの診療所の一室であるものの、目に映ったのは見慣れた日常の光景だった。

柔らかなシーツと固くて分厚い筋肉の感触、顔を舐める小さく湿った舌。

人の姿をしたいつものガルリスに、尻尾でパタパタとベッドをたたくクロ。そこにあることが当たり前の光景。僕の『半身』と迎える大切な朝。

「ガルリス……」

僕は改めてガルリスの姿を隅々まで確認する。獣体とも違う異形の片鱗はもうどこにも残っていない。赤い髪に健康的な褐色の肌。見るからに頑丈そうだけれど人の形を逸脱するには至らない爪。

半開きの唇から覗く犬歯は鋭いけれど、真っ白な歯並びはきれいに整いそこに異形の影はない。胸の宝玉も澄み渡った真紅で僕の姿をきれいに映している。

そこに耳をそっと当てると、確かな命の鼓動が、あの時感じたガルリスの鼓動が再び僕に伝わってきた。

「本当に……よかった」

もしガルリスがあの姿のまま元に戻らなかったらと思うと、今さらながら背筋に震えが走る。実際自分はこの愛しい『半身』をすんでのところで永遠に失いかけたのだ。

「やっぱりガルリスはこうでなくっちゃね」

いつもどおりの見慣れた姿のガルリス。肉体は魂の容《い》れ物に過ぎないという人もいるけれど、僕は容れ物だって大事だと思う。特にそれが大切な人のものならばなおさらだ。

「大好きだよ」

僕は健やかな寝息を立てているガルリスの上唇をそっと食《は》む。

「んあ……？」

その感覚が刺激となったのかガルリスが、重そうな瞼を上げて僕を見上げる。

「おはようガルリス。えっと、エンジュさんは大丈夫だった？　あれって昨日のことで合ってる？　あれからどうなったの？」

「ああ、特に問題はなかったぜ。それにあれから一日しかたってない。意識を失ったお前と眠ったままのエンジュを俺とロムルスが背負ってここまで帰ってきた。

「ちょっ、それは秘密にしておいてあげてよ。でも、ウィルフレドなんてずーっと鼻水たらして泣いてたぞ」

そうか僕はあの人を助けられたんだね。ねぇねぇ、ガルリスちょっとこっち向いてよ」

「ん？　なんだ？」

髪をかき上げ振り向いたガルリスの唇に僕は口づける。ガルリスは少し驚いたように眉を上げたがすぐに僕を抱きかかえその口づけは深いものになっていく。それは危うく失いかけた互いのぬくもりを確かめるように、ゆっくりとしたものだった。

『キョエー！』

そこに、空気を読まない、いや逆に読んでいるのかもしれないクロが僕達の間に割り込んできた。

「おい、クロ……。いいとこだったんだぜ……？」

「ふふ、クロが止めてくれなかったらガルリスが止められなかったでしょ。今はそれより、エンジュさんのところに行かなきゃね」

「はぁ……、まぁそうだな」

僕達は簡単に身支度を整え、皆が集まっているという部屋へと向かった。

「そういえば、あの後ガルリスの前に擬獣化したあの人はどうなったの？」

歩きながら気になっていたことを尋ねる。

「取りあえず縛り上げて部屋に放り込んであるぞ。お前ならどうにかしてやれるだろう？」

ガルリスはあっさりと言ってくれるけど、ガルリスを治した時と同じ手法はできるだけとりたくない。あれは僕の身体の負担が大きすぎる。過去にエルフが作ったというクロの血を使った薬にできれば期待したいところなんだけど……。まぁ、クロがいてくれればきっとどうにかなるだろう。クロの血が原因だということさえ分かっていれば、なんせレオニダスやウルフェアには僕よりも遥かにそっちのことに詳しい専門家が何人もいるのだから。

「おはようございます」

僕とガルリスがエンジュさんの寝室に入ると、そこには寝台の上で眠り続けるエンジュさんと彼の手を握りしめているロムルスさん、そんな二人を見守るランドルフさんとウィルフレドさんがいた。

「スイ君、もう身体は大丈夫かい？」

心配そうに気遣ってくれるウィルフレドさんに問題ないと答え、もう一度エンジュさんへと視線を向ける。顔色も悪くない、呼吸も安定してるし、僕が一気に治癒したことへの純粋な身体の疲労で寝込んでいるだけだろう。そんなことを考えていると彼の瞼がぴくりと動いた。

「う……」

「エンジュ！」

「ん……ぅ……」

小さく声を発したエンジュさんが、ロムルスさんの呼びかけに答えるようにして目を開けた。

「……っ!?」

そしてエンジュさんは自分が感じている違和感に気づいたのだろう。

「見え……てる？　どうして……」

エンジュさんは信じられないという顔つきで、目の前に翳した自分の手を見る。

「ついでに治しておいたよ。やっぱり神経系の異常だったみたい、結果的にはよかったのかな。ほら、濁ってた瞳もすっかり元どおりだよ」

「スイさん……、あなたは……」

エンジュさんは呆然とした眼差《まなざ》しを——もう濁ってはいない朱色の瞳を僕に向け、それからうつむいた。

「でも……僕のしたことは……、助からないほうがいっそのこと……」

僕やウィルフレドさんが言葉を発するより先にパン、と部屋に響き渡る乾いた音がした。その音を立てたのはロムルスさんだ。

「ロムルス……さん？」

本気ではないのだろうけど軽く頬をたたかれたエンジュさんは、痛みよりも驚きに固まったままロムルスさんを凝視する。

「すまない。だがエンジュ、もう二度とあんなことはしないと約束してくれ。あの時のお前にどれだけ俺の言葉が届いていたかはわからない。だが、あれが俺の本心だ。俺はお前のことが好きだ、愛している。俺がお前にしてしまったことを許せとは言わない、これからも恨んでくれて構わない。だが、どうかこれからは復讐ではなくお前が幸せになる手伝いをさせてくれないか……」

そういえば、ロムルスさんのあの表情を隠していた前髪がなくなっていた。今は、どこかランドルフさんに似たその精悍な顔つきがよく見える。

「俺はずっと逃げていたんだ。本当に愛しているなら、復讐なんてやめさせるべきだった。だが、何か理由がないと俺はお前の傍にいることができなかった。お前に憎まれてでも傍にいたかった……。俺はお前を愛している。なのに、愛し方をずっと間違えてきた。お前には謝ることがたくさんある。しかし、お前がそれを謝って欲しいと思っていないことも分かっている。だから……」

「ロムルスさん……、大丈夫です。もういいんです」

その言葉は様々な意味を孕んでいるように聞こえた。

エンジュさんの手を握り、頭を下げるロムルスさんの肩にそっと手を添え、ランドルフさんが深く頭を下げた。

「エンジュ君、もう聞きたくもないかもしれないが私からも謝罪をさせてくれ。過去の出来事は、私達騎士団が国から騙されて行ったこと……これは間違いなく事実だ。しかし、おかしいことはいくらでもあった、あの悲劇は止めることができたのにそれを私は止めることができなかった。すべての咎は――」

「ランドルフさん……やめてください。僕も本当は分かってるんです。あの日、僕達を地獄に突き落とした奴らは既に今の王様に裁かれているんだってことは。僕は、復讐という大義名分を掲げることで自分が生きていく理由が欲しかっただけなんです。ですから、もう謝らないでください。あなたがウィルフレドさんを大切に思い、ウィルフレドさんも同じ思いということが今の僕には何よりの救いです」

エンジュさんは緩く頭を振り、自分の歪みと向かい合いそれとはもう折り合いをつけているのだとその口から語る。

「エンジュ君、俺も君の気持ちへの配慮が足らなかった。俺は君と再会できたのがただ嬉しくて、俺が今は幸せでいることを伝えたかったんだ。けど、それは君を追い詰めてしまった……」

時に人はそこに存在するだけで他人を追い詰めるから、ウィルフレドさんは切ない笑いを浮かべる。

「昔ある人に教えてもらったんだ。憎むこと、復讐すること、それを生きる縁にするのは簡単なこと。でも逆に、誰かを許すのはとても難しいことだって」

過去に思いを馳《は》せているのか、ウィルフレドさんの目がどこか遠くを見る。

「それでも俺達は許さなきゃいけない、俺達自身が前に進んで幸せになるために。スイ君も言ってたろ？　復讐を無理にやめなくてもいいって、だけどその方法に自分まで傷つくことを選んじゃだめだ。俺達を踏みにじった奴らのせいで俺達の未来まで潰れるなんて、それこそ許せないじゃないか。俺は幸せでありたいよ。かつて俺を蔑《さげす》んだ奴ら全員に『俺は今こんなに幸せだ、ざまあみろ』って胸を張って言えるくらい幸せでありたい」

ウィルフレドさんは笑いながら泣いていた。

「だから俺はランドルフも獣人も自分自身も許して、共に生きていくことを選んだよ。少なくとも、獣人ってだけで無差別に憎むのはやめた。君がまだ復讐を望むなら、まずは落としてなくしてしまった幸せを全部集めまくって、積み上げた幸せの上で『お前らなんかには負けない』って笑ってやれよ」

「ウィル……私はお前を……」

涙を流すウィルフレドさんの背中を、ランドルフさんがしっかりと抱きしめる。その腕をウィルフレドさんが握り直し微笑んだ。

「馬鹿だなランドルフ。俺はもう十分すぎるぐらい幸せだよ」

「ならば私はその幸せをこれからも守り続けよう……」

幸せだと微笑むウィルフレドさんに、ランドルフさんの瑠璃《るり》色の瞳が潤む。それを見て、エンジュさんの朱の瞳がロムルスさんに向けられる。

「ロムルスさん、あなたの顔をよく見せてくれますか？」

「エンジュ？」

「もっと近くへ」

「ああ……」

おずおずと顔を近づけるロムルスさんにエンジュさんは手を伸ばし、ゆっくりとその顔をなぞる。

「ああ、これがロムルスさんの顔。ずっとずっと……もう一度だけでいい。あなたのその瞳の色を見てみたいと何度願ったことでしょうか……」

ロムルスさんの目、鼻、口、そして獣耳に指を這わせながら、エンジュさんは過去へと思いを馳せているようだ。

「土砂崩れに巻き込まれる直前、最後に見たあなたの顔を忘れたことはありません。僕を助けてくれようとした見も知らぬ獣人……。ですが、セイル先生のところで共に暮らすうちに僕の心はロムルスさんのことを……。それなのに、僕はあなたを利用して苦しめました。そんな僕を、まだ愛してくれますか？　ロムルスさ――ッッ!?」

ロムルスさんは僕達が驚くほどの勢いでエンジュさんを強く抱きしめ、打ち震えていた。

「ロムルス！　言葉にするというのはとても大事なことだと俺は教えたはずだが？」

「それをランドルフが言うわけ……？」

ロムルスさんを鼓舞《こぶ》しているつもりなのだろう、言葉をかけるランドルフさんをウィルフレドさんがじっとりとした目つきで見つめていた。

「エンジュ、……俺はエンジュのすべてを愛している。これからの未来を共に『伴侶』として生きてくれるだろうか？」

顔を真っ赤にして泣きながら、ロムルスさんはエンジュさんにまっすぐな愛の言葉を伝えた。エンジュさんも泣きながらその言葉に強く頷き、再びロムルスさんに抱きしめられる。

ああ、これが僕の望んだ物語の結末。セイル先輩、あなたもこれを望んでいた、だから僕にすべてを託してくれたんですよね？

「スイ、俺達も抱き合うか？　お前の好きな絵本でこういうのがあったじゃねぇか」

「馬鹿言わないでよ……。でもね、僕もそのお話は大好きだよ」

そうして、僕は隣に立つガルリスの手を握った。その手の上にクロが飛んできて、鳴き声を上げる。

それはまるでこの物語のハッピーエンドを祝福するような鳴き声だった。

エピローグ

長かったキャタルトンの旅が、ようやく終わりを告げる。いや、終わりと言ってもまだまだ事後処理は山積みだ。

エンジュさんとロムルスさんの処遇、彼らの今後、『擬獣病』の治療法の確立、クロという希少種の保護、未だ燻《くすぶ》り続けているかもしれないヒト族の獣人への恨みの存在、カナン様への報告。

「でも、取りあえずは一段落だ」

僕はベッセの宿から抜け出し、町外れにある林の近くで空に見える二つの月に一度視線をやってから、ある人物に声を掛ける。

「いるんでしょ？　キャタルトンの密偵さん」

『なんだ、気づいてたのか。勘のいい坊やだな』

姿なき声の存在に、僕は特に驚くことも怯えることもなかった。普通の声じゃない、しゃがれたようなあえてそういう声を作っているような声だ。

「小さい頃から近くにそういう人がいたからね。その手の視線とか気配には慣れてるんだ。詳しいことを教えてくれる人もいたし」

常に僕達家族を陰から守ってくれた黒衣の竜族を思うと、なぜか僕は自然と微笑んでしまう。

『なるほど、なるほど。お前さんはそういえばいいとこのお坊ちゃまだったな』

「あなたも密偵さんの割にはずいぶんとお喋りだね」

皮肉な物言いの密偵に、僕は否定も肯定もせず余裕を見せてみる。彼に僕を害する気があれば今までにいくらでも機会があったはずだ。旅の中で幾重にも感じた視線、それは監視というよりは僕を守るためのものだと感じたから放っておいた。ガルリスもきっと気づいていて害がないと判断したから放っておいたはずだ、そうでなければこの密偵が今ここに生きて立っていることはない。

『いつから気づいてた？』

「キャタルトンの都を出てしばらくしてからかな。カナン様の立場を考えれば、僕達に監視をつけるのは当たり前でしょ？　カナン様はあまり駆け引きとか得意そうじゃないから、純粋に僕を守るためにつけてくれたんだろうけど」

「相変わらず賢いガキだよ、お前さんは」

クックックッと愉快そうに笑いながら、その密偵は闇の中から姿を見せた。

「――っ!?」

あらわになったその姿と声に僕は息を呑んだ。

癖の強い灰赤色の髪。

やる気の感じられない少しタレた暗緑色の瞳。

上背はあるもののやや細身で撫で肩な身体つき。

何よりも全身から漂う気だるさ。

あの頃より顔に傷が増えている気がするけどそこに立っている人間の名を僕は知っていた。

いや、忘れることなんてできなかった。

「ガレス、なんであんたが……」

「デカクなったなチビ。ずいぶんご立派になっちまって『至上の癒し手』様とでも呼んだほうがいいか?」

「やめてよね。あんたにそう呼ばれると鳥肌が立っちゃうから」

「しかし、お前さんがチビだった頃のあの連中馬鹿だよな。自分の望みのものは手に入れてたんだぜ? それなのにそれを全く理解せず、上手く利用することもできなかった愚かな奴ら」

相変わらずの態度に僕は頭を抱えそうになる。それでも僕が目の前の存在を懐かしいと感じるのは、その思い出が苦いものだけではないからだろう。

裸体にかけられた綻《ほころ》びだらけのマント、粗末な藁《わら》の寝床、熱々のテポト、唯一の話し相手。そんな他愛もないあれこれが、驚くほど鮮明に蘇る。

「そんな連中の下にあんたもついてたんでしょ。ああ、お礼を言ってなかったね。『ありがとう』あんたがいろいろと子供が知るには余計なことまで教えてくれたおかげでこんなに捻くれて育っちゃったよ」

「捻くれてんのか? 俺にはイイトコのガキが愛されて甘やかされて、それでも賢くまっとうに育ったようにしか見えねぇな」

「それは褒めてんの? けなしてんの?」

「ご想像にお任せしますとも」

変わらない、本当になんにも変わってない。だけど、決して嫌じゃない。

「そういうあんたは騎士をクビになって今は密偵家

業？」

「クビじゃねぇよ、自主廃業だ。どうも俺にはこっちのほうが性に合ってたようでな」

「へぇ、自己分析は間違ってないと思うよ。でも、落ちぶれてそのへんの酒場で飲んだくれてる姿もとっても似合うと思うから今度やってみたら？」

「おいおい、お前の中の俺のイメージどうなってんだよ？　あんなに牢の中ではかわいがってやったのによぉ」

意図的に誤解を招く言い方をするガレスに僕は溜め息を吐く。ここにガルリスがいなくて本当によかった。

「ちなみに今の俺はキャタルトンの密偵や諜報員を統括する素敵なおじさんだ」

「うん、よく似合ってるよ。暗殺とか、破壊工作とか、潜入とかそういうのすごく似合う似合う。よかったね天職が見つかって」

「ずいぶん言うようになったじゃねぇか。まぁいい、今の俺はあの王様直属ってわけだ」

カナン様とガレス。どうにもこの二人が結びつかない、きっとエルネストさんあたりが上手いこと手綱《たづな》をとっているのだろう。

「俺はもともと誰の敵でも味方でもねぇ。俺は我が身かわいさ、保身第一で日々を暮らすしがない庶民だぜ？　正義だの道徳だの、そんなご大層なモン知らねぇっての。あの時だってそうだ、勝ち目のあるほうに乗っただけだしな」

ガレスの言う『あの時』っていうのは、聞かなくてもわかる。

「まぁ、カナンは割と面白いからな。もうちょっと付き合ってやってもいいと思ってるんだぜ？　どこまであいつが成長できるか、白と黒だけじゃ割り切れないこの世界でどう生きていくのか見ものだからな」

「へぇ、そういう風に考えるんだ。あんたの世界は白と黒だけだと思ってたよ」

目先の利益と先の展望を冷徹に見通し秤《はかり》にかけて身の置き所を決める。夢や希望や甘い楽観を廃した白と黒の世界が目の前の赤毛の元騎士には似合う。だけど、そんなガレスがカナン様を評する言葉は少しだけ、何か期待を感じさせるものだと感じるのは僕の気のせいだろうか。

「白と黒？　そんなきれいな世界があるもんか。この世は白黒混ざり合って斑《まだら》になった灰色がデタラメに塗りたくられてできてんだ」

「でも、そんな世界が嫌いじゃないいんでしょ？」

「まぁボチボチな」

本当にこの人はあの頃と何も変わらない。

「それで、わざわざ俺を呼び出したってことはなんか話があるんだろ？」

「ああそうだった、まさかあんたが出てくるとは思わなかったから。でも、逆に聞きづらくなっちゃったんだけど」

「言ってみな言ってみな、どうにかなることならどうにかなるしならんもんはならん」

確かにそのとおりなんだけどガレスに言われると微妙に腹が立つ。

「カナン様は今回の事件の原因となったエンジュさんとロムルスさんをどうするつもりだと思う？」

「無罪放免でいいんじゃねぇか？　誰も死んじゃいねぇんだし、悪さをしてた連中には相応の報い、騎士様は皆様高潔でいらっしゃるのできっと逆に謝りすらしても文句は言わねぇと思うぞ？」

「ガレスの意見じゃなくて、カナン様がどう考えてるかってことが知りたいんだけど」

ガレスが少しだけ目を細める。彼のことだから、それに特に意味はないと思うけど……。

「あいつはなぁ……」

「自分の国の王をあいつってあんたさぁ……」

「いいんだよ本人がいいって言ってるんだからよ。まぁ、それはさておき、カナンはまっすぐで真面目な奴だがそれだけの奴じゃない。公明正大であろうと願ってんだろうけど、清濁《せいだく》を併《あわ》せ呑む覚悟は持ってる。俺が言えるのはそんなところかねぇ。それより、そんなこと俺に聞かねぇでお前さんがカナンにあいつらを罪に問わないでくださいってお願いすりゃほいほいってあいつは頷くと思うぜ？」

ガレスが言うことはいちいち的を射ている。僕もそれは分かっているつもりであえてカナン様がどう考えるか聞いたのだから。

「そうだね、でもそれは僕が決めることじゃない。カナン様とエルネストさんがエンジュさんとロムルスさんと向き合って、この国の過去と未来を考えてそれぞれが決めることだよ。僕の物語はここまで、医者としての役目は果たしたし、ここからの物語の主役は彼らだと僕は思うんだ」

「びーびー泣いて、土下座すれば人が動くと思ってたガキがずいぶんと立派なことを言うようになっちまって、俺は嬉しいぜ」

ニヤニヤと笑いながら僕の黒歴史をほじくり返すガレスをひと睨《にら》みして僕は続ける。

「でも、彼らの友人として彼らが僕に何か助力を求めてくることがあれば、なんでもとは言えないけど可能な限り力になりたいと思うから……」

「やれやれ本当に立派になっちまってまぁ、やだねぇ俺も歳をくうわけだ」

ガレスは唇の左端を引き攣らせて笑う。今さら気がついたけど、昔はなかった唇を縦断する傷ができていた。

「なぁ、こいつのことを覚えてるか?」

「それは……」

僕はガレスが懐《ふところ》から取り出した鈍色《にびいろ》の櫛を凝視する。

「あの時の魔法の櫛、だよね?」

その櫛に僕は確かに見覚えがあった。

「ご明察」

「本当に保管庫から盗み出したんだ」

子供との口約束をしっかりと実行していたガレスに苦笑する。

「あ? 盗み出すとか人聞き悪ぃな。労働には正当な報酬が支払われなきゃいけねぇよ。一般社会の常識だぜ」

「常識って言葉が驚くほど似合わないよね」

彼を見ていると、自然と憎まれ口が出てくるから不思議だ。

「で、今さらそんな思い出の品を出してどうするつもり?」

「これな、マジで魔法の櫛だったんだわ」

「え?」

「ちょっと見とけよ」

ガレスはいつの間にか取り出し、指先でもてあそんでいた金貨を櫛で軽く叩いた。すると金貨の輝きがみるみるうちに色あせていく。

「……錆《さ》びた？」

「ああ、錆びるんだ」

僕があの日裏町でもらった魔法の櫛は、たたいた物を錆びさせる力を持っている。十数年越しの真実に僕は驚いた。でも――。

「ちょっと微妙……、じゃない？」

「お前もそう思うか？」

「うん……普通に暮らしてて、何かを積極的に錆びさせたいこととか、あんまりないよね？」

「だよな」

「なんか……ごめん」

こんなしょうもないガラクタを、まるで取引の切り札であるかのようにドヤ顔で掲げていた自分が恥ずかしい。

「まぁ、普通に櫛として重宝《ちょうほう》してるからいいけどな」

「その髪で櫛？」

ガレスの髪は、昔より短く刈り込まれているからその言葉が不思議だった。

「いやいや、ここ見ろって」

そう言って後ろを向いたガレスの背中には、後ろ髪の一房のみを伸ばして編んだ細いオサゲが揺れていた。

「変なの」

「変とか言うな、傷ついちゃうぜ？」

僕達はどちらからともなくクスクスと笑い合った。

「あっ！　そうだった、ガルリスがああなったときどうして姿を見せて加勢してくれなかったのさ！　近くにいたよね！　絶対！」

「おいおい、無茶言うなって。相手は理性を失った竜族だぜ？　か弱い俺が出てったところでさくっと殺されちまうだけだろうが、だから援護してやったじゃないかあの遠吠えは俺の得意技なんでな」

そんな百戦錬磨《ひゃくせんれんま》間違いないみたいな姿で本当によく回る舌だと思う。だけど、確かにあの場面でガレスに助けられたのも真実だ。

「ねぇ、ガレス。いつかまたどこかで会えるかな？」

「生きてりゃな」

「じゃ、さよならは言わないね」

僕はそのまま踵《きびす》を返し、宿への道を急ぐ。振り返ることはしなかった。

僕の気のせいじゃなければ遠くで微かに遠吠えが聞

こえた気がする。それは本当に気のせいだったかもしれないけど……。

そして僕はどうしてそんなしょうもない櫛をガレスが持ったままでいるのかそれを聞くことを忘れていたことにずいぶんたってから気づくことになる。


それからしばらく後、キャタルトンでの仕事を一通り終えた僕は竜になったガルリスの上で空の旅を楽しんでいる。

思いのほか滞在が長引いてしまったのは、いろいろなことがあったせいではあるのだが一番は『擬獣病』が治るところをこの目で確認したかったからだ。クロに申し訳なく思いながらも血液を提供してもらい、ヒト族の魔力と組み合わせることで『擬獣病』の因子を活性化させることになる事実と共にそれをレオニダスに送って、研究の結果が出るまで待っていたからだ。

結果が出て、薬が出来上がってきたのは予想より早かったものの、それが効果を示すまでにはしばらくの時間を要した。

ただ、出来上がった薬は完璧だった。今ではバルガさんもフレドさんも、他の患者達も皆日常生活を送れるまでに回復しているのだ。ゼン君とルゥ君は元気になったバルガさんに抱かれ本当に嬉しそうな、子供らしい笑顔を見せてくれた。彼らとの約束を守れたこと、彼らの日常を取り戻せたことは僕の誇りだ。

その時ガルリスがゼン君に、スイに惚れるなよと忠告していたことは忘れたい。確かにゼン君はアニマだけどまだ子供だとガルリスに突っかかれば。なぜか鼻で笑われてしまった。ガルリスのくせに生意気だと思う。

エンジュさん達のことにもけりがつき、ウィルフレドさん達をワイアット村まで送り届けようやく現在に至っているのだ。

レオニダスに帰ったら何をまずしようかと考えていたところにガルリスの声が聞こえてきた。

『なぁスイ、本当にあの二人はこれから大丈夫だと思うか？』

「どうしたの、ガルリスらしくないね。でも、大丈夫だよ。エンジュさんもロムルスさんも、もう一人じゃない。人間一人じゃなければどんなことがあったって生きていける。ガルリスもそれはわかるでしょ？」

「……ああ」

結局、カナン様はそもそもがキャタルトンの王族の過去の所業が発端であること。

死者もおらず、その病も完治したこと。狙った相手が罪人であること。

そして、被害に遭った騎士達から逆に罪に問うことをしないでくれと嘆願され、エンジュさんらを罪に問わないことを決定した。

だけど、エンジュさんとロムルスさんがそれを受け入れなかったのだ。ならばどうすると問うカナン様にエンジュさんはすべてが吹っ切れた表情で答えていた。

この国にもっと医療を広めたいと、ベッセのような村はいくらでもある。一ヶ所にとどまるのではなく、その村を巡回し、罪を償うための奉仕活動を行いたいと。

それは言葉にするより遙かに過酷なことだ。キャタルトンは砂漠と荒れ地、そして熱帯雨林に囲まれた生きていくだけでも一苦労な土地だ。その地で旅を続け、医師としての仕事をこなすというのは体力と精神力がどれだけ必要になることか……。だけど、エンジュさんは負けないだろう。なぜなら、その傍には常に寡黙で頼もしい虎族がついているのだから。

カナン様もエンジュさんからの申し出に、あまりに過酷なことだと難色を示したものの最終的にはそれを受け入れた。ただ、キャタルトンとしてもその活動に対する支援を行うという条件付きでだが。

ガレスはきっとその光景をどこかで見て笑っていただろう。いや、こうなることをガレスは予想していたのかもしれない。

僕も国に帰ったら、レオニダスからのさらなる医療支援をキャタルトンに届けるよう、各方面に働きかけるつもりだ。

あっ、そういえば忙しすぎてセイル先輩のところに寄るのを忘れていた。いや、でも先輩はすべてを知ってそうだし問題ないだろう。帰ったら一応書状をしたためておくかと思案する僕の耳に再びガルリスの声が飛び込んできた。

『なぁスイ……ちょっと聞いてもらえるか？』

「えっどうしたの？　そんなに改まっちゃって」

妙に真剣なガルリスの声に僕のほうが緊張してしまう。

『この旅はお前にとって何点だ？』

「変なことを聞いてくるね。ちょっと遠回りをしちゃったけど概《おおむ》ね問題なし、僕にとっては百点満点の旅だったよ」

『……そうか。なぁ、なら俺はお前にとって何点だ？』

その質問に僕は思わず吹き出してしまう、その音で起きてしまったのか僕の外套の中で寝ていたクロが飛び出してきて僕の肩に乗ってきた。

「おはようクロ。それで、ガルリスどうしたの？　あれあれ？　もしかしてウィルフレドさんやランドルフさん、エンジュさんやロムルスさんが『番』だからそこが気になっちゃったりしてるの？」

『…………』

無言は肯定だ。竜の姿だからわかるはずはないのにガルリスが膨《ふく》れっ面になっているという確信が僕にはある。

どうしてそんなことを思うんだろう？　僕とガルリスはこんなにも繋がっているのに。

「そうだねぇ、エンジュさんの注射器を自分の腕で受けて擬獣化しちゃったのはちょっと減点対象かなー。ってのは冗談だけど、ほんとはわかってるんでしょ？　百点満点だよ。僕の大好きな竜さん」

次の瞬間、ガルリスの身体が光り出す。えっちょっとこれはどうしたの？

理由に行きつく間もなくガルリスの身体は空中で元の人間の姿に戻ってしまう。落下する僕をガルリスが抱きしめてくれたが、このままでは二人とも墜落してしまう。急いで風の精霊達に呼びかけ僕達の落下を食い止め、少しでもゆっくりなものになるように術式を組んだ。

「ちょっとガルリス！　どうしたってのさ！」

「お前が意地悪を言ったからお返しだ」

そう言いながら空中で僕を軽々と抱き上げるガルリス、だけど僕の髪を撫でるその手つきはとても優しい。

風の精霊達のおかげか、ガルリスが何かしてるのか僕たちはその場になんとかとどまっている。それを確認して僕からもガルリスに抱きついた。

見上げればそこには燃えるように赤い髪と瞳がある。

生まれた時から見てきたそれがひどく大切なものに思えるのはこの旅のおかげだろうか。

僕の顔を見たガルリスが表情を崩す。

こうして笑うガルリスが僕は好きだ。だから僕もガルリスに笑い返す。こうしてガルリスがずっと笑っていられるように。

ガルリス……。

僕にとって何よりも大切で絶対に手放すことなんてできない愛おしい存在。

「愛してるよ。ガルリス」

改めて口にするとやっぱり照れ臭い。それでも、きちんと伝えておきたいと思った。

「俺もお前が大好きだぞ、スイ」

そして与えられるのは荒々しくもどこか優しさを感じる口づけだった。

その深い口づけは僕を心の奥底からゆっくりと満たしていく。

愛しい竜の瞳にはこの瞬間、僕の姿だけが映っている。


ああ、この時が永遠であればいいのにと。僕はそう願わずにいられない。

与えられるだけでは物足りない。だから僕からもガルリスへと深い口づけを与える。

僕達は『半身』、二人で一つ。僕はガルリスのものでガルリスは僕のもの。

そうして互いを求め合う、僕達はそれでいい。

そんな僕達の頭の上ではクロが羽ばたき、円を描く。

その円の先の天からは二つの月が僕達のことを見守っているようだった。

次の僕の物語もどうか幸せな物語であるようにとそう願いを込めて、僕は愛しき『半身』の腕の中でゆっくりと瞳を閉じた。

Fin.

チ
チチチ
描き下ろし漫画
スイとガルリス
チチ
チチッ
バ
ザ
サ
ん…
ぱち
朝…？
あ…
昼近くまで
寝ちゃったのか

昨日は結局朝方まで頑張っちゃって…
だいぶ…
頑張っちゃって…
ってなに思い出してんの!!
もぞ…
反応しちゃうだろ〜!!!
ガルリスはまだ起きそうにないし
スヤァ…
先にごはん作っちゃおうかな…
もぞ
わっ
ぐっ

どこ行くんだ
スイ
どこって…
ゴハン作りに
行くだけだよ
まだ
いいだろ
ぎゅうう
アト
ついてる
あっ
べろ
きゅ
んぅ
ガルリス
ダメっ…
なんで？
イヤか？
そんな聞き方
ズルい…！

ちゅ
ん…
ちゅ
ふ
ちゅ…
は…
あ…っ
きゅ
ガルリス…!
すっかり夜!!!
スヤァ
Fin.

無頼の豹を選んだ瞳

『ガレス』


色気もクソもねぇ灰色の地下牢で、嫌気しか感じさせねぇ汗臭い野郎がやたらとその面《つら》を近づけてくる。

あー嫌だ、なんで力任せに尋問する奴ってだいたいこういうタイプなんだろうな？　どうせならかわいいアニムスに色仕掛けで落とされてぇわ。

「単身のこのこもぐり込むたぁずいぶんといい度胸だな？　目的はなんだ？　俺らの何を探りに来た？　黙っててもテメェの身元は割れてんだよ、キャタルトンの騎士ガレスさんよぉ」

「へぇー名前まで知られてるとは俺もずいぶんと有名になったもんだ。けど、ちぃとばかし違うぜ？　俺は騎士サマなんてご大層なもんは大分前に卒業してな、今は汚れ仕事専門の密偵さんだ」

「けっ！　その減らず口、いつまで叩けるか見ものだな」

そんな捻《ひね》りのねぇありがちなやりとりを経て、見るからに悪人面した獣人は去っていく。

すぐに俺を殺さねぇのは、大方拷問でもして情報を引き出すつもりだからだろう。

それにしても体のあちこちが痛ぇ。

まぁ、あんだけしこたま殴られりゃ痛ぇに決まってるか、不感症じゃあるまいし。

「はぁ、こいつも鬱陶《うっとう》しいねぇ」

吊り上げられたまま鎖に縛《いまし》められた腕を少しだけ動かせば、これまたジャラリと色気のない音がした。

精霊術はもちろん、獣体になることも出来やしない。魔力封じの呪《しゅ》までかけてあるとは俺みてぇな小者に随分とご丁寧なこった。

完全に直立することも、床に腰を下ろして座ることもできねぇ絶妙な高さ。

俺をここに繋いだ野郎は、なかなかに人を痛めつける術を心得てやがると他人ごとのように感心してしまう。

こういう終わりの見えねぇ放置系の責めってなぁ、地味な見た目に反して存外キツイ。

殴る蹴るの分かりやすい暴力と同じか、下手すりゃそれ以上にやられた人間の気力と体力を削りやがる。

特に思考力や判断力を低下させる効果は抜群だ。

「放置プレイは嫌ぇなんだよなぁ……寂しいじゃねぇの」

光の差さない地下牢の中だが、俺が人生で培《つちか》ってきた時間感覚が既《すで》に一昼夜が過ぎていることを告げている。

「はぁ……俺もヤキが回っちまったかぁ？　夢見る正義の王子様についちまうなんてよぉ。いや、あいつももう王子様って歳でもねぇな」

腕さえ自由になるならば、無駄に威勢よくうねる癖っ毛かき分け、頭をガリガリ掻きたいところだ。

俺はもともとキャタルトンで不良だの汚らわしいだの言われつつ、一応騎士をしていたわけだが、世間一般の大衆が憧《あこが》れる騎士サマが持つべき王家に対する忠誠心だの敬愛だのといったご大層な感情は、びた一文持ち合わせちゃいなかった。

頼まれた……課せられた仕事を過不足なく適当にこなし、約束された金を受け取る。

俺と王家の関係はそれだけのものであり、俺にとっての王族とは依頼主以上でも以下でもなかった。

なんせキャタルトンの王家は間近で見れば見るほど腐り切った下らねぇ存在で、日々緩慢に滅びゆく連中を見ていても面白ぇことなんざ何一つありゃしねぇ。

それでも俺が騎士を続けていたのは、最初から職場に金銭以外の期待を一切していなかったからだ。

だが、ある日突然王宮に連れてこられたみすぼらしいガキは少しばかり面白かった。

獣人の中でも猫科、そして大型種のアニマが特権階級を占めるキャタルトン王宮の中で、王が気まぐれに市井《しせい》のヒト族に手を付けて産ませた第五王子カナン。

わざわざ孕《はら》ませたってことはなんらかの利用価値を求めていたのか、それとも自分と同じ猫族が生まれるとでも思っていたのか腐れ王の真意は今となっちゃ闇の中だ。

淡い紺色の髪と瞳を持つそいつは、よりにもよってヒト族でアニムスだった。

市井に母親と共に放置されたカナンはずいぶんと苦労したらしいが、俺はそのことについてなんの興味も持てず『おかわいそうに』とすら思わなかった。なんせ俺の生まれ育った環境には、その程度の『おかわいそう』は掃いて捨てるほど転がってたからだ。

が、この第五王子を離れた場所から時々眺めるのは、暇つぶしとしちゃあ悪くなかった。

カナンは差別され露骨に見下される王宮内で、卑屈にならず不貞腐れもせず、心身を鍛《きた》え文武に励んだ。

そうしていつしか、腐った王族の中で誰より王としての優れた資質を持つ存在へと育ったことによっぽど目が曇ってなければ気づいただろう。あの王宮の中で見事なまでの宝の持ち腐れだと、あの頃の俺は鼻で笑ってたっけなぁ。

一方で、スラム育ちのカナンはまったくもって『キャタルトンの王族』らしくなかった。由緒正しい出自の騎士サマにも、末端で働く清掃係にも、カナンは同じように話しかけ気さくな笑顔を向ける。

こんなガキはここじゃ長生きできねぇだろうと思っていたら、カナンという旗印を得たことで国を憂えて本気で夢を追う暑苦しい連中が現れた。連中はカナンを頭に据えようと、水面下で仲間を募り動き始めていた。

旧王族派につくべきか？

カナン擁立派につくべきか？

ハッキリ言って、俺は正義だの国の在《あ》り様だのといった小難しいことにゃまるで興味がなかったし、ぶっちゃけ今だってねぇ。俺にとっちゃ国なんてもんは、自分が生きるための道具に過ぎねぇんだ。その時々において、俺が一番利益を得られる選択肢。それこそが俺にとっての最適解だ。

だから俺はギリギリまで表立っては動かなかった。最後の最後まで様子を見て、勝ちが確信できる側につく。

卑怯上等、何が悪い？

こちとらガキの頃から国家からの恩恵なんてもんには、ついぞありついたことがねぇんだ。そんな人間に愛国心やら真っ当な正義感を求めるほうがどうかしてるぜ。

旧王族派の馬鹿さ加減が際立ってきた頃、俺は少しばかり王族共の『秘密のお話』をカナン擁立派の筆頭であるエルネストに流してやって恩を売りつけた。慢心し切った王族共の情報管理は笑っちまうくらいグダグダで、俺の仕事はえらく簡単だった。思えばこのあたりで俺は旧王族派に七割方見切りをつけていた気がするぜ。

そんなこんなでちっとばかし国を揺るがす事件も起きたところでカナン擁立派のクーデターはあっけないほど簡単に成功する。即位した新王カナンは、すぐさま奴隷制の全面廃止に乗り出した。その熱意の出どころは、国としての大義だけでなく自身がヒト族のアニムスであること、母親が奴隷同然の娼夫であったことも無関係じゃねぇだろう。

奴隷制の倫理的是非については、そっち側に首まで浸かって生きてきた俺みてぇな人間は語るべき言葉を持たねぇ。ただ、これからの世の中奴隷が流行《はや》んねぇことは俺にも分かる。レオニダスを筆頭に力を持つ大国のほとんどが奴隷制廃絶を謳《うた》ってんだから、長い物には巻かれとくべきだ。

けどなぁ、キャタルトンって国は最後の最後まで奴隷制にしがみついてきた国だぜ？　法律で禁止したからって、新しい王様の号令一下生まれ変わります！　なんておとぎばなしはあり得ねぇんだなこれが。

多くの奴隷売買組織が潰れ、あるいは別のシノギに鞍替《くらが》えする一方で、結構な数が地下にもぐって生き残ってんのが現状だ。

そうした事態を憂えたカナンは、俺にとある大手組織への潜入調査を依頼してきた。

上手く尻尾を摑みさえすりゃ、連鎖的にいくつもの末端から中枢組織を潰せる案件だ。それだけ危険もデカかったが、リスクに見合う報酬額を提示されて俺は話に乗った。

密偵だの潜入だの暗殺だのは俺の得意分野だから、仕事はすこぶる順調に進んだ。実際、あとはいくつかの証拠品をかっぱらって消えるだけだったんだ。

それが――。

「らしくもねぇ、ドジ踏んじまったぜ。俺もヤキが回っちまったか」

ひどく殴られてるヒト族のガキに、似合いもしねぇ情けをちぃとばかしかけちまったのが運の尽きだった。

「あーあ、あいつもこんな気分だったのかねぇ……」

俺はふと一人の生意気なヒト族のガキのことを思い出す。

そいつの名前はスイ。

俺とあいつ共に過ごしたのはそんなに長い時間じゃない。国を揺るがす大事件が起きる直前のわずか数日間だ。

それでも、あいつの生意気そうな顔を忘れることはない。

母親は『至上《しじょう》の癒《いや》し手《て》』であり、異世界人のチカユキ。実父は大国レオニダスの名門貴族フォレスターの家の熊族ゲイル・ヴァン・フォレスター。この時点で十分やんごとなきガキだってのに、もう一人の父親がレオニダス王弟で獅子族ダグラス・フォン・レオニダスだってんだからとんでもねぇ。

だが、レオニダス国王アルベルトの甥であり『静《しず》かなる賢王《けんおう》』と称される前国王ヘクトルが溺愛《できあい》していると噂の孫は、なかなかどうして良家の子弟とは思えねぇ跳ねっ返りだった。

テメェの立場も弁《わきま》えず生意気な口を叩き、印象的なエメラルドの瞳も険しく俺を睨《にら》みつけ、気に食わなければ貧弱な乳歯で噛みついてくる気性の激しさ。そのくせ恵まれた育ちのガキに特有の甘ったれた性根も普通にあって、ずいぶんと都合よく俺に頼み事をしてきたもんだ。

「ああでも……頭は抜群によかったなぁ」

ガキを相手に俺も大人げなく意地悪な問答を繰り返したら、最後はきっちり『交渉』を持ちかけてきたんだからたいしたもんだ。

暗い牢獄の中、一人空腹と寒さに震えながら希望を捨てず足掻き続けた生意気なガキ。あいつは一体どんな大人になるんだろうな？　ヒト族は成長が遅ぇもんだが、あいつのマセっぷりを考えると、日ごと年ごとに賢さと生意気さに磨きをかけながら育っているに違いねぇ。

スイが攫《さら》われ深紅の龍が王城を強襲し、我が子を取り戻そうと暴れ回った『狂乱《きょうらん》の戦鬼《せんき》』が伝説になってから早数年。あのチビ助もちったぁ背丈が伸びて肉がついたことだろう。

「ハハ、らしくねーわまったく」

ほんの束の間関わっただけの、もう会うこともねぇであろう異国のガキ。そんな奴の育った姿を見てみたいだとか、いよいよ俺もヤキが回っちまったとしか思えねぇ。

そもそもそんな真っ当な人の親みてぇな感傷に浸る柄か？　この俺が？

「クク、あり得ねぇだろ」

ガキと関わったらだめな人間其《そ》の二だからな、俺みてぇな大人は。

ん？　なんで『其の二』かって？　そりゃあ一番は別にいる――いや、いたからだ。

「ありゃぁひどかったもんなぁ……」

俺の脳裏に『ガキと関わったらだめな人間其の一』もとい、忘れたくとも忘れられない相手のニヤケ面が浮かんで消えてげんなりした。

＊＊＊

俺はずいぶんと小汚ぇガキだった。

いや、何も俺だけに限ったことじゃねぇ。

俺が生まれ育った場所じゃガキは小汚ぇのが当たり前だったし、なんなら大人たちも小汚かった。

稀に目にする身ぎれいな奴はだいたいがヤクザ者で、地べた這いずる小汚ぇ連中からなけなしの金品を搾取《さくしゅ》するのが生業だった。

物心ついた頃、俺の周りに親と呼べる大人はいなかった。俺だって木の股から生まれてきたわけじゃあねぇから、間違いなく親父とお袋がいるはずなんだが、それは欠片たりとも記憶に残っちゃいねぇ。そのことをとりたてて不幸とは思わなかったし、今も自分の親がどこの誰なのかは限りなくどうでもいい。知ったところで何も変わりゃしねぇからな。

そこで生まれたのか、どこからか流れ着いて捨てられたのかも分からねぇが、俺はキャタルトンの都市の中でも治安が最低最悪なスラムの片隅で生きていた。

常に血と汗と死の臭いが漂うスラムで、俺はいつも腹を空かせて体のどこかしらが痛かったことを覚えている。塔に幽閉されていたスイなんぞより、よほどひどい有様で日々を過ごしていたもんだ。

スラムにおいて幼く弱いガキは大人から守られる対象じゃねぇ。

あそこじゃ弱い者は、幼かろうが年老いていようが強い者から容赦なく搾り取られるだけだ。

ありとあらゆるものを無慈悲に奪い奪われ、何もかもが無造作に売り買いされる街。食い物、衣服、性に命――そこに禁忌《きんき》なんかありゃしなかった。

俺は猫科でも大型種である豹族のアニマな上に、どうにもかわいげの欠片もねぇ面をしていたおかげで性的対象として狙われることは少なかったが、それでもいつどこで血迷った野郎に伸しかかられるか分かったもんじゃなかった。物理的に入る穴が目の前にありゃ取りあえず挿《い》れる、そんな連中が昼間から安酒飲んでウロウロしてやがるのがスラムだ。

実際、見てくれのかわいらしいガキ共は成人前に犯されるだけ犯され、気がついたときには自ら色を売って強《した》かに稼いでいたもんだ。俺はそれを汚ぇだの不道徳だの言うつもりはねぇよ。なんでかって？　俺はその頃には既に何人もの人間を殺していたからさ。

生きるために性を売るガキと、生きるために生を奪うガキ。ご立派な世間サマの基準じゃどっちがより罪深いんだろうかねぇ？　それともどっちも自分には関係のない、この世の最底辺で起きてる知らない世界の物語か？

俺が初めて人を殺したのは多分十歳くらいだったはず。多分ってのは、俺は自分の正確な誕生日を知らねぇからだ。別にスラムじゃ珍しい話じゃない。あそこじゃ人の命は銅貨一枚どころかパン一片より安かったから、誰がいつどこで生まれようが死のうがそこにたいした意味なんかなかった。

俺が殺したそいつも、俺が盗んだパン欲しさに俺を棍棒で滅多打ちにし、その場にしゃがんでガツガツと貪り食ってやがった。俺は腹が立ったから、近くに落ちていたでかい石でそいつの頭をガツンと一発。そいつは血を流して動かなくなったってわけだ。

恐怖も罪悪感もなく、俺はそいつが最期まで握っていた食いかけのパンを奪い返して頬張った。死体の手から奪った食いさしのパンはどんな味かって？

別にどうもこうもねぇ、ただの粗悪な材料で焼かれた雑な味のパン、ただそれだけだ。

それからも幾度となく殺されかけては殺す日々を繰り返し、俺は痩せっぽちながら背丈だけは伸びて、スラムの悪ガキ共を束ねる頭になっていた。

兄貴と呼ばれ手下を従え、同じようなグループと何かっつうと喧嘩しては吸収合併。気がつけば俺の率いる群れはスラム最大の集団にまで成り上がり、ガキ同士だけじゃなく悪い大人を相手に取引と抗争を繰り広げた。

スラム育ちのガキの集まりだから、当然全体としての知能指数はすこぶる低い。偉そうにしてた俺自身も、文字の読み書きも満足にできねぇガキだった。

誰一人として教育と呼べるものを受けてきてねぇから、まともに読み書きさえできやしねぇ。

それでも群れってのは不思議なもんで、馬鹿と阿呆だけが寄り集まると、その中から比較的賢い奴と厳選された馬鹿が出てくる。

大型鼠族のラフィは小柄で腕っ節は強くねぇものの、目端が利いて盗品を売り捌《さば》くシノギを実に手際よく回してくれた。

山犬族のエドは厳選された馬鹿だったが恐ろしく喧嘩が強かった。

それから賢く、アニムスにもかかわらず腕の立つ川《かわ》獺《うそ》族のレイシャは、俺の右腕であり初めての恋人でもあった。

金も家族も学も身分もない。なんなら明日の命の保証すらねぇ。そんなナイナイ尽くしのその日暮しをしながら、それでも俺らは毎日そこそこ楽しかった。誰かしらがしょうもねぇことをやらかして、皆で腹を抱えてゲラゲラ笑う。基本的に馬鹿と阿呆しかいねぇ群れだったから、食いもんがなくても笑いのタネだけは尽きなかった。

「ガレス、面白い話があるんだけど」

そんなある日、レイシャが行為の後の寝台で持ちかけてきた。

「なんだよ?」

覚えたての情事の後に、これまた覚えたての煙草をふかしながら俺は問う。滑稽《こっけい》なことに、あの頃の俺は二つ歳上のレイシャの前で大人ぶることに余念がなかった。

「シノギのことなんだけどさ。もっと大きく儲《もう》けたくない?」

「へぇ? 面白そうな話じゃねぇか」

幻覚作用のある催淫剤の闇取引。レイシャの持ってきた話は明らかに危険だが魅力的で、俺はすぐさまその気になった。馬鹿なガキってのは手に負えないよな、怖いもの知らずでよ。

より深い闇に躊躇《ちゅうちょ》なく仲間を引き連れ飛び込んだ俺は、それまでとは比べ物にならない額のシノギを上げた。これがきっかけで俺の名は裏社会で少しだけ知れ渡り、俺らの群れは目に見えて豊かになった。

金はいいモノだ。何がいいって、価値として分かりやすいのが最高だ。『世の中には金で買えねぇモノもある』ってなぁ、実際に金持ってる奴だけが実感込めて言える台詞《せりふ》だぜ。それに逆説的に言えば『世の中の大抵のモンは金で買える』ってことだしな。

ただまぁ残念なことに、ガレス君成り上がり物語の絶好調編はそう長く続かなかった。

俺たちの暮らすスラムを支配下に入れようと、色街を仕切るでかい勢力が動き始めたからだ。これに対し、スラムの連中は独立維持派と傘下参入派で真っ二つに割れた。

俺と俺の群れは他所者にでかい面されるなんざ真っ平御免《ごめん》と、深く考えることもなく独立維持の姿勢を取った。俺も仲間もケツの青いガキだったから、現実的な勝算や利害よりも感情的な快・不快で物事を決めちまったんだ。

外に控えた色街勢から潤沢な補給を受けられる傘下参入派との戦いは、戦力的にも物資的にも最初から不利だった。

それでも次々と投降していく独立維持派の大人たちを横目に、俺らクソガキ部隊はかなり善戦したと思うぜ？　地の利を活かしてスラムを要塞化し、『殲滅《せんめつ》』ではなく『制圧』を望む相手方の弱みに付け込んで、最後までいやらしく粘ってやった。負け戦と悟りながら、俺らはガキの意地を貫き通すためだけに戦ったんだ。

だけど所詮は焼け石に水。戦いが始まって何日目かの朝――俺らのスラムは完全に落ちた。この日このとき、俺は生まれて初めて自分の『故郷』が侵略される怒りと屈辱ってやつを知った。

俺の育った街はロクなもんじゃなかった。淀んだ空、卑猥《ひわい》な落書きで埋まった壁、ゴミだらけの地べた。その地べたを這いずる生ゴミみてぇな住人。悲鳴と暴力、血と死の臭いに満ちた路地裏。端的に表現すれば『劣悪』の二文字で事足りちまうような、腐った掃き溜めの街。それでも、あそこは間違いなく俺の『故郷』だった。

「最後まで抵抗しやがったのがこんなガキとはな」

「ガキで悪ぃかクソ野郎！」

暴れに暴れ力尽き捕らえられた俺は、威勢だけは無駄によく悪態を吐いた。小賢しく、阿《おもね》って命乞いをする気にはならなかった。

俺を信じてついてきた仲間には死んだ奴らも多い。斬られ、射《い》られ、潰され、焼かれ死んでいった。俺につくことを選んだのはそいつら自身だから、結果がどうなろうがそりゃあ自己責任ってやつだ。

けどな？　それなりの期間を家族同然に過ごしてきた仲間が目の前で次々と死ぬのを見ちまったら、さすがの俺も責任なんてらしくもねぇもんを感じたもんだ。

「威勢だけじゃこの世は渡れねぇぜクソガキ」

跪《ひざまず》かされた俺の頭上に重そうな戦斧が振り上げられた。一撃で首を落としてもらえるなら、そう苦しむこともなく逝けるだろう。最下層のスラムで好き勝手に生きてきたクズの最期にはお似合いだ。


レイシャ、どうかお前だけでも生き延びていてくれ。

人生の最後に虫のいい願い事一つ胸に抱き、俺は薄ら笑いを浮かべたまま斧が振り下ろされるのを静かに待った。

「待て」

そのとき、艶のあるよく通る声が響いた。

おいおい、こちとら潔《いさぎよ》く死ぬ覚悟決めてんだぜ？　水差すんじゃねぇよ。俺はほとんど反射的に声の主を睨みつけた。

ざわつく人波を割って現れたのは、煙管《キセル》を咥《くわ》えた長身痩軀の豹族だった。

黒に近い藍色の長い髪を一部結《ゆ》い上げ飾り櫛でまとめ、青紫に銀糸で刺繡《ししゅう》の施された長衣を羽織って帯を締めて、そこに黒い鞘《さや》に収められた鍔《つば》のない長剣を差している。

匂いでアニマであることは分かったが、その白い顔はどちらともつかない繊細な作りをしている。ただし細く弧を描いた禍々《まがまが》しいまでに紅《あか》い瞳が強く光り、一瞬たりとも油断できねぇ相手であることが一目で分かった。

「この小僧は？」

「はっ！　街を要塞化し、遊撃隊を組んで最後まで粘っていたチンピラの頭です」

「ほう？　こいつが……ふん、どんな手練《てだれ》かと思えばまだまだ小便臭い小僧じゃないか」

元より細い目をさらに細めて俺を見下ろすそいつが、相手方の大将であることはすぐに知れた。

「小僧、お前の名は？」

「ケッ！」

これから殺されるガキの名前なんぞ聞いてどうするんだと、俺は地面に唾を吐いた。その瞬間――。

「ガハッ‼」

俺の体はそいつの背より高く蹴り上げられた。一瞬の躊躇も予備動作もない、そりゃあキレのある見事な暴力だったぜ、クソ。

「俺の質問には速やかに答えろ。俺はあまり気が長いほうではない、それに馬鹿とぐずは好かん」

禍々しさを増した紅い瞳が俺を搦《から》め捕《と》り妖しく濡れていた。

「……ガレス」


「そうか、俺はファランだ」

そいつの名乗りに俺は少し驚いた。薄汚いこれから殺すスラムのガキ相手に、身ぎれいな大人がまともに名を名乗るとは思っていなかったのだ。

「お前はなぜ命乞いをしないんだ？」

ファランは俺の目を覗《のぞ》き込み、煙管を咥えたまま形のいい薄い唇を吊り上げて笑った。

「意味のねぇことはしねぇ主義なんだよ。時間と体力の無駄だろ？」

「生意気な小僧だ」

「痛っ！」

目の奥が笑ってない不穏な笑みを浮かべたまま、ファランは俺の髪を鷲摑《わしづか》みにして引き上げる。ブチブチと何本かまとめて髪の抜ける音がした。

「こんなクソみてぇな街で育ったガキが品行方正ないい子ちゃんなわけねぇだろ？　馬鹿かアンタ？」

「なるほどなるほど、まいった。確かに一理あるな」

「ぐッ――！」

「ほう、悲鳴も上げんかたいしたものだ」

笑ったままの顔で、ファランは俺の腕に煙管の火口を押しつけやがった。初めて顔を合わせたガキに、十分もしねぇうちに蹴りとヤキを笑顔で入れる。それがファランという男だった。

「悪趣味な遊びならもう十分だろ？　さっさと殺せよ。それともアンタ、暇なのか？」

細身の優男から感じる異様な圧に肌を粟立《あわだ》てさせながら、俺は懸命に虚勢を張った。クソみてぇな人生なら、せめて終わりぐらいは格好をつけて終わりてぇ。

「よく吠える小僧だ」

「――――ッ」

髪を鷲掴んだファランの手に力がこもり、俺は無防備な顔面をファランの眼下に晒《さら》す。俺を見下ろす紅い瞳から感情を読み取ることはできなかった。

「かわいらしく媚びて尻尾を振れば悪いようにはしないぞ？」

「誰がテメェなんかに！　お断りだ！　さっさと殺せ！」

底意地の悪い要求に俺は唇を歪めた。本当は唾を吐きかけてやりたかったが、口の中がカラカラに乾いていたからそれが精一杯の抵抗だった。

「ふむ……いかんせんかわいげがないな」

ファランが大きく開けていた胸元をさらに寛げ、腹に巻いたさらしから短剣を引き抜いた。そんな場合じゃねぇだろうに、俺は着衣の隙間から覗くファランの白肌に目を奪われる。真っ白い肌に赤と黒で刻まれた艶やかな彫り物。わけもなく胸がざわついて息が詰まった。

「化粧がわりとは言えないが……」

「ひぐ――――ッ!?」

鋭い刃の切っ先が頬ににずぷりと埋まり、そのまま鼻を横切りすっと引かれた。

「ふむ、見違えるほどによくなった。俺好みのいい面だ」

ファランが両手で俺の頬を挟み、満足そうにうっとりと微笑む。それはまるで熟《う》れた毒の花が咲き乱れるような、甘く禍々しい笑みだった。

「なんなんだよ、アンタ」

辛うじて絞り出した俺の声は、情けねぇほど掠れていた。

こいつはやべぇ奴だ。それも普通じゃなくやべぇ。

今すぐ逃げろ！

　俺の本能がそう叫ぶ。なのに魅入《みい》られたかのように、毒々しさを放つ微笑から目が離せない。食われちまう。俺は、この魔物に食われちまう。

「ガレスといったな小僧。この世は勝った者がすべてを奪う、それぐらいは理解しているな？　ならば、負けたお前は俺のモノだ」

　ファランの赤い舌が、刻まれたばかりの傷痕を端から端までゆっくり丁寧に舐める。

「くそっ、痛ぇよ変態野郎……！」

　猫科のザラついた舌が、裂けた肉を擦る鋭い痛み——それだけならよかった。俺は痛みの中に、下腹の震える快楽を確かに感じちまったんだ。


　敵方の頭であるファランに気に入られた俺は、奴の治めるキャタルトン最大の色街ニライに戦利品の一つとしてお持ち帰りされた。やりたいことも行きたいところもなかった俺は、流れに身を任せ逆らわなかった。仮に逃げ出すにしても、全身に負った大小の傷が癒えるのを待つべきだ。

「これがニライ……」

　ファランに連れられ街を歩きながら、俺は大人たちが半ば夢見るように呟《つぶや》いていた『悦楽の都』と呼ばれるニライの様子に息を呑《の》む。立ち並ぶきらびやかな店に、美しく着飾った娼夫たち。そりゃぁもう俺が生まれ育ったスラムと同じ国、いや世界とは思えなかった。そのくせ漂う空気は明らかに健全なカタギの街とは違う。表面をどれだけ磨き上げたところで、根底に流れるそれにスラムと変わらない何かを感じた。

「色と欲の街、『悦楽の都』ニライ。どうだ？　俺の治めるこの『国』は」

「国？　そりゃまたえらく大袈裟《おおげさ》だな」

「くく、大袈裟かどうかはいずれ分かる」

　笑って答えたファランの言葉が誇張のない真実だと、俺はすぐに思い知ることになる。

「ファラン様！」

「どうした？」

　ファランの前に一人の犬族がまろび出て平伏した。

「客が店で暴れて、妓を殴った挙句《あげく》に刃物を出して

「……」

「うちの連中はどうした？」

娼館でのぼせ上がった客が厄介を起こす、ありふれた話だ。

「へぇ、ファラン様んとこの若衆が取り押さえてくれたんですが、そいつがどうにもお貴族様のボンボンらしくて扱いに困っとるんです」

「けっ、貴族かよ……」

俺の口が自然と悪態をつく。

相手が貴族じゃどうにもならねぇ。

キャタルトンはこの世界で最も奴隷を多く抱える国で、社会の裏と表ありとあらゆる場所で奴隷が酷使《こくし》されていた。そしてそういう国の常として王侯貴族の権力は絶大、連中が『黒』といえば白いものも黒になる。それがこの国の常識だ。

きっとファランも『相手が貴族ならば諦めろ。娼夫の一人くらい好きにさせてやれ』と、煩《わずら》わしげに吐き捨てるのだろう。

だが——。

「なるほど、あとは任せてくれていい。俺の『国』でふざけた真似をする馬鹿の面を、拝みに行くとしよう」

予想に反してファランは紅い双眸《そうぼう》を不穏に燃やした。

「ファラン様が来てくださるんですかい？」

「ああ、ガレス。ついてこい」

「アンタ……どうするつもりだよ？」

俺は散歩に行くような気楽さで歩き出すファランの後を追う。その姿からは何かとんでもないことが起きる——そんな予感がした。


件《くだん》の娼館に着くとファランの若い部下が直角に腰を折った。

「それで暴れた阿呆というのはあれか？」

「へぇ。取りあえずふん縛っときやした」

「上出来だ」

ファランは冷たい笑みを顔に張りつかせ、部屋の隅に転がされた半裸の客に歩み寄る。

おいおい、いいのかよ？　どんだけ阿呆でもそいつはお貴族様なんだろ？

「俺はニライの頭目ファラン・ギィ。俺の仕切るここで無粋《ぶすい》な真似をされては困るんですがね。お客様」

言いながらファランは転がった貴族の脇腹を踏みつけた。

「グハッ……ッ！　き、貴様ッ！　私は貴族だぞ！　汚らわしい売春宿の元締め風情がこんな真似をして許されると思うのか!?」

ああ嫌だ。全く、俺は貴族って奴がどうにも好かない。生まれ持った身分さえ振りかざせばなんだって思いのままになると信じてやがる。おまけにこの国じゃそれで正解だから余計に腹が立つ。

「その汚らわしい売春宿で、親子揃って品のない遊びをずいぶんと楽しんだそうじゃないか？　なぁ？」

「ゴエェッ」

脇腹を踏みつけるファランの足に力がこもった。そういえば、ファランの履いている靴のようなそれは、俺が見たことのない形をしている。サンダルと似てるが少し違うような？

「この馬鹿を明日の朝まで広場で晒せ。ああ、もちろん全裸に剝《む》いてしっかり縛り上げてからな」

「な……お、俺を殺す気か!?」

「まさか、俺がそんな無粋な真似をするとでも？　俺はお前を晒すだけだ。あとは広場を歩く皆々様の、気分次第の運次第。貴族であるお前さんの政敵がたまたま通りかかるかもしれないがそれもまた一興」

「じょ、冗談だろう？」

酷薄《こくはく》な笑みを楽しげに浮かべるファランとは対象的に、貴族の顔色は紙のように白くなる。『貴族』という鉄壁の鎧《よろい》が役に立たない相手に対し、そいつは子供より無力で無様だった。

「お、俺はキャタルトンの貴族レドロム家の三男だぞ！」

「あぁ、あの借金を抱えて家宝を異国に売り飛ばした家か」

この期に及んでなお家名を持ち出してその威光に縋《すが》るボンボンを、ファランは鼻先で笑い飛ばす。

「貴様！　適当なことを言うな！　国王より先々代が賜《たまわ》った宝剣なら、我が家の広間に飾ってあるぞ！」

「贋作《がんさく》がな」

「なっ!?」

「なんだ、気がつかなかったのか？　そんな節穴みたいな目玉なら、いっそくり貫《ぬ》いてガラス玉でも嵌《は》めときゃいい。どれ、手伝ってやろう」

ファランの手が俺の顔を切った短剣を握る。

「あ、あひっ、いっ――――ッ」

短剣が軽く頬に触れた瞬間、目の前の貴族は一度激しく痙攣《けいれん》して気を失った。どんだけ根性がないんだよ。いい大人が情けねぇな。けれど、それより気になったことがある。

「なぁ、貴族相手にこんなことしちまっていいのかよ？」

見ていて胸はすっとしたが、後のことを考えればこのままで済むとは思えねぇ。この国で貴族に逆らうというのはそういうことだ。

「なんだ？　俺を心配してるのか？」

「んなわけねぇだろ。単なる興味だ」

ないないと首を振る俺に苦笑しながら、ファランはニライの掟《おきて》を教えてくれた。

一つ、ニライにおける決め事は、すべて当代頭目が定めるものとする。

二つ、ニライ内においては『掟』がすべてに優先する。

三つ、ニライはキャタルトンであってキャタルトンに非《あら》ず。

「つまりここは治外法権、俺が掟だ。なんならそこの阿呆面をさっくり殺して、どこか適当な井戸に投げ捨てても誰も何も言わない。ここには最初からレドロム家の三男坊なんぞ来なかった、それで終わりにできる。こいつを疎《うと》ましがってる貴族にこいつのことを売ることだってできるんだ。ここはそういう街だ、覚えておけ」

そう告げるファランの言葉が嘘ではないとその姿を見ればいやでも分かってしまう。

「すげぇなアンタ……」

自然と俺の体に頬を舐められたとき以上の震えが走った。

「ファラン様、ありがとうございます」

店の責任者らしき初老の猫族が深々と頭を下げ、気持ちばかりと値の張りそうな酒瓶をファランに差し出す。

「この街を守るのは俺の務めだ。色街ってのは粋《いき》がなければ話にならん。無粋な輩《やから》は遠慮なく叩き出せ」

鷹揚《おうよう》に店主に応《こた》えるファランは、悔しいが自信に満ちあふれた大人の姿だった。

「ファラン様、皆さん、本当にありがとうございます。助けていただけなかったら、僕は今頃どうなっていたか……」

力任せに殴られでもしたのか、片頬をひどく腫《は》らした兎族らしい娼夫がファランの前で床に手をつき頭を下げる。真っ白い髪と肌、赤い瞳が印象的な若いアニムスだ。

「立て、顔をよく見せてみろ」

「は、はい」

垂れ目がちながら目尻のラインだけが微《かす》かに上がった大きな目。レイシャに少し似ている。

「腫れててもきれいな顔をしているな。それにあの馬鹿が夢中になったわけか……。だが、ここで生きるならもっと賢く客をあしらうことを覚えろ」

「はい、申し訳ありません」

緊張を隠し切れないわずかに震える声で、兎族はうつむき目を伏せた。


「しかし、かわいそうに……商売道具の顔が台無しだ」

ファランの手が兎族の顔をなぞるように愛撫する。指の長いファランの白い手は、小指の爪先まで手入れが行き届いて美しい。この手が手際よく人を痛めつけることを身をもって知っている俺の背筋に何か冷たいものが走った。

「店主、今宵《こよい》は俺がこの兎を買おう」

「へ？」

「何か不都合でもあるか？」

「いえいえ！　めっそうもございませんです、へい！」

店主は揉み手して兎族を差し出した。そりゃそうだろう。ファランがこの街の掟である以上、この街のすべてはファランのものと言っても差し支えない。

「先払いだ」

ファランは懐《ふところ》から取り出した銭入れを店主に放った。

「こ、こんなに!?」

なんだよ金払うのか？

ズシリと重い銭入れの中身を見て、店主が目をひん剝いた。中身が全部金貨なら、確かに娼夫一人を一夜買うのに払う金額じゃねぇだろう。

「それだけあれば足りるだろう？　顔の腫れが引くまでこいつは休ませてやれ、いいな？」

「へい！　すべてファラン様の仰《おお》せのままに！　おい、お前たちすぐに床《とこ》の用意をしろ！　特別室にご案内するんだ！」

店主は慌てふためきながら下働きの人間へと指示を出し、自らいそいそと案内の先頭に立った。

嗜虐趣味の冷酷野郎かと思いきや、殴られた娼夫の夜をまとめて買い上げ休ませてやるキザな奴。だが、それはさておきこの場合俺はどうすりゃいいんだ？

「ガレス、ぼーっと突っ立ってカカシの真似事か？　さっさと来い」

「いや、でもアンタ……これからお楽しみなんだろ？」

「そうだ。お前は大人しく指でもしゃぶってよく見ておけ。ニライ三代目頭目ファランのすべてを傍《そば》で見て学ばせてやる」

「ちっ、やっぱり性格悪いな。アンタ」

やっぱりファランは想像の斜め上を行く、一筋縄ではいかない人間だった。


通された豪奢《ごうしゃ》な部屋に入るや否や、ファランは娼夫の兎族を寝台に転がし自分の衣服を脱ぎ捨てた。

そういやファランが身につけている風変わりな着衣は、フィシュリードの『着物』だと若衆が教えてくれた。ついでに言うと、腰に差していた細身の長剣は『刀』で、常にさらしに挟んでいる短剣は『ドス』というらしい。

裸になったファランの体は見事なもんだった。筋骨隆々の獣人に比べれば気持ち細身ではあるものの、手足の長いその長身はしなやかな弾力を感じさせるきれいな筋肉に覆われている。それに俺が知るどんな人間よりも肌のきめが細かく白かった。

そしてその背中を彩《いろど》るものにも自然と視線が引きつけられる。

「彫り物が珍しいか？」

「あ……いや、別に」

まさか『アンタの体に目を奪われてました』なんて言えやしねぇ。

スラム育ちの俺にしてみれば体に彫り物があるゴロ

ツキなんて珍しくもなかったが、ファランそれは見事に背中一面から胸、腹、二の腕にまでびっちりと彫り込まれている。それも一日二日で入れるようなケチなもんじゃなく、熟練の職人が数カ月がかりで彫り込んだのだろうことは俺にでも分かった。

「これもフィシュリードの古い伝統だ。滅びかけの技術だがな」

フィシュリードと口にしたとき、ファランの顔に何かを懐かしみ愛しむような色が束の間浮かんだ。

「兎、お前の名はなんという?」

「……リチカ、です」

消え入るような声で答えた兎族――リチカもまた、ファランの裸体に目を奪われ気圧されていた。この街の支配者にこれから抱かれるってのにその反応はどうなんだろう。上手くすりゃあその寵愛《ちょうあい》を得られるかもしれねぇのにと思うのは余計なお世話か。

俺はまだまだ青臭ぇガキの分際で、おずおずと服を脱ぐリチカの姿をどこか冷めた目で観察していた。アニムスの裸を見ながらピクリとも反応しねぇとか、我ながら枯れすぎだろうと思いもするが……。

俺がそんな余裕をかましていられたのは最初だけだった。事をおっ始めてからのファランはとにかくすごかったからだ。

他人の交わりを見るのはもちろん初めてじゃない。スラムじゃ通りで客を引っ掛けた娼夫が普通に路地裏で商売してたからな。そもそも俺や仲間たちも似たりよったりで、ヤリたくなったときがヤリ時とばかりに、その辺で腰を振ることに抵抗なんて感じもしなかった。

そんなすれ切った俺ですら、ファランの交接の巧みさに意識を引き込まれずにはいられなかった。

「はぁ、っんんん! んあ! あ、ぁぅッ!! ひ――ッ!」

ファランの指が触れるたび、ファランの舌が触れるたび、リチカの体は激しく跳ねては汗と涙が飛び散る。そんなリチカの草食の獣人らしい華奢《きゃしゃ》な体の上で、ファランの艶やかな背が踊り藍色の髪が乱れる。

それは、糸に搦めた獲物を貪り喰らう毒蜘蛛さながらの淫らさ。

「っ……ッ」

気がつけば俺の雄がいつしか下帯を押し上げ痛いほ

どに主張を始めていた。頭が何かに侵されたようで、もはや自分が何に対して欲情しているのかも分からない。

リチカに欲情したのかそれともファランに……。クソっ！　場の空気にあてられてんじゃねぇよ俺！　しっかりしやがれ！

「痛っ」

気がつけばファランに刻まれた顔の傷に爪を立て抉《えぐ》っていた。

「ガレス、こっちに来い」

「な……なんだよ」

「来い」

「チッ」

俺は舌打ちをしながらも、リチカと繋がったままのファランが待つ寝台の横に侍《はべ》る。

「さすがに若いな。ガチガチにしやがって」

「しょうがねぇだろ……。こんなもん見せつけられたら誰でもこうなる」

猛ったそれをファランに握られた瞬間、危うくイっちまいそうになって俺は慌てた。初心《うぶ》なガキと侮《あなど》られるのは嫌だった。

「お前も脱げ」

「は？　何考えてんだよアンタ？」

「なんだ、三人でしたこともないのか？　スラムのガキのくせに行儀のいいことだ。それともあまりに粗末なモノすぎて人前に出せないのか？」

「はぁ!?　誰のナニが粗末だって!?　ふざけたこと言ってんじゃねぇぞ！」

売り言葉に買い言葉とはよく言ったもんだ。

俺はまんまとファランに乗せられるままに着ていた衣服を脱ぎ捨て上を向いたそれをさらけ出す。もうどうとでもなれと、俺は自棄《やけ》になっていた。

「で、お前はその元気なモノをどうしたい？」

「え……どうって、そりゃあ……」

聞かれて俺は答えに窮《きゅう》す。嘘でもいいからその兎族に突っ込みてぇと答えるべきだっただろうに。

「この兎を犯したいか？　だったら上が空いてるから好きに使え。それとも俺にやられたいのか？」

「まさかだろ！　……そんならよぉ、もしアンタのケツに突っ込みてぇって言ったらどうすんだよ？」

精一杯の虚勢をなんとか張った俺に、ファランは艶やかに笑って見せた。

「ずいぶんと剛毅なこった。だがな、俺は俺より強い奴にしか抱かれない。そんなにやりたけりゃ力尽くで組み敷いて犯してみろ」

獰猛《どうもう》な光を宿して濡れる紅い瞳に、俺の体にまたもやあの震えが走る。

「……なら取りあえず、こいつの口使っとくわ」

少ない選択肢の中から、俺は最も無難なものを選んだ。欲望をぶつけられ、そのはけ口とされる兎族を憐れとは思わねぇ。下手すりゃ貴族の客に嬲《なぶ》り殺されてもおかしくねぇ局面をファランに救われた。しかも、療養するための数週間を買い上げられるという娼夫にとっては破格の待遇。

今ここで二人を相手に奉仕するくれぇなんてこたぁないはずだ。

「ん……っ」

大きく開かれたリチカの喉奥まで突き入れ腰を揺らせば、腰骨から背骨に快感が駆け抜ける。

「くく、ずいぶんと気持ちよさそうじゃないか」

「――――ッ!?」

快楽に身を委《ゆだ》ねたその刹那《せつな》、ファランの口が俺の口をふさぎするりと湿り気を帯びた舌が滑り込んできた。

「な、何すんだよテメェ!」

思わず体を硬直させて叫んだ俺に、ファランは目を細めて笑う。

「フィシュリードの古い習わしだと頭目とそれに付き従う者は『親』と『子』の関係になる」

「それがなんだってんだよ」

「『親』と『子』は互いに盃を掲げ、親子盃を交わし契りとなす」

「これがその親子盃の代わりってわけか?」

「色街にふさわしい盃だろうよ」

目の前でリチカを穿《うが》つ腰を止めることなく、なんてことないようにそれを告げるファランには何を言っても無駄だとすぐに悟った。俺は二度目のファランからの接吻《せっぷん》を受け入れ、目を閉じたまま絡みついてくる舌にだけ集中して応える。腹の立つことに、今まで経験したどんな口づけよりもそれは上手かった。

「んっ……ッ」

「そろそろ限界か？」

「う、うるせぇ！」

「意地を張る必要はない。俺もそろそろだ」

「ッ⁉」

甘くささやいたファランが次の瞬間俺の首に牙を突き立て……最悪にもおれはその衝撃でイっちまった。

「ところでガレス、一つ面白い話をしてやろう」

「……んだよ？」

「お前の右腕……いや恋人か？　確かレイシャという名だったな」

「殺したのか⁉」

思いがけないタイミングでファランの口から出たその名に、俺は気怠く体を包んでいた欲の名残を振り払う。

「いや、生きている。何せあのアニムスはお前たちの情報と引き換えに、真っ先に命乞いをしてきたからな。こっちとしても、貴重な情報提供者は優遇してやるさ」

「レイシャが⁉　……嘘、だろ？」

レイシャが仲間を――俺を裏切った？

誰よりも、あんなに傍にいたのに？

俺の右腕として働き、恋人として幾度も体を重ねてきたのに？

どこまでも、ずっと一緒だと言ったあの言葉は嘘だったのか？

「情を交わし、床での睦言《むつごと》を真に受けたか？」

「う……」

「自分にはお前しかいないとささやかれたか？　死ぬときは一緒だと泣かれたか？」

「……ッ」

すべて図星で言い返す言葉が見つからなかった。

「くくっ……、アニムスの手管《てくだ》に踊らされる愚かなアニマのお手本だな」

「う、うるせぇ！　恋人を信じて何が悪ぃッ⁉」

俺は自分でも分かるほど間抜けな言葉を全力で叫んだ。

この世の酸いも甘いも嚙み分けた大人のつもりで、いっぱしの悪党を気取っていた。

世の中には利巧《りこう》と馬鹿がいて、騙《だま》す奴は利巧で騙される奴が馬鹿。目の前でコケた間抜け共を指差しては笑ってきたはずだ。

それでも――いや、だからこそ。初めて心と体を許した恋人《レイシャ》だけは信じたかった。

「悪いとは言わんさ。ただ単純にお前は、恋人一人を妄信したゆえに自分の群れを全滅させただけだ」

「ぐッッ！」

一番直視したくない現実を情け容赦なく突きつけられ、俺は押し殺した呻《うめ》きを上げる。

「他人を信頼するのは悪いことじゃない。それが成功すれば、ずいぶんと生きるのが楽になる。だが、なんに関して誰をどの程度信じるのか、しっかりお前の目で見定めることができなければ話にはならん。それができないなら、群れの頭になんぞ立つもんじゃない」

「――ッ」

ファランの発する一言一言が突き刺さり、俺はギリギリと奥歯を噛みしめた。

そう、仲間を失ったのはレイシャの裏切りのせいでもなけりゃぁファランのせいでもねぇ。頭を張っていた俺の甘さが原因だ。

そんなことは分かってた、分かっていたから認めたくなかった。


「この街は人を見る目を養うには最高の修業場、悔しければしっかりと励め。あぁ、ついでに教えておくとレイシャは俺の店で働いてるが、お前が俺の店の娼夫に手を付けるのはご法度《はっと》だ。まぁ、心配する必要はない。あいつは、お前よりよっぽど強かでなかなか抱き心地もいい。すぐに人気の男娼になれるだろうよ」

「このクソ野郎！」

どこまでも人の心を弄《もてあそ》ぶことに余念のない悪趣味な野郎だ。

「ずいぶんなご挨拶《あいさつ》だな。恋人と離れ離れで寂しいと思って、面の似たこいつと遊ばせてやったのに、少しは俺の気遣いを解したらどうだ」

「いらねぇ世話だ馬鹿野郎！」

その言葉を最後に俺の中からは目の前の獲物に対する欲は完全に消え去り、気がつけば体の熱も冷め切っていた。


最悪の形でファランと親子盃？　を交わした俺は、正式に奴の配下となった。

「今日からお前は俺の側仕えだ。常に俺の傍《かたわ》らに控えてすべきことを学び為せ」

「なんで俺なんだよ……」

ファランの部屋に呼び出され告げられた内容に、俺は思わず首を傾げた。配下とは名ばかりの奴隷か捨て駒扱いかと思いきや、俺が命じられたのはファラン専属の小間使い。

それはある意味ファランの保護下に入るということだ。

まったくもって意味が分からねぇ。ニライにおけるファランの権力をもってすりゃあ、優秀で従順な見栄えのする側仕えなんぞより取り見取りだろうに。

「俺はお前が気に入った」

「生意気でかわいげがなくて不細工なのにか？」

これまでファランに言われた言葉を思い返してみても、傍に置きたがる要素は何一つとしてねぇのは明らかだ。

「そうだ。お前は粗野で無教養、字の一つも満足に読めない野良猫だ。態度も口のきき方も最低で、礼儀作法も話にならん。面構えもふてぶてしいばかりでどこからどう見てもかわいげがない。肌もよくないな、ザラザラとして触り心地が悪い」

俺の頬を撫で回しながら酷評するファランに苛立ちがつのる。

「……そこまで貶《けな》されるとムカついてくるわ」

自分の容姿が他者に好まれるそれでねぇことは自覚していたが、ここまで欠点をあげつらわれ貶されるとさすがに面白くねぇもんだ。

「だが、お前の頭の回転の速さと肝の据わりっぷりは悪くない。こうして俺に生意気な口を叩けるのも評価してやろう。恋人にまんまと裏切られたのは間抜けだが、それまでのシノギと言い最後まで粘ったところは、見どころがないわけでもない」

「へっ、そりゃどーも」

「まぁ、最後に負けちまったら意味はないんだがな」

「……知ってらぁ」

世の中は過程じゃなくて結果だ。どれほど努力したところで、失敗に終わればすべて失う。俺はそれを思い知らされたばかりだ。

「だからお前は俺の下で、最後に勝者となる術を覚えろ。どんな汚い手を使ってもいい、この世の中結局は勝った者が正しいんだからな。その手段を学べ」

「あ……？」

ファランの意図が理解できなかった。それを俺に学ばせて、ファランになんの得がある？

「使える手駒は多いにこしたことはないからな」

「アンタの手駒……か」

完全に俺の意思を無視した上からの物言いだが、申し出そのものは決して悪いものじゃねぇ。そもそも俺は敗者でファランは勝者、そう考えれば破格の待遇だろう。

俺はもともとその日暮らしの根無し草だ。あのまま行っても行き着く先は、よくて少し格のあるチンピラだっただろう。

「俺は何をしたらいい？」

「お前は何がしたい？」

「質問に質問で返すなよ……。そういうのは、親分が決めるもんなんじゃねぇのかよ？」

「自分が何を為すべきか決めることもできないぐずの面倒は見たくないんでな」

なるほど、言われたことしかできねぇお人形さんはいらねぇってことか。

だったら——。

「俺は、学が欲しい」

「ほう？」

俺の答えが意外だったのか、ファランは面白そうな顔をして身を乗り出した。

「なぜ学びたいと思った？」

「必要だからだ。腕っ節が強い奴なんて獣人なら掃いて捨てるほどいるだろう。それなら、そいつらの上をいくには俺はそれが必要だと思う」

何も学者のように難しい話を深く突き詰めて理解する必要はねぇだろう。だが、最低限の学がなければ悪党としてすらのし上がれねぇ。

「だから、俺に読み書きを教えてくれ」

「なるほど、そうやって素直に頭を下げられるところは悪くない」

ファランはニヤリと笑い、盃を傾け舌の上で酒を転がし目を細める。

「だがそれだけでは足りないな。計算、地理、政治に経済、歴史と文化。俺が知っている程度のことはすべて身につけろ」

「マジかよ……」

学問は必要最低限、最悪文字の読み書きだけでも学んですぐに働き役に立てとせっつかれることを覚悟していた俺は、思わずファランの顔を凝視した。

目の前の美丈夫はやっぱり何を考えてんのかさっぱり分かんねぇ。

「成り上がるには知識が必要、そこに自分で気づけたのは褒めてやる。明日から一日三時間机に向かえ。優秀な教師もつけてやるから、サボるなよ」

「分かった」

毎日決まった何かをする。

世の中の普通の連中が当たり前にしていることを、俺は人生十数年目にして初めて経験することになった。

「俺は気が短いからな、教えたことは一度で覚えろ」

「は？　アンタが教えんのか？」

「優秀な教師をつけてやると言ったろう」

「……色街の頭目ってのは暇なのか？」

「俺みたいに有能な人間は、仕事を片付けるのも速くてな。余暇を作ってゆとりある人生を送るってのが俺の信念だ。注《つ》げ」

飲み干した盃をファランは俺に突き出した。この平たい盃もフィシュリードのものなのだろう。

「アンタ、生まれはフィシュリードなのか？」

特にファランのことを知りたかったわけじゃねぇが、物珍しい盃につられて俺はなんとなく尋《たず》ねた。

「いや、俺はニライの生まれだ。ここで生まれ娼夫たちに育てられた」

ファランの放つ強烈な色気は生粋《きっすい》の色街っ子ゆえかと、俺は妙に納得しちまった。

「はっ、アニムスだったらさぞモテたんじゃねぇか？　残念だったな」

「アニマだがモテたぞ？」

「……お、おう」

世の中にはいろんな嗜好の奴がいる。それもありっちゃありだろう。

「俺を身請けした先代頭目がフィシュリードの生まれだった。ニライを作った初代もな。興味があるか？」

「アンタの服や履物、それに細身の剣、『刀』っていうんだろ？　珍しいと思ってよ」

俺はファラン自身に興味があるわけじゃねぇと遠回しに告げる。なぜか奴のことを知りたがっていると思われるのは負けた気がして癪《しゃく》だった。

「刀で思い出したが、お前は学問だけじゃなく武芸も磨け。ガキの割には使えるが、あの程度では話にならん。せいぜい俺の盾になるのが関の山だ」

「チッ、結局盾かよ」

「盾が気に食わねぇなら、何か一つでも俺をしのいでみせろ。武芸、学問、なんなら酒や遊びに賭け事でも構わないぞ？」

「その言葉忘れんなよ？　こちとら成長期なんだ、すぐに追い抜いてやらぁ」

今思えば若さゆえの言葉だとは思うがそんな俺の言葉を聞いてもファランは愉快そうにその口の端を持ち上げただけだった。

この日から俺の目標は『ファランを超えること』になる。

後になって俺は思ったぜ。俺が人生においてこんなにも明確な目標を持って過ごしたのは、後にも先にもこの時期だけだった。


ファランの傍らで過ごすニライでの日々は忙しい。

夜が遅く、そして朝も遅いファランに付き合って時間こそ遅いものの、身支度を整えて質も量も完璧な朝飯を食う。驚いたことに、ファランはアニマの獣人としては細身の体のくせに朝から結構な量を平らげる。本人曰《いわ》く、『モテるアニマは夜間活動が激しいから腹が空く』そうだ。もちろん俺も負けずに食った。

朝食が済むと約束どおり三時間ほど机に向かう。俺が下手くそな文字を練習する間、ファランは煙管をふかしながら書類に目を通し署名していく。びっちりと文字の綴《つづ》られた書類の数々を、ファランは恐ろしい速度で片付けちまう。

「飽きた」

そう言ってファランが書類を放れば俺の勉強時間も終了。

「茶を持ってこい」

言いつけられた使用人が物静かに二人分の茶器と茶

菓子を置いて下がると、ファランは慣れた手つきで二人分の茶器を満たす。

「今日の茶葉はほのかに甘みがあるが、香ばしさが少し足りないな。これはこれで悪くないが……」

「そうか？　俺にゃ分かんねぇよ」

俺は生まれて初めてフィシュリードの茶を飲んだ。嫌いじゃねぇがよし悪しを語れるほど味の違いは分かんねぇ。

「なぁ、アンタいつも自分で茶を淹《い》れるけどよ、そういうのこそ俺の仕事じゃねぇのか？」

側仕えの仕事が主《あるじ》の身の回りの世話なら、茶を淹れるのも仕事のうちだろう。

「お前は茶を淹れたことあるのか？」

「ねぇけど、やり方は見りゃ分かる」

急須に茶葉と湯を入れて、少し待って茶器に注ぐ。その程度のことが分かんねぇほど間抜けじゃない。

「どうせその急須に適当に茶葉と湯を入れて注げばいいと思ってんだろ？」

「……違うのかよ？」

「それも分かっていない、茶の味も分からんお子様舌の淹れたくそ不味《まず》い茶なんて飲めるか阿保」

つくづく理不尽な野郎だ。一瞬でも自分の主人に働かせちゃぁ悪いとか思った自分を殴りてぇ。

「お子様は菓子でも食ってろ」

「ん……美味ぇなこれ！」

茶の美味さはさっぱり分からなかったが、一緒に用意される茶菓子はどれも美味い。野良育ちの俺は高級な……いや、普通の菓子すら満足に食ったことがなかったから、正直ちょっと感動しちまった。

「そんな甘ったるいものを、そんだけ食えるのはお子様だけだ」

「ガキでも大人でも美味ぇもんは美味ぇよ」

意地の悪い口調で笑うファランの細い目が妙に優しくて、俺は顔を背けて茶を飲んだ。


間食で腹が満ちれば、俺にとって勝負の時間がやってくる。

「今日は素手で相手をしてやろう」

「いいのかよ？　アンタ剣士だろ？」

「確かに俺は刀を得手としてはいるが、お前の相手なら素手で十分すぎる。なんなら、左手だけでも事足りる」

「相変わらず舐めやがって！」

俺は短剣を手に腰を落として構える。ファランは一見隙だらけで構えてすらいねぇのに、いざ仕掛けようとすると取っかかりが見つからねぇ。

「どうした？　威勢がいいのは口だけか？」

「うるせぇよ」

目の前のニヤケ面の美丈夫がとんでもなく強ぇことは、初日の武芸指南で嫌というほど思い知らされている。最初が肝心、舐められちゃならねぇと気合を入れて臨《のぞ》んだ俺は、扇子《せんす》一本手にしたファランに足腰立たなくなるまでぶちのめされた。

「うらぁぁつッッ！」

「その気合いは悪くない」

全力で打ちかかる俺を、ファランはいとも容易《たやす》く受け流す。崩れた体勢からの奇襲も読んでいたかのように流れる動作でいなされてしまう。

ファランの戦い方は独特だ。

速さに任せて手数を出してくるわけでも、力に物を言わせて押し込んでくるわけでもない。ただゆるやかに脱力してその場に立ち、こちらの攻撃をゆるゆると受け流しちまう。これをやられると攻め手側の俺は想像以上にしんどい。まるで宙を舞う塵《ちり》を相手に暴れているような疲労感に襲われる。

当たらねぇ。

いや、掠りすらしねぇ。

振っても突いても俺の攻撃が届かねぇ。

俺の中で焦りが膨らむ。

「クソッ！」

苦肉の策として、ファランの顔目掛けて短剣を投げつけると同時に全身を使った体当たり。

「その攻めはなかなかだ」

最小限の動きで短剣をかわしたファランは体当たりを上から被《かぶ》さる形で潰し、すぐさま後ろを取ってそのまま俺を投げた。

「ぐぁッ！」

脳天と背中を強かに打ちつけ、目の前がチカチカと白く点滅する。あ、これヤベェやつだ……。

「正攻法に拘《こだわ》らないやり方は評価するが、まだまだ甘いな。短剣を投げようとする予備動作が分かりやすすぎる」

「うう……ッ」

ファランの前で膝をついてなるものかと、俺はふらつく足で必死に踏ん張る。勝てねぇまでもせめて一発、この拳《こぶし》をニヤケ面にブチ込んでやりてぇ。

「うらぁッ」

拳を握りしめ思い切り跳躍《ちょうやく》、間合いを一気に詰め相手の頭上から踏みつけるような蹴りを繰り出す。まだ育ち切らねぇ俺の体でも、全体重を乗せた上からの攻撃は重い。こいつは俺が何人もの大人たちの首をへし折った技だ。

俺の足裏は間違いなくファランの頭を捉えた。

「もらった！」

が、俺が勝ちを確信したその瞬間――信じられねぇことが起きた。

「――ッ!?」

蹴りが空振ったときと同じ手応えのなさですっぽ抜けたのだ。

「ごぎゃっぁ！」

何事かと考える間もなく、俺の脳天にファランの踵《かかと》がめり込む。

「ほう、これを食らって失神しないか。頑丈さはお前の少ない取り柄の一つだな」

ファランが痛みにのたうち回る俺を見下ろし愉快そうに笑う。なまじ面が整ってやがるだけに、意地の悪いニヤケ面がことさら憎たらしい。

「テ……メ……なに、しやが……った？」

「くく、見えなかったか？　見えねぇだろうなぁ」

息も絶え絶えに尋ねる俺に、ファランはいっそ清々しいまでのドヤ顔をかます……マジ殺してぇ。

「特別に種明かしをしてやろう。お前の蹴りが触れるタイミングに合わせて前方回転、その勢いで脳天に踵落としを入れたまでよ」

「は!?　んなこと……」

「できるさ。実際お前は食らっただろうが」

戦いは論より証拠。

無茶苦茶だろうがなんだろうが、相手を倒した奴こそが正しい。だが、それにしてもファランはデタラメだ。ただでさえ対応の難しい上からの攻撃に対し、完璧なカウンターを胴回しからの回転蹴りで取る奴なんて見たことも聞いたこともねぇ。できるできねぇ以前に、まず普通はやろうと思わねぇよ。

「効いただろ？」

「へ、こんなもんなんてこたぁね……ぇっ!?」

強がって立ち上がった途端《とたん》、俺は盛大によろけてその場にへタリ込んだ。立とうにも膝が震えて力が抜けちまう。

「この技はな、俺が先代から初めて一本取った技だ。効いてないわけがないんだよ。まぁ、大分手加減したがな」

「痛ってぇ」

ズキズキと痛む頭に触れれば、ぷっくりと膨れている。

「おお、ずいぶんと見事なタンコブだな」

「触んな馬鹿！」

俺のタンコブを面白がってつつくファランの手をべシリと払いのける。こいつを武芸で打ち負かすのは相当骨が折れると、認めざるを得なかった。

ぐぅぅぅ。

そんなことを考えていたら、俺の腹が盛大に鳴った。悔しくても痛くてもムカついても、生きてる限り腹は減る。きっと悲しくてもそれは変わらない。

「飯の前に風呂だ。お前、ずいぶんと汗臭いぞ」

「そりゃぁアンタもだろ？」

「生憎《あいにく》俺は汗をかくような運動はしてないんでね。汗を流した後の美味い飯を、お前はいつになったら俺に食わせてくれるんだ？」

着物に焚きしめた上等の香を匂わせながら、嫌味ったらしい言葉を吐くファランを俺は顔を真っ赤にして睨みつけた。

「すぐだすぐ！　それまでは適当な奴相手に腰振って汗でもかいてろよ！」

「それもそうだ。ここは色街だからな」

むしろ武芸なんぞで汗を流すほうが不粋な話よと、ファランは肩を揺すって笑う。

「アンタの顔、笑うとガキっぽくなるな」

笑うと元より細い目がほとんど線になって、えらく人懐っこい表情になる。

「……昔、同じことを言った奴がいたな」

何気ない俺の言葉に、ファランはフィシュリードの話をするときと同じ目をした。懐かしむような愛しむような、優しくもどこか哀しい目だ。

「風呂、行くんだろ？」

俺はファランの横顔から目を逸《そ》らし話題を変えた。

「ああ、今日はベルタの店に行くぞ」


ニライにはデカイ風呂屋――もちろんただ風呂に入るわけではないそれがいくつもあって、ファランはそれらの店の見回りを兼ねて毎日違う店で風呂に入る。自宅に立派な風呂があるのに無駄なことをと思うが、頭目がいつ訪れてもいいように各店舗は常にそれを意識し、環境を整える。そうした小さな積み重ねが色街ニライの『格』を保つのだそうだ。

「これはファラン様！　今日はお早いお越しで！　さ、さ、こちらへ。風呂の準備もできておりますので」

風呂屋に一歩足を踏み入れるや、狸族の店主が転がるようにして出迎え全力でファランに媚びる。いや、媚びるのは何も店主だけじゃねぇ。

「ファラン様！」

「親分さん！」

「今日は僕と！」

「いえ、私にお世話させてください！」

店のアニムスが総出でファランの前で自分を売り込んでいく。悔しいが、それはファランがニライの最高権力者だからってだけじゃない。

そいつらの目にファランが一人の獣人のアニマとしてよほど魅力的に映るのだと俺にでも理解はできる。

「これこれお前たち、そんなに群がってはファラン様がお困りだ。すみませんねぇ、躾《しつけ》が行き届きませんでどうにも」

「なに、構わん。最近この店はずいぶんと評判が上がってるそうじゃないか。それもひとえに皆の働きがあってこそだ。そうだな、褒美というわけでもないが今宵は俺の奢《おご》りだ、美味いものでも皆に食わせてやってくれ」

ファランが金の入った巾着《きんちゃく》を店主に渡すと、娼夫たちから一斉に歓声が上がった。

ファランは変わった奴だ。街の最高権力者でありながら、性奴隷や娼夫を決して蔑《さげす》まない。むしろずいぶんと大切に扱っている。金の使い方も気前よく太っ腹で、ケチ臭さがねぇ。

「ファラン様、それにそちらの若衆さんも。今日はどの子になさいます？」

「そうさな……お前、そうそこのお前だ。今日の風呂はお前に頼もう」

ファランが選んだのは少し疲れた顔をした鹿族のアニムスだ。まっすぐな赤茶色の髪を長く伸ばした大人しそうな奴で、潤んだ橙色《だいだいいろ》の瞳が印象的だ。

「若衆さんは？」

「俺は……」

別に風呂の世話なんかいらねぇんだが、前に一度断ってファランに叱られた。こういう場での好意は素直に受けるのがファランの側仕えとしての役割の一つであり、できるアニマの嗜《たしな》みでもあるのだそうだ。まぁ、店側の意向と娼夫の立場考えりゃそうだよな。

「じゃあ、アンタに頼む」

俺は茶と薄い黒の入り交じった髪に灰色の目をした娼夫を指名した。丸っこい耳をしているが何族かまでは分からねぇ。多分歳は俺よりかなり上だ。

案内された風呂はデカくて派手な作りをしている。たっぷりと張られた湯から客をそういう気分にさせる香りが立っているのは、この手の店のお約束だとファランが言っていた。

……しかし、広い湯殿を貸し切状態で贅沢に使えるはずなのに、なんだってファランは決まって俺のすぐ隣に座るんだ？　場所ならいくらでも空いてるのに、人との距離感ぶっ壊れてんのかよ……。そう問いかけたところで、ファランは涼しい顔で聞き流すだけだ。こいつは基本人の話を聞いちゃいねぇ。

そもそもスラム育ちの俺には、毎日風呂に入る習慣はない。っつーかむしろ、まともな風呂に入ったことがなかった。体がどうにも臭い始めたら夏は汚ぇ川に飛び込み、冬は沸かした湯でざっと拭う。シノギが上がってからはタライに湯を満たして行水したこともあるが、それも数えるほどだ。そのせいか、こんな具合に他人と素っ裸で風呂に入るのはどうにも落ち着かねぇ。

「背中流すね？」

「おぅ」

積極的な娼夫に俺はすべてを任せ、極力心を無に保つ。その気がなくてもスケスケの下着一枚身につけたアニムスに触れられりゃあ、途端に勃っちまうのがアニマの性だ。

「ねぇ、若衆さんはいくつ？」

「多分十四ぐらいだ」

「へぇー、まだ未成年なんだぁ」

「悪ぃかよ？」

「ううん、若い子好きだよ。かわいいもん」

アニマがかわいいとか言われても嬉しかねぇ。

「もしかして初めてだったり？」

「ちげーよ」

「残念！　初めてなら僕が卒業させてあげてもよかったのに」

「気持ちだけもらっとくわ」

この手の言葉を真に受けて舞い上がるほどガキじゃねぇよ。

「ファラン様……失礼します」

チラリと隣を盗み見れば、大人しそうな鹿族がおずおずとファランの前に跪き、ファランの長い脚を丁寧に洗っていた。

「お前、新顔だな？」

「は、はい」

「ここの仕事はつらいか？」

「い、いえ、そんなことは……」

「正直に答えていい。それについてどうこう言うつもりはない」

「……つらい……です」

嘘が苦手な性格なのか、鹿族は悲しげに目を伏せた。こんな場所で働いてる奴は、大抵が借金の形《かた》に売られてきたか、どこからか攫われてきた奴隷だ。好きで楽しく自ら望んで仕事してる奴なんてほとんどいやしねぇ。

「ここは一部の例外を除けばアニマの天国であり、アニムスの地獄だからな。だが、住めば都とも言う。地獄を少しでも住みやすい都に変えられるかはお前次第だ」

ファランは鹿族の頭を優しく撫でた。この街を仕切ってる頭目の言葉とも思えねぇが、なぜかその言葉に俺は嘘を感じなかった。

「ちょっとあんた！　何ファラン様に気ぃ遣わせてんのさ？　あんたも娼夫なら仕事の一つもしてみせなよ、こんなふうに！」

「うわ!?」

しんみりとした空気を打ち破るように、俺の胸を丹念に洗っていた娼夫がいきなりナニを頬張った。

「ちょ、アンタ……っ、いきなりなんだよ!?」

生温かい口腔にぬるりと包まれた俺のモノは、無節操にもすぐに芯が通っちまう。

「あ、あの、親分さん……僕も、しますから」

「あぁ、頼む」

慌てふためく俺とは対象的に、ファランは脚を開いて堂々と座り、鷹揚に鹿族の奉仕を受け入れる。

「ん……、ちゅぷ、くちゅ」

「そうだ、上手いぞ」

控えめな音を立てて奉仕を続ける鹿族を励ましながら、ファランはゆっくりと腰を動かし先端で相手の口内を巧みに擦り上げる。

「あ、ふぁ、あ……ぁ」

すると奉仕をしている側の鹿族の顔が途端に蕩《とろ》けた。

「気持ちいいだろ？」

「ふぁ……い」

「口の中にも悦《い》い場所はある」

知識としちゃあ俺も知ってたが、こんなにも短期間に快楽を引き出すファランの技はたまに恐ろしさを感じる。

「ガレス、お前はまずこいつらの技を体で覚えろ。それもお前の仕事の一つだ」

「くっぅっ――――ッ！」

娼夫の巧みな口淫に、俺の下肢が小刻みに震える。

「快楽を否定するな、すべてを受け入れろ。本能が反応するものを恥じる必要はない」

「あ、あぅッッ」

張り詰めた分身から全身を駆け巡る快感に、俺は声を上げ頭をのけぞらせる。

「はぁ、あッ、はぁっ、ああっ!!」

そして気がつけば娼夫の頭を押さえつけ、衝動のままに激しく腰を打ちつけ喉奥目掛けて己の欲を放っていた。

「くっくっくっ……若いな」

真っ白になる頭の片隅で、苦笑するファランの声を聞いた気がする。

ちなみにファラン自身は鹿族の顔にぶっかけた後、えらく丁寧に……まるで恋人にするかのようなキスをしていた。優しいのかひどいのかよく分かんねぇ。

「ファラン様ぁ、お御髪《みぐし》を結わせてくださいなぁ」

風呂から上がるとまた一騒ぎだ。風の精霊術を使える娼夫たちが、こぞってファランの艶やかな髪を結いたがる。まぁ、それに関しちゃ気持ちが分からなくもねぇ。

アニマの俺から見てもファランの髪はすげぇきれいだからな。ツヤッツヤの藍色の髪が、光の加減で紺にも紫にも見えるんだ。

「ならば、今宵はお前に頼もうか」

「はい！」

ファランに選ばれたゆるく巻いた金髪の狐族が嬉しそうに前に出る。見開いたように大きな黄緑の瞳をした愛嬌《あいきょう》のある娼夫だ。

ニライに来て思ったが、この街にいるアニムスはどいつもこいつもすこぶる容姿が整ってやがる。色街で客を取るんだから、いわゆる不細工がいねぇのは当たり前っちゃ当たり前なんだろうが、それにしても全体としての質が高い。やっぱ一流どころは働かせる人間を厳選して、同じ奴隷を買うにしても一山幾らみてぇのは買わねぇのかと変なところに感心しちまう。

「ファラン様、お御髪どのようにしますか？」

狐族はファランの髪をタオルで挟み、優しく力を加え水気を十分に吸わせる。

「お前に任せる」

「これからまたお仕事ですか？」

「いや、今宵はもう改まった仕事はない」

ファランの髪を風の精霊術と櫛を使って根元から毛先まで丁寧に伸ばしながら乾かし、狐族はどうしたものかと思案する。いや、考えるふりをしてファランの髪に少しでも長く触れていたいだけかもしれねぇな。

梳《す》き上げられてはハラハラと落ちる艶やかな毛束は、髪というより光沢のある絹の帯のようだ。

「それでは崩れない程度に軽く結わせていただきます」

狐族は名残惜しそうに風を止め、手にした櫛でファランの前髪を幅十センチほど取って頭頂部手前で浅く緩く一度結う。

そうして結った髪でゆったりとした膨らみのある塊《かたまり》——髷《まげ》というらしい——を作り、崩れないように飾り櫛で留める。見慣れねぇ髪型だが、フィシュリードじゃアニマもアニムスも普通にしているらしい。

ファランには不思議とそれがよく似合った。

「若衆さんも座ってよ」

「え、俺は……あー適当でいい」

俺の風呂を世話してくれた娼夫が、俺を座らせ髪に櫛を入れる。

「何これ、すごい癖っ毛！」

「うるせーな。まぁ、確かにもつれて仕方ねぇよ」

巻き毛な上に剛毛な俺の髪は、フワフワとかモフモフというより限りなくモジャモジャに近い。ろくに手入れもされず好き放題絡み合っていたそれを見たファランは、一言『汚い』と吐き捨て俺の髪を思い切り刈った。おかげで今の俺は前髪と後頭部の半ばまで短く切られ、横と後ろは刈り込まれて坊主だ。

「でも色はとってもきれいだと思うよ？」

娼夫は俺の赤毛を丁寧に梳く。その手つきと言葉がこそばゆいが心地よくもある。

「しっかり櫛を通しておけば大分違うと思うんだけど」

俺はあんまり自分の見てくれを飾ることに興味はないせいで手入れも適当だ。

「お前は髪結いが上手いな」

「気に入っていただけましたか？」

隣ではファランに褒められた狐族が頬を赤く染めている。ファランは人をよく褒めるし、褒めることが上手い。俺以外に対しては。

「腕の調子もすっかりよくなったようで安心した」

「え!?」

ファランの髪を結った狐族が驚きに目を丸くした。

「少し前、乱暴な客に腕を捻られて肘を痛めていただろう？」

「なぜそれを……？」

狐族だけでなく、その場の娼夫全員が息を呑む。

そりゃあそうだろう。街の最高権力者が末端の娼夫一人の怪我を把握してるとか、普通に考えてあり得ねぇよ。

「ここは俺の『国』。何か変わりがあれば俺の耳にすべてが入る。いいか？　ここじゃあたとえ奴隷だろうと俺の店で働く者への乱暴狼藉《ろうぜき》は御法度だ。それを遊戯として許している店は例外だが、それにしても限度はある。翌日からの仕事に差し支えるような怪我を売り物にさせることは言語道断、そんな奴は客と思わなくていい」

「でも……金払いのいいお客様だから……」

狐族は悲しげに、それでいてどこか満足そうに頬を赤らめたままうつむく。

「金払いがどうだろうが、そいつは客じゃない盗っ人だ」

「盗っ人？」

「お前らは皆俺のものだ。俺のものを俺に断りもなく傷つけて詫びの一つもないなら、そいつは盗っ人でしかあるまい。次にやられたら俺のところに来い。ニライの頭目として必ずケジメはつけてやる」

「ファラン……様っ」

狐族は両手で顔を覆って泣き崩れた。

それも無理はない。

奴隷なんてもんは、まずどこに行って何をしてもまともな人間として扱われねぇ。それを街の最高権力者が一人の人間として気にかけ、不当な暴力から守ると宣言したんだから嬉しくなかったら嘘だろう。

「髪結いの上手い器用な手だ、大事にしろ」

「はいッ！」

「それから、盗っ人野郎は素っ裸で両手縛って真冬の川泳がせてやったから堪忍してくれ」

「……あ、ありが、と、ござい――ッッ」

「ありがとうございます！」

「さすがファラン様や」

「いつでも来てください！　全員でおもてなししますから！」

号泣して言葉にならねぇ狐族を囲んで、店の連中全員が口々にファランを讃える。こいつらにとって仲間の一人が受けた暴力は他人事じゃ済まされない。明日は我が身かもしれねぇからだ。

弱く戦う力を持たない人間にとって、自分を守ってくれる強い存在ほどありがたいもんはねぇ。スラムでゴミを漁っていたチビの俺には、どんだけ求めてもそんな奴は現れなかった。だから俺は求めることを早々にやめ、傷つけ殺し奪う側になった。

「ファラン様、お食事のご用意ができました」

俺らが風呂に入ってる間に飯の支度を整えた店主が呼びに来た。飯の支度っつっても、もちろん店主が手作りしてるわけじゃない。この街には、各店舗からの注文を受けて料理を配達する仕出し料理の店がいくつもある。ファランが風呂屋で飯を食うのは、そういった料理の質が落ちていないか確かめる目的もあった。

「喜べ！　今日はお前たちの分もあるぞ。ファラン様からだ」

店主からのお達しに、普段質素な飯を食っている娼夫たちから歓声にも似た声が上がる。さっきまで泣いていた狐族も、仕事がつらいとこぼした鹿族も嬉しそうに笑ってやがるから現金なもんだ。

けど、それでいい。

こんな街で客を取って暮らすなら、そのくらい図太く現金でなきゃやってらんねぇだろう。

「おいベルタ」

「へぇ、なんでございましょう？」

「こいつと二人で飲んでも色気もクソもない。ここにいる全員俺につけろ。今夜は貸し切り総仕舞いだ」

ファランは先に渡したものより大きな巾着を店主に手渡した。

「さすがはファラン様！　どーぞどーぞ、どの子とでもお好きなだけ遊んでやってくださいませ」

「どころでベルタ、店の者は大事にしてやれよ？　皆を守ってやるのも店主の務めだ」

「は、はひ！」

艶のある声で耳元にささやかれると、思い当たることの二つ三つでもあるのかベルタと名を呼ばれた店主はびくりと硬直した。この街で店を持つ店主たちにとって、ファランは頼もしくもあり、恐ろしくもある存在だ。

娼夫に約束の賃金を払わず酷使した挙句自殺に追い込んだ店主を、市中で晒してから砂漠に捨ててきたこともあると聞く。

ファランのやり方は苛烈《かれつ》だが信賞必罰がはっきりし

て学のない者にも分かりやすい。おかげで一歩間違えれば無法地帯になりかねない色街の秩序はほどよく守られている。ニライで働く連中の目に生気があるのはそのせいだろう。

　そもそもニライにおける奴隷の扱いは根本的によそとは違っている。金でその身を買われた奴隷であることに変わりはないが、一定額を稼げば自らの身柄を買い戻し街から出ていくことができる。犯罪奴隷などはまた扱いが変わってもくるがこの国においてその扱いは異例中の異例といってもいいだろう。

　そのせいか、年季があけて自由の身となってもこの街を出ていかねぇ奴が相当数いるのが現状だ。そういう連中は仕出し屋で働いたり、この街で新しい商売を始めたりする。

　娼夫時代に体を悪くしちまった連中も、色事以外にも手広く商うファランが仕切る食料品店や日用雑貨の店で働き自立した暮らしを営んでいる。俺の認識でいけば基本的にファランはロクでもない野郎だが、一つの街を小さな国みてぇに回すその才覚はすげぇというのも正直な感想だ。

　小宴会から解放されると、俺はファランと別れ二時間ほど仮眠を取る。その後は兄貴分たちについて夜のシノギだ。

　シノギの内容は各店舗からの金の回収、街中での喧嘩の仲裁、賭場や酒場での用心棒その他いろいろ。何事もなく終われば退屈とも言える仕事だが、一晩に最低二件くらいは何かしらあるのがこの街だ。

　ここで俺は酔っぱらいのあしらい方、全力で向かってくる相手を適度に叩きのめす術その他普通に生きていればあまり役に立たなそうなことを兄貴分たちから学んだ。まぁ、俺にとっては十分生きていくのに役立つことだったのだが……。

　売上げ金の回収に行くと店の娼夫がいわゆるおもてなしをしてくれるから、アニムスの扱いもすっかり上手くなった。ファランは部下に対して力に物を言わせての無体を固く禁じていたが、相手から差し出される好意に関してまでは言及しない。ようはファラン公認の自由恋愛、そこは当事者同士のやり取りで節度をもって愉《たの》しめってことらしい。俺は大型種の獣人、そしてお年頃のアニマらしく、プロのアニムスたちとその関係を大いに愉しんだ。

もちろんこの街の住人は誰を抱こうが抱かれようが、お互い本気で惚れ込むような馬鹿はしない。この街では、恋は駆け引きで愛は売り物。つかの間の夢と快楽を枕と共に分かち合うだけだ。

学問と武芸そして遊び、様々なことを学びながら俺の一年はまたたく間に過ぎていった。


「ガレス、今夜は俺に付き合え」

夜のシノギに出かけようとした俺を、煙管を手にし煙を緩く吐いたファランが引き止めた。

「あ？　なんだよいきなり？　兄さんたちにどやされちまうじゃねぇか」

唐突なファランの命令に俺は顔をしかめる。兄貴分たちは無意味に舎弟を殴ったりはしねぇが、いい加減な仕事や道理を外れたことをすればきっちり『躾』をされちまう。理不尽なことはされなくともそうなりゃ口より先に手が出る足が出る連中だ。ちなみに俺のこのファランに対する言葉遣いも最初はずいぶんと苦言を呈されたがファランから許可が出たことで結局そのままになっちまった。

「そっちには俺から話を通してある」

「ならいいけどよ……」

「もっと嬉しそうな面をしろ。誕生日なんだからな」

「は？」

ファランの言葉に俺は思い切り首を傾げた。誕生日？　誰の？

「アンタ、今日が誕生日なのか？」

「俺じゃない、お前のだ」

「へ？」

わけが分かんねぇ。俺には誕生日なんかない。いつどこで生まれたかなんて、今となっちゃ誰も知らねぇんだ。

「なんだ忘れたのか？　去年の今日、お前は俺のものになっただろうが」

「あ……」

不意にファランにつけられた顔の傷が痛んだ気がした。

「去年はこれをお前にやった、お前が俺のものになった証《あかし》だ。だから、今年はもっといいものをやろう」

ファランの冷たい指が傷痕を愛でるように辿り、俺の背中にゾワリと戦慄が走る。

「今度は縦に傷でも入れんのか？」

内心の動揺をごまかすように俺は軽口を叩く。

「いや、証は一つで十分だ。お前のためにいい酒を用意した、ついてこい」

結局、俺は抗《あらが》うことができずファランの自室に付いていった。

「座れ」

「おぅ」

テーブルの上には数種類の酒にチーズ、干した魚やクラッケを炙《あぶ》ったものが並んでいる。そういえばファランは大型種の獣人には珍しく、肉よりも魚介類を好む。

「お前とこうして差し向かいで飲むのは初めてだ」

「そういやそうだな」

ファランとはほぼ毎日酒食を共にしてはいるが、二人きりでのサシ飲みはしたことがない。

「……」

「どうした？」

「いや、別に」

照れる理由なんてないんだが、なぜか改めて二人きりであることを意識すると妙に気まずい。

「まぁ飲め」

「あぁ」

俺らは言葉少なに互いの盃を満たし目の高さに掲げる。

「クソガキの成人を祝して」

「こんなときまでクソガキかよ」

俺は苦笑しながら丸っこい小さな盃に注がれた酒を一息に飲み干す。

「……美味ぇ」

初めて飲むその酒の美味さに俺は思わず目を見開く。口に含むとまずは清冽な辛味が舌を刺激し、飲み込む頃には質のいいラヒシュの豊かなコクが口いっぱいに広がる。

そして、酒が体の奥に落ちそこが熱く燃えると同時に柔らかな甘みと華やかな香りが鼻腔から抜ける。

ファランの性格は間違いなく最悪だが、酒の趣味は文句なしにいい。

「お前、今失礼なこと考えてなかったか？」

「……いや、気のせいだろ」

そして恐ろしく勘がいい。

「この酒はな、フィシュリードの名酒を取り寄せた秘蔵の一本だ」

「めちゃくちゃ美味ぇ」

「こっちはどうだ？」

ファランが新しい盃を別の酒で満たす。

「少し匂いに癖がある」

「嫌いか？」

「いや……」

粗い焼物の盃に口をつけそれも飲み干す。最初の酒に比べ品の良さはないものの、野趣あふれる味わいは悪くなかった。むしろ気兼ねなく量を飲むにはこっちのほうがいい。

「どうだ？」

「ガンガン飲むならこっちだな」

俺は正直な感想をそのまま口にした。ファランは嘘や追従を嫌う。立場上そうしたものを受けることに慣れてはいるようだが、本質的には好まない。だから俺は思ったまま感じたままをそのまま言葉にする。それがたとえ客観的に無礼なものであっても、ファランが怒ることはなかった。

「お前は茶の味はさっぱり覚えないくせに、酒の味はしっかりと分かるんだな。生意気なガキだ」

どうやら今回は見解が一致したらしく、ファランの細い目が弧を描いて線になる。

「ならこれはどうだ？」

青い陶器からよく冷えた酒が注がれる。平たく薄い硝子《ガラス》の盃から干した。それは驚くほどなんの癖もなく、甘ったるさのない果実酒のようにするりと喉を滑り落ちた。

「すげぇ飲みやすいな」

「お前はどれが一番好きだ？」

「それぞれよさが違いすぎて決めらんねぇ……けど、今はこいつが飲みてぇと思う」

俺は三番目の酒を指差した。蒸し暑いこの季節、冷たくさっぱりとした口当たりのいいその酒は、澱みがちな気分を吹き飛ばしてくれるような気がした。

「俺もまずはこいつからと思っていた。気が合うな」

それから俺とファランは青い瓶が空になるまで、特に何を語るでもなく盃を重ねた。

「なぁ、アンタは茶を飲むときも酒をやるときも、器を毎回変えるよな？　なんか意味あんのか？」

何気なく発した俺の問いにファランが皮肉めいた笑みを浮かべて答える。

「大いにある。茶にも酒にも相性のいい器ってもんがあるんだ。唇を当てたときの感触、手の温もりの伝わり具合、一度に口に流れ込む量や入り方、そして何より茶や酒との相性。注ぐ器を間違えるとな、どれだけ高価な茶だろうと酒だろうとも台無しになる」

「そんなもんかねぇ……」

ファランのその拘《こだわ》りは、正直俺には理解し切れねぇ部分がある。所詮俺はスラムの生まれ、死なねぇように腹を満たしてなんぼという考えが優先だ。

「なぁ、ガレス」

「なんだよ？」

「この街はどうだ？」

「どうって……」

それはあまりに漠然《ばくぜん》とした質問で、俺は返答に窮した。

「難しく考えることはない。好きか嫌いかでいい」

「そういうことなら、嫌いじゃねぇよ」

これはお世辞じゃない。

確かにニライは多くの奴隷を抱える色街で、お行儀のいいカタギの世間様からすりゃあ色眼鏡で見られる街だということに変わりはない。だが、俺の育ったスラムに比べれば遥かにマシだ。罪と罰の概念があるだけ上等だ。

「どんなところが好きだ？」

「餓死する奴がいねぇ。それに、弱い奴でも自分の役割さえ果たせば守ってもらえる……生きていける」

「それが秩序ってもんだ。お前が毎日あいつらとしている仕事も、その秩序を守るためだ」

「そうか……」

特にそうした意識を持つこともなくこなしてきた仕

事が、ニライという街づくりの一端を担っている。俺は単純にそのことを嬉しく感じた。気づかないうちに俺はこの街ニライに、愛着にも似た何かを覚えていたようだ。

「それに、娼夫たちの表情が明るい」

「良い目の付け所だ」

ファランは満足気に笑い、俺の盃に酒を注ぎ足す。

「ここで客を取っている連中の多くは奴隷だ。だが、奴隷だからといって鞭《むち》だけ打ってればいいってものじゃない。一人一人を名前のある人間として扱い、いい働きをした者には皆の前で褒美を与える。時には集団として褒め、それなりにいい思いをさせて息抜きをさせてやる必要がある」

ファランの方針は合理的だ。奴隷に向かってひたすら鞭だけを振るい、恐怖で支配するのは一見安上がりで手っ取り早い搾取手段だ。だが、それでは街の空気は澱み、見えないところから腐敗が始まる。同じ大枚を叩いて遊ぶなら、誰だって辛気臭い街より明るく活気のある街で遊びたいと思うだろう。

おまけにこの街の娼夫には歌や舞、その他芸事に秀でた奴が多く、そういう連中が大層な値段で身請けされることも珍しくない。そんな有能な連中を使い捨ての消耗品扱いするのは馬鹿のやることだ。

元娼夫が借金返済後も自ら望んで街に残り、街の日常を支える側として働いてくれるのも、何かと都合がいい。

「成人を迎えたお前には、この先より多くのことを学ばせる。商売のやり方、人心の掌握術、交渉ごとに人の使い方。武器の扱いはもちろんだが獣人としての戦い方、精霊術に俺たち猫科が得意とする咆哮魔術、それに暗器や毒物を使っての暗殺術、怠けてる暇はないからな」

「おい、最後にえらく物騒なの混じってねぇか?」

「……悪いことは言わん、便利だから覚えておけ。どうせお前みたいな奴は真っ当な生き方なんぞできん」

はっきりと言い切られ、俺は思わず唇を引き結ぶ。自分でも薄々分かってはいたが、こうして言葉にされたことで踏ん切りがついた。

「閨《ねや》での技も磨け。快楽はそれそのものが武器になる」

「快楽が、武器……」

俗に色仕掛けと呼ばれるそれは、見目麗《うるわ》しいアニムスの専売特許かと思っていたが、確かにファランの域に達すればアニマであろうと快楽によって人を意のままに操ることも可能だろう。

「さて、せっかくの誕生日だ。難しい話はここまでにするか」

「ああ、いい酒だったよ。ありがと……なっ!?」

礼を言って立ち上がった瞬間、俺の視界がぐにゃりと歪んだ。

「そうそう、今宵お前に飲ませた酒はどれも強い。特にお前が飲みやすいと盃を重ねたあれは強烈だ」

「な……アンタ、知っててなんで……」

ヤベェ、立っていることすらできねぇ。

「今日はお前の誕生日、そして成人となった記念すべき日だ。その祝いに俺が本物の大人にしてやろうと思ってな」

「はっ!?」

酔いとファランの言葉に呆然《ぼうぜん》とする俺。それを尻目に、ファランは軽々と俺の体を抱き上げ寝台に転がした。

「な、なんだよ!? 何考えてんだよアンタ!」

「この状況でどういうことか分からんほど鈍いのか？」

「いや！ 分かるけど分かりたくねぇ！」

はらりと着物を脱いで寝台に上がってくるファランから俺は自然と後退る。

「ってか、なんでアンタ下帯締めてねぇんだよ!?」

ファランは端から下着をつけていなかった。どんだけヤル気に満ちあふれてんだよこのおっさん！

「なぁアンタ……ほんっとうに本気なのか？」

ファランのことだ、酒の上での趣味の悪い冗談かもしれねぇ。頼むからそうであってくれ。

「往生際が悪いぞ」

俺の上に跨《また》がったファランの目は無駄に本気だった。

「なんでだよ？ 俺はアニマだぜ？」

「知っている」

「アンタもアニマ……だよな？」

「そうだ」

「アンタ、アニマが好きだったのか？」

ここには見てくれのいいプロのアニムスがごまんといて、その誰もがファランからの声掛かりを待っている。そんな相手に恵まれすぎた状況で、わざわざ好きこのんで俺にこんな真似をする神経が理解できねぇ。

今までアニムスと遊ぶ姿を散々見てきたが、あれは立場上仕方なくだったのか？

それにしちゃあノリノリだった気もするが、ファランならその程度の演技は朝飯前に違いない。

色街の頭目が実はアニムス嫌いのアニマ好きなんてことがバレたら面倒だから、手近な俺で簡単に済まそうって腹なのか？

別にファランの嗜好がどうだろうと構わねぇが、今自分が置かれている状況を考えれば問い詰めざるを得ない。

「別にアニマだろうとアニムスだろうと関係はない」

「……アニマも………つまり、アニムスが嫌いなわけじゃねぇんだよな？」

「当たり前だ」

俺の上でファランは呆れたように鼻を鳴らす。

この状況でそのやれやれという顔はなんなんだ。

相変わらず腹の底が読めねぇ。

「俺は博愛主義者だからな。アニマもアニムスも愛せるぞ、それこそ年齢も関係なくな。ただし俺の好みの美形限定で」

「それは博愛主義者じゃねぇだろう!?」

性愛対象の幅が異様に広いんだか狭ぇんだか分かんねぇ。

色街の頭目である目の肥えたこいつの美醜の基準は間違いなく高いはずだ。

……ん？　ちょっと待て。っつーことはなんだ？　俺ぁファランの中で好みの括《くく》りなのか？

「なぁファラン……もしかしてアンタ、俺の顔が好きなのか？」

「…………」

いや、おい！　そこで黙んなよ!?　聞いた俺が馬鹿みてぇじゃねぇか！　なんか言えよ！

「……………」

「おいッ！」

イラッとして脇腹を蹴ってやったが、酒のせいでいつもの半分も力が入りやしない。

「世間一般でいう美形ではないな、絶対に」

いいだけ引っ張っといて結論それか？　ひどくね

え？　だが今はキレたら負け、落ち着くべきだ。

「ファラン、アンタはアニマもアニムスもイケるんだよな？」

「そうだ」

「で、美形好みの面食いなんだよな？」

「ああ」

「そんで、俺は絶対に美形じゃねえと？」

「どう見ても違うだろ」

そこまで全力で否定されるとなんだか切なくなるが今はそうじゃない。

「ならなんで、そのどう見ても美形じゃねぇ俺の上に乗ってそのご立派なもんをこっちに向けてんだよ」

最大の問題はそこだ。言ってることとやってることがチグハグすぎて、もう何がなんだか意味が分からん。

「……過重労働で誤作動したようだ。かわいそうに」

ファランは立派に育った自分のそれを慈愛の眼差《まなざ》しで見下ろし、メリハリのある頭をそっと撫でてやる。

頼むからその優しさを俺にくれ。

「俺はアンタの股間の誤作動で掘られんのかよ!?　ふざけんな！」

堪忍袋の緒が切れて俺は叫んだ。

「そう怒るな」

「無茶言うな！」

「確かに美形ではないが……お前の顔は嫌いじゃない」

「ッ――――！」

ファランがひどく優しい仕草で俺の頬を両の手の平で包み込む。その紅い瞳がここじゃないどこかを、俺じゃない誰かを見ているように思えて不意に息苦しくなった。

「お前の顔に俺が付けた傷があると思うと結構くるものがある」

「ひぇっ！」

ファランの長く薄い猫科特有のザラついた舌が、俺の顔の傷を端から端まで丁寧に辿る。ちょうど一年前、俺の顔に消えない傷を刻んだときもファランは俺の顔を舐めた。

「くそっ、傷モノ好きってのはちょっと悪趣味じゃねぇのか」

「傷モノならなんでもいいってわけでもないからな。少し黙れ」

「ん、んぐッ」

ファランの口が俺の口をふさぎ、舌先が食い縛った歯列を撫でる。

「口を開けろ」

顔を離したファランが不服そうに眉を上げるが、こいつと熱い接吻なんて冗談じゃねぇ。

「アンタの考えてることが分かんねぇ！　アンタがアニマ好きなのは個人の性癖だから構わねぇが、だったらそういう店行けよ！」

ニライには数こそ少ないものの、アニマだけが在席する店もある。そこにいる連中は、それこそファラン言うところの選りすぐりの美形ばかりだ。そいつらだって例外なくファランからの寵愛を待ち望んでるんだから、嫌がる俺の相手をする暇があるなら、連中を端から抱いて抱かれてやればいい。そのほうがお互い幸せになれて建設的ってもんだ。

「店にはもちろん定期的に顔を出している。あいつらは日陰の存在になりやすい分、目をかけてやっているつもりだ」

いきなりニライ頭目としての真面目な言葉を返されて面食らう。何かとめちゃくちゃなくせに、こいつは街の統治者としては限りなく完璧で公平だ。

「だが、今宵の俺はお前を抱きたい」

「だからなんでだよ!?」

「古来より生意気なガキを従わせるには抱くに限るとされている。知らないのか？」

「そりゃあ……」

そう問われて言葉に詰まる。

スラムでもそういった類いの性的暴行は頻繁に行われていた。俺も何度か犯されかけて、自衛の手段を用意する必要性に駆られたほどに。

「アニマ同士ということなら、そう気にするな」

「するに決まってんだろ！」

「フィシュリードでは古くから親友や主従、ひとつ目的に向かう同志が絆と結束を強めるために契りを交わしたと言う」

「おい！」

ファランの手が俺のズボンを下着ごとずり下げた。

剝き出しになった俺のそれは当然ピクリとも反応しちゃいねぇ。

「なんだ、まだ萎《な》えたままじゃないか。空気の読めん奴だ」

ファランは萎えた俺のモノを軽く叩いてから握り込む。地味に痛ぇ、っつーか俺の扱い雑じゃね？

「ここはフィシュリードじゃねぇし！　俺はアンタと親友でも同志でもねぇよ!!」

「だが俺はお前の主で、お前は俺のモノだ」

「うっ……」

それを言われると正直弱い。俺は戦いに敗れた側だ。一年前のあのとき、その場で首を刎《は》ねられても文句を言えない立場だった。

「お前は未だ何一つとして俺に勝るものがない。これでも一年の猶予を与え、お前が成人するまで待っていた」

「んあッ」

芯を持ち始めていた俺のモノを、ファランは不意に強く扱《しご》き上げた。その勘所を押さえた緩急の巧みさに、俺は思わず腰を浮かし声を上げちまう。

「なかなかの感度じゃないか。それなりに遊んでいるようだな」

「そんなに見るんじゃねぇよ！」

別にナニを見られたくれぇで恥ずかしいだのなんだのとは今さら思わないが、さすがに育ったそれをまじまじと観察されるのはバツが悪い。何よりファランのほうがでかいのがムカつく。数年のうちに絶対に追い抜いてやるけどな。

「こっちはどうだ？」

「な、やめ――ッ」

止める間もなくシャツをめくり上げられ乳首をつねられた。人がアニマの尊厳をかけたもののデカさについて割と真剣に考えてるとき時に不意打ちすんのは汚ぇぞ。

「つねんな痛ぇ！」

「ほう、優しくされるのが好みか？」

「ち、違っ！　触んな！」

つねられてヒリヒリする左胸の突起を指の腹で優しく潰され、俺はひどくおかしな感覚に襲われた。そんなところを触られて嫌かというとそうでもない。なんとなくムズムズしてくすぐったい。

「次から自慰をするときはコイツもかわいがってやれ。

慣れればすぐにここでも感じるようになる」

「な、慣れたかねぇよ！」

「その割にはかわいらしく膨れてるじゃないか」

「言うな馬鹿！」

　俺の乳首はファランの指先で弄ばれるうちに充血し、持ち主の意に反して突起の周りから色を持ち、あっという間に膨れていた。

「胸だけならそこらのアニムスよりかわいいぐらいなんだがな」

「残念そうに人の顔見てんじゃねぇぞ……ッ」

　そんなに俺の面が不服なら、今すぐどこかの店にしけ込んでアニマでもアニムスでもたらふく食ってきてくれ。俺は全くアンタに抱かれてぇとか思ってねぇから。

「口の減らない奴だな。閨であまり口数の多いアニマは嫌がられるぞ」

「うぁ!?」

　だが、そんな願い虚しくファランは俺の胸に吸いついてきやがった。

「あ……ッ……んはぁっっ」

　強く吸っては優しく舐め、優しく舐めたかと思えば軽く歯を立てる。俺自身、オモテナシをしてくれる店のアニムスたちを幾度となくそうやって悦《よろこ》ばせてきたが、ファランの舌技は明らかに次元が違う。

　気持ちいい。

　否、気持ちよすぎていろいろとやばい。

　もはや否定する気が失せるほどに、ファランの唇と舌の触れた場所から快感が沸き起こって止まらない。

「はぁっ……んんッ……ッあ！」

　耐えようと噛みしめた唇から裂けるような音がして、口の中に血の味が広がった。なんなんだよこれ？　舌に媚薬でも仕込んでんのか？　じゃなきゃ俺がこんな醜態を晒すはずが……。

　……媚薬？　ちょっと待て。

「アンタ……俺に何か飲ませたのか？」

　ニライの頭目なら、その手の薬はいくらでも手に入る。酒にでも薬を混ぜられたら、おそらく俺には判別できねぇ。

「あ？　俺がお前に飲ませたのは真っ当な酒だけだ。あーそうか、媚薬を盛られたと思っているな？　俺はそんなケチな真似をする奴だとお前に思われてるのか」

「ふぁ、ぁぁ――――ッ」

「お前みてぇなクソガキ一人、俺の技でどうにでもなるってことをその体に教えてやるよ」

ファランの舌が俺の股ぐらをその付け根からすっかり芯を持った先端までベロリと舐め上げ、そのまま根元まで咥え込んだ。

「ちょ、やめ、マジで！　洒落《しゃれ》になんねぇからぁっ！」

体の奥底が爆《は》ぜるような快楽に俺は悲鳴じみた拒絶の声を上げるが、ファランの頭を押しのける腕には滑稽なほど力がこもらねぇ。むしろ半端に揺さぶっちまって、その刺激すら与えられる快楽を助長する。

「あ、あぅっ、んぁ、あぁあっ!!」

ファランの舌が先端から滑り込んで中を抉った途端、俺は堪《こら》えることもできずあっけなくファランの口内に精を吐き出した。どんな店のアニムスよりファランの口淫がよかった――その事実に目眩《めまい》を覚える。最悪だ。

「ひっ!?」

出した後の虚脱感につかの間耽《ふけ》っていると、尻にファランの唇が押し当てられた。

「ひあぁっッ！」

ファランは逃げようと捩《よじ》った俺の腰を押さえつけ、あろうことか自分の口の中に溜め置いた俺の出したそれをケツに流し込みやがった。

「なんてことしやがんだ！　信じらんねぇっ！」

俺の尻の中に吐き出したばかりの俺の精液が入っている。考えただけで気色悪い。

「いちいちいい反応をしてくれる」

ファランは口の中に残っていたものを手の平にペッと吐き出し、俺の耳元でささやいた。

「ケツを出せ」

「嫌だ」

この状況で何をされるか分かんねぇほど俺は初心じゃない。分かるからこその拒絶だ。

「痛い思いはしたくないだろう?」

「……っ」

ファランのモノに無理やり犯されることを想像し、無意識に体が震えた。

「なら慣らす必要があることは分かるだろう。お前はアニマだ。それに俺のは少しばかり立派だからな、しっかり解しとかないと尻が裂けるぞ」

「挿れないっつう選択肢はねぇのかよ」

「そいつはできない相談だな」

ファランは力の入らない俺の体をうつぶせにし、片手でがっちりと腰を抱えた。

「慣れればどうということはない」

「だから慣れたかねぇんだよ！　あぐぅっ……ッ」

ファランの指が俺の後ろにいきなり根元まで突っ込まれた。異物感に自然と尻の筋肉が引き攣《つ》れる。

「まだ痛くはないだろう？」

「痛くは、ねぇけど……気持ち悪ぃ……動かすなっ！」

クチュクチュと耳慣れた水音を立てているのがテメェの尻だと思うといたたまれねぇ。仕事で抱かれてる連中って、もしかしてこんな感じなのか？

「ぐぅっ」

ファランのそう太くない指が増やされただけでも違和感が増大する。

「固いな」

「当たり前だ！　ゆるくてたまるか！」

精一杯の悪態をついて、俺は強烈な違和感から気をそらす。

「こっちをいじったことはないのか？」

「いじるわけねぇだろ!?　アンタはいじるのかよ？」

「残念ながら一人遊びで無駄撃ちする余裕はないからな」

意趣返しに質問に質問で返してやったら、最高にイラっとくる答えが来た。冗談でもねぇのが分かるから、なおさら腹立たしい。

「――痛ってぇッ！」

三本目の指が押し込まれた途端、俺の後ろに強い痛みが走った。俺の声に動きを一旦止めたファランが小さな瓶を持ち上げ、香油をその指先に垂らすのが分かる。

「ファラン、やめ……ッ」

「口でゆっくり、大きく息をして力を抜け」

「む、無理、言うな」

「無理じゃない。俺を信じて俺にその体を任せろ。俺は上手いから大丈夫だ」

ファランが上手ぇってことだけは信じられるが、上手い下手の問題じゃなく無理なもんは無理だ。

「うっぐっ……ッッ」

ファランの指が尻の中で動くたびに、汗が額に滲んでは顎《あご》を伝って敷布に染みを作る。

「ガレス、俺を見ろ」

「なんだ――ッ」

悪態を吐いてやろうとした俺の口を、いきなりファランがその唇でふさいだ。

「ングッ」

とっさに俺はその顔を押しのけようとしたが、ファランは俺の抵抗をあっけなく封じてそのまま長い舌を自在に動かす。

なんだよ、これ。なんでこんな状況でキスされて、俺は気持ちいいとか思ってんだよ。

「ん、ぅんん」

気がつけば俺は自分から舌を突き出し、ファランのそれと絡めようと懸命に動かしていた。認めたくねぇが、腹の奥がまた熱くなって俺のそれが再び芯を持ち始めてるのが分かる。

「すぐに悦《よ》くしてやる」

「!?」

ファランの指がある一点を押した刹那、凄まじい快感が腰を突き抜け俺はのけぞった。

「あ……っ？　……っ??」

「ここを押すと悦くなるのはお前も知ってるだろう?」

知っている。確かに知っている。つい先日も、今押されているその場所を容赦なく責め立て、腹の下に組み敷いた娼夫を味わったばかりだ。だが、まさかそれをされる側になるとは夢にも思ってはいなかった。

「んだよ、これ……ッ」

ヤベェ。こいつはマジにヤベェ。こんなん続けられたら頭がおかしくなっちまう。

「よかったな、すっかり元気になったじゃないか」

「あ……」

言われて見れば、一度精を吐き出し萎えていたモノがパンパンに張り詰め天を向いている。

「前と後ろ、一緒にかわいがってやるよ」

「ひっぃ！　あっ、あぅっ、や、やめ、あぅうッッ!!」

その言葉どおりにファランの手管で容赦なく中と外から責められた俺は、あっけなく二度目の絶頂を迎えちまった。気持ちを裏切り、勢いよく快楽に正直に飛び出す精を、俺は死んだ魚の目で見送るだけだ。

「二度目だってぇのにえらくたっぷりと出したな……。さて、そろそろ俺も愉しませてもらうぞ」

「んぁ……」

尻から音を立てて引き抜かれるファランの指。ようやく訪れたつかの間の解放感に、俺は寝台に横倒しになって荒い呼吸を繰り返す。もう嫌だ、このまま朝まで眠りてぇ。

「おい、ヘタばるにはまだ早いぞ？」

当然俺のそんな願いが叶うことはなく、ファランの腕が俺の腰を抱き上げた。

「ひどくするつもりはないが、最初はどうしたところで快楽だけというわけにはいかん。そこは諦めろ」

「最低だな……アンタ」

身も蓋もねぇファランの言い様に、いっそ笑いさえ浮かんでくる。なんの因果でこんな奴と四六時中一緒にいる羽目になっちまったのか。

「──ッ！」

後ろからピタリと宛がわれた湿った先端に、思わず息を呑み歯を食い縛る。自分のモノも他人のモノも腐るほど触っちゃいるが、自分のケツで感じるそれは異様にでかく思えて正直怖い。

「力を抜け」

「ふぁッ」

柔らかく耳を食《は》まれ、思わずカクリと腰から力が抜けたその瞬間──。

「あッ──ッッ！」

太い楔が俺の中に穿たれた。

「あ、あぐっ……っ」

あまりの衝撃に、言葉にならねぇ喘ぎだけが漏れる。

痛ぇ、裂ける！　裂けちまう！

「先が入ればあとは心配しなくていい」

嘘だ。先っぽだけでこんなに痛ぇんだ。全部なんて入れられたら、俺のケツがぶっ壊れる。

「あ、あああッッ!!」

痛みと恐怖で痙攣する俺の中に、ファランの硬く太いモノがグイグイと分け入ってくる。そのたびに俺の体の中で肉が無理やり押し広げられる音がする。

「あ、ひぃ、裂ける！　裂け、ちまう……怖ぇ、壊れ、るッ！」

恥だの外聞だのを気にする余裕もなく、俺は涙と汗と涎《よだれ》で顔を汚しながらもがき、無意味に敷布を引っ掻く。

「大丈夫だガレス。人は存外頑丈にできている、特に俺たち獣人はな。痛みを追うんじゃない、俺がお前に与えてる快感を追え」

「はぅッ！」

ファランの両手が俺の胸の突起を軽く摘み、そのまま捻った。

「あぅッぅ……っ」

その刺激に俺は声を漏らす。

「自分で前をいじってみろ。後ろの具合もよくなる」

「う、うぅ」

ファランの言いなりになるのは癪だったが、俺は言われるがまま挿入の衝撃で再び萎えた自分のそれを懸命に扱いた。

「うう、クソ！　クソ！　クソ!!」

なんだってこんなに必死こいてんのに反応しねぇんだよ!?　俺は反抗期の息子に半ギレになりながらしゃにむに扱く。そりゃあもう煙が出るんじゃねぇかってて勢いで扱きまくる。

けどだめだった。全然気持ちよくなれねぇ
「おい、そんな触り方じゃ勃つものも勃たないだろう……。寄こせ、俺がやってやる。まったく世話の焼ける奴だ」

胸をいじっていたファランの手が片方離れ、俺の萎《しお》れたモノを柔らかく握る。

「俺の手とお前の中にあるモノに集中しろ」

耳元でささやく甘い声に、俺は縋るような気持ちで頷《うなず》く。

諸悪の根源はこいつなのに、なんて矛盾した状況なんだ。

「んん……ぁ、んぁ」

体は正直なものでファランに触れられた途端、胸と下腹にジワリとした快感が広がった。

「快感を全部拾え。声を抑える必要もない」

「う……ぅヴッ」

気持ちいい、頭がフワフワしやがる。

けど、ファランにいじられてアンアン啼《な》くのはごめんだ。

俺にだってプライドってもんが残ってる。

「意地張りやがって……馬鹿が」

食い縛った俺の口をファランの唇が声ごと奪う。

お前の声は俺が食らう。だから心置きなく啼け。

なぜかそう言われた気がして体の奥が熱く燃えた。

「ん……、ふ、ぅ……」

合わさった唇の隙間から、どちらのものともつかない吐息と喘ぎが水音に混ざる。

「ん、んんッ――――ッ！」

キスに気を取られていた俺の中に、ファランのすべてが収まった。

その衝撃に、俺は唇を重ねたまま悲鳴を上げた。ファランに泣き顔を見られるのは嫌だったが、おそらくそのときの俺は顔を歪めて泣いていたに違いない。

「そんな顔をしてくれるな。ここからが長いというのに抑えられなくなるだろうが」

ファランは唇を離すと両手で俺の腰を押さえ、音を立てて腰を打ちつけてくる。

「あ、や、め！　あうっ、あ、あぐっ！　ふっ、あぁあッッ！」


そこからはもう完全にわけが分からなかった。

下っ腹と尻を押し広げる苦しさ、腹の中から湧き出しては背骨を駆け抜け頭を揺さぶる快感。その二つが同じ強さで同時に来て、俺はたまらず体をのけぞらせながら声を上げる。

「いいぞ、それでいい」

まるで励ますようなファランの声を聞きながら、腰を振り、三度目の精を放つ。さすがに薄くなったそれが腹を汚し敷き布に滴《したた》り落ちる。

「なんだ、先にイったのか？　一緒にと思っていたのにせっかちな野郎だ。早漏はモテないぞ？」

ファランは肉食獣らしい笑みを浮かべながら、俺の中に熱く濃い迸《ほとばし》りを長々と注ぎ込んだ。

「ん――――ッ」

初めて体内に注がれるその熱さに、俺は自分でもよく分かんねぇ涙を流した。

「つらかったか？」

ズルリと俺の中からナニを引き上げながらファランが問う。正直苦しさより快感のほうが強かったが正直に言えるほど俺は素直じゃねぇ。

「痛ぇし苦しいし最悪だ」

「いい声で啼いていたぞ？」

「それは……ナニをいじられたからだ……尻で気持ちよくなったわけじゃねぇからな」

答える俺の声は情けなく嗄れていた。

「まぁ慣れもあるからな。俺もそうだった」

「……アンタも？」

「聞いてないのか？　俺はもともとここの娼夫上がりだ」

それは初耳だった。

「まぁ安心しろ。お前を抱くのは俺だけだ」

「はぁ!?　これで終わりじゃねぇのかよ!?」

「月の最後と俺が呼んだときは俺の部屋に来い。言っておくがお前に拒否権はないからな」

「クソが……」

こうして俺ら主従の無理やりとも合意の上ともつかねぇ記念すべき『初夜』は終わりを告げ、俺は何か大切なものを永遠に失くしたような喪失感にしばらく苛《さいな》まれた。

＊＊＊

「それで、初めてのアニマの抱き心地は気に入ってもらえたかな？」

情事の後の気怠い床で煙草をふかす俺に、軽く身支度を整えながら薄紅色の髪と藍色の瞳を持つ鶴族の娼夫ミランが問いかける。

「あー……その、普通？　って感じだ」

馴染《なじ》みのミランはいい奴だから、なるべくなら傷つける言葉は口にしたくねぇ。

「ふふ、無理はしなくていいんだよ？　僕は君の正直な感想に興味があるんだから」

「んー、悪かねぇけど俺は抱くならアニムスがいいな」

「やっぱり」

アニマの娼夫を否定するような俺の発言にも、ミランは気を悪くするでもなく小さく笑う。

「悪ぃな、ヤるだけヤっといて」

「構わないよ、何事も経験なんだから。それにこれは仕事だからね」

ミランの言葉に俺は苦笑するしかない。

どんなにミランがいい奴でも、この街で生きる人間の倫理観はカタギのそれとは違う。まぁ、スラム育ちの俺が言うことじゃあねぇけどな。

「僕としては若衆頭の『初めてのアニマ』になれて嬉しいよ」

「はっ、そんないいもんじゃあねぇよ」

時の流れってのは早いもんで、俺がニライで暮らし始めて四年が経った。何かと特殊なしきたりの多い色街にもすっかり慣れ親しんで、今じゃ若い連中を取り仕切る若衆頭だ。

「君は本当に大きくなったね。初めて会った十四歳の君は僕より小さくてガリガリで、それなのにいつの間にかファラン様より大きくなって」

そう言って柔らかく笑うミランを見ていると、世間でいう兄弟っていうのはこういうもんなのかもなとふと思う。まぁ、その兄のような存在を抱いている時点で比較するのもあれだとは思うが……。

「ここに連れてこられたときか、確かにあの頃は何も知らねぇ痩せっぽちのガキだったからな」

十八になった俺はぐんと背が伸び、体の厚みも増した。

もっとも、未だにファランと戦っても勝てねぇから自慢にもなりゃしねぇが。

「今日は君の十八回目の誕生日だもんね。おめでとうガレス」

祝福の言葉を口にしながら果実酒の封を切り肴《さかな》を並べるミランに、俺はなんとも言えない気分になる。

そもそも俺にはアニマに抱かれる趣味も抱く趣味もない。

普通にかわいいアニムスを抱けりゃそれで十分で、特殊な行為にも別段興味はねぇ。性欲が弱いとは言わねぇが、方向性は至って平凡だという自覚がある。

なのにファランの奴が突然宣《のたま》った。

『確か今日はお前の誕生日だったたな？　今年もいくらか趣向を凝らした贈り物を用意した。ミランを抱いて酒でも飲んでこい』と。

なぁ、意味分かんねぇだろ？

俺はファランにそういう趣味がねぇことは再三伝えてるんだぜ？

どんだけ人の話聞いてねぇんだよあのオッサンは。

露骨に嫌そうな顔をしてみせた俺に、奴はもっともらしく言いやがった。

『食わず嫌いはよくないぞ。もうお前は十八にもなるんだ、一通り試して大人になってこい。ついでにミランにアニマを悦ばす手管の一つも教えてもらえ。お前はいつまで経っても抱かれるのが下手だからな』と。それなら俺を抱くのをいい加減やめろと言ってやりてぇが言ったところで何も変わらないのは分かっている。

思えば俺の日々はファランの気まぐれに振り回されっぱなしだ。それが側仕えってもんだと言われればそれまでだが、アイツの場合度が過ぎている。特に俺の誕生日に毎年嫌がらせとしか思えねぇ贈り物を強制的に押しつけてくるのが最悪だ。

成人した十五の誕生日に半ば無理やり抱かれたのが始まりでその関係はなぜか今も続いてる。

俺はあれ以来、決まった日とファランの気まぐれで寝室に呼び出されては、あの異常なまでの技巧でめちゃくちゃに抱かれる。

ただし、抱かれたからとそこに甘い愛の言葉や惚れた腫れたはない。

ただ、時々ファランは俺を抱きながら遠くの誰かを見ているような目をしやがるのが気に入らない。

俺はその目が嫌いだ。

そんなそこにいない誰かを見るくらいなら今目の前の俺を見ろと叫びたくなる。

もちろん、そんな台詞は口が縦に裂けても言わねぇけどな。それをしちまうとまるで俺がファラン相手に独占欲燃やしてる面倒な恋人みたいだからな。俺とファランの関係性はそういうもんじゃねぇ。

スラムに生まれ、この街に生きて、俺は今がある意味一番満たされているのかもしれない。

それなら時折俺の中で荒れ狂う飢餓のような感覚はなんなんだろうなぁ。

決定的に何かが欠落している感覚、だが情けねぇことに俺はそれに向き合うことが怖くて目をそらして生きている。

そうして、十六の誕生日にはスラム時代の恋人レイシャを宛がわれた。悪趣味だと思いつつ普通に抱いてみたら、案外普通に気持ちよくてそんなもんかと拍子抜けした。そしてどうしたわけか、俺とレイシャの間には昔馴染みの友人として色恋抜きの付き合いが戻った。

十七の誕生日にはまさかの刺青だ。

ファランのものと揃いの墨を左脚の付け根に入れることになり、いっそ入れるならもう少し分かりやすいところにと思ったがファランが譲《ゆず》らなかった。それを見るのはファランだけでいいと妙な独占欲を見せられた。

で、今年はこれ『アニマと寝てこい』と来た。よくもまあ毎年毎年斬新な嫌がらせを思いつくもんだと呆れるぜ。

「ニライでも一番人気のアニマのアンタを、オッサンのしょうもねぇ悪ふざけに付き合わせちまってすまねぇな」

「悪ふざけ……ってわけでもないと思うけどね」

俺は酒の支度が整ったテーブルにつき、紅い果実酒の注がれたグラスを手にした。

「まぁ取りあえず……乾杯と」

「ガレスの十八歳の誕生日に」

軽くグラスを触れ合わせ、口に含んだ果実酒は実に俺好みだった。甘さと渋みのバランスが絶妙だ。

「うん、美味しいな。さすがファラン様の差し入れてくれたお酒は違うねぇ」

なるほどそういうことかと、俺は果実酒のボトルを手に取る。

「あの野郎はほんっと分かんねぇわ」

酒瓶に貼られたラベルには、俺の生まれ年ということになっているそれと同じ年号が記されていた。こいつを用意したのがファランである以上、それは偶然ではない。

「かわいがられてるね、ガレス」

「どうだかな」

全く、こんなこっ恥ずかしくなる気遣いをするくらいなら、わけの分かんねぇあれやこれやをやめて欲しい。そもそも俺はファランの恋人でも愛人でもねぇんだから、こういうキザな真似はお気に入りの娼夫にでもしてやりゃいいんだ。

「あのさガレス、ファラン様はどうでもいい相手を長く手元に置いてかわいがったりしないよ？」

ミランは果実酒を舌の上で大切に転がしては飲み干

し、うっとりとした吐息を漏らしながら微笑む。アニムスの持つ庇護欲をそそる美貌とは違う、鳥の獣人族特有のしなやかな筋肉のついた肉体とアニマとして整った容姿が一部の人間に好まれるのは分からんでもない。それにどういう経緯でここにいるのか詳しくは知らないが、ミランにはどことなく品があった。卑下《ひげ》するわけじゃないが、俺やレイシャとはそもそも持っている空気が違う。

「……確かに手元に置かれちゃいるが、かわいがられてるか？　基本嫌がらせしかされてねぇぞ？」

「それはガレスがそう思ってるだけ、皆うらやましがってるんだよ？　あのファラン様がガレスの前では素を出してるって。それなのにガレスが疎まれないのは、ガレスがガレスだからだよ」

「……よく分からねーわ」

どうにもこの街の連中はファランに対して夢見がちでいけねぇ。

それに最後の俺が俺だからってのも意味がよく分からん。

そりゃあ確かにアイツは統治者として見ればすこぶる優秀だ。おまけに涼し気に整った色男で腕も立つ、ミランのような立場の連中が憧れるのはよく分かるが……。

俺だって遠くから見てるだけなら、もしかしてひょっとするとどこか洒脱な街の支配者に憧れを抱いたかもしれねぇ。

実際、俺の兄貴分や弟分の中にもファランに憧れてる奴は多い。アニマから見ても、粋で隙を感じさせないファランの振る舞いには華がある。それは認める。

けどなぁ、間近で接するファランはかなり癖の強い変人だ。俺への小言がなかった日はないと言ってもいいだろう。それなのに、定期的に――時に思いついたように俺を抱き続ける悪趣味さも持ち合わせている。

「なぁミラン……娼夫としてもこの街の住民としても経験豊富なアンタに聞きてぇことがあるんだ」

半分以下になった俺のグラスに果実酒を注ぎ足すミランに、俺は思い切って自分の疑問をぶつけてみることにした。やたらな奴には聞くことなんてできやしない、ここに来た頃の俺をよく知る相手と二人きりだからこそ聞ける話だ。

「何かな？　僕が答えられることならなんでも答えてあげるよ」

「……俺がファランに……その……抱かれてんのは知ってるよな？」

俺はあえて遠回りをせず、最短距離で話を切り出した。歯切れが悪いのはしょうがないだろう。

「うん、知ってるよ」

ミランは唐突な俺の発言に動じることもなく、控えめにきれいに剝かれたウォルノの果肉を齧《かじ》りながら頷いた。ウォルノは茶色く固い皮の中に水気をたんまりと孕んだ白い実を持つ、このあたり特産の果実だ。ミランの好物だということもあって今日は俺が持参した。

「別にアニマ同士の恋愛を否定するつもりはねぇ。個人の性癖もそれぞれの問題で他人に迷惑をかけるんじゃなけりゃ好きにしてくれと思ってる」

「そんなに僕に気を遣わなくてもいいんだよ」

アニマであり、娼夫、この店に来るほとんどの客はアニマを抱きに来る客だ。つまり、ミランもアニマに抱かれるアニマ……そこに対して侮蔑だのといったくだらねぇ感情を持っていないということははっきりさせておきたかった。

「だけどな、俺はぶっちゃけアニマに好きこのんで抱かれる趣味はねぇ。だから、ファランに抱かれるのは……苦痛とまでは言わねぇが嬉しかねぇ」

「そうだね、ファラン様もガレスはそうだろうっておっしゃってたよ」

「あんの野郎！」

俺は思わず頭を抱えた。

俺がファランに抱かれてるこたぁ別に秘密でも禁忌でもない。この街の連中なら大抵知ってる話だ。が、だからといってそれを閨で話題にされるのは勘弁願いてぇ。

「ならそんな俺を、あのオッサンは何が楽しくて抱くんだ？　相手ならより取り見取り、自分から好きに選べて選ばなくても相手から自然と寄ってくる。世のモテねぇアニマから見ればずいぶんと恵まれてると思わねぇか？　それなのに、たいして体の塩梅もよくねぇ特にこれといった特徴も面白みもない、不細工でかわいげの一つもねぇアニマを抱き続けるとか、さっぱり意味が分かんねぇんだよ。最初は躾だなんのと言ってたけどよ、今さらだろうが」

俺は腹の中に燻《くすぶ》っていた疑問と不満をミランの前で吐き出した。

「僕はファラン様じゃないから、ガレスの質問に完璧に答えることはできないけれど……」

ミランは果実酒を一口含み、口から出す言葉を吟味《ぎんみ》する。つまり、ミランはファランの考えやその下半身の事情についてある程度察している、だからこそ言葉を選び俺にそれを伝えようとしてくれている。まぁ、人の性事情が割と繊細なもんだってことをこの街で暮らしてると忘れそうにはなるけどな。

「まず君は、口が悪くて無愛想かもしれないけど不細工じゃない。そのタレ目の三白眼と強情すぎる癖っ毛がちょっと人相を悪くしてるけど十分に整ってる。それに、大型の獣人らしい恵まれた体躯は将来有望だって評判」

「お気遣い痛み入るぜ」

「特に古株の娼夫たちには人気があるんだよ。あと二十年もすれば気怠い色気を纏った渋くて食べ応えのあるいいアニマに育つだろうって」

「それは喜んでいいのかよ……？」

妙な評価が気になったがミランはそれを聞き流し言葉を続ける
「それに、気づいてないかもしれないけど君は結構人気があるんだよ。この街の住人にね。飄々《ひょうひょう》としてどこか摑み所のない、けれど気がつけば自分たちのことを守ってくれている頼もしい仲間」

「ファランの舎弟なんだからそれは当たり前だろ」

「まぁね、だけどファラン様を古くから知ってる人間はよく言ってるよ。ガレスを見てると若い頃のファラン様を思い出すって」

その言葉に俺はなんとも言えない表情をとることしかできなかった。ファランのことを尊敬してないわけではないが傍にいてその本質を知ってるだけにその複雑さは計り知れねぇ。

「あー、質問の答えになってなかったね。少なくとも、ファラン様は君の顔が好きだよ」

「へ、そーかよ」

はっきりと言い切ったミランに俺は違和感を覚えた。こいつはなんの根拠もなくこういうことを言う奴じゃねぇ。そういや初めてオッサンに抱かれたときも俺の面についてては妙な反応だったな……。

「好きだとしたら、俺の面じゃなくてこの傷なんじゃねぇのか？　あのオッサン、妙にこいつに拘りがある気がするんだがよ」

俺はミランに見せつけるように顔の傷を指で辿ってみせた。

「……きっと懐かしいんだろうね」

「ファランがつけたこの傷がか？」

目を伏せ小さく溜め息を吐いたミランに俺は首を傾げる。

「ファラン様がって……その傷をつけたのはファラン様なの？」

「ん？　そうだぜ。知らなかったのか？」

驚きに目を見開くミランに俺のほうが驚いた。

「元からあったものだとばかり……」

まぁそう思うのが普通か。ファランはガキを意味もなく嬲るような性質じゃねぇからな。……いや待てよ？　そうするとなんで俺だけ？

「あの人がそんなことをするなんて……それもまだ子供のガレスに。忘れられないっていうのは本当に厄介だね……」

ミランの顔が悲しげに歪んだ。

それは俺の受けた仕打ちに対してというよりは、ファランの行為そのものに胸を痛めているように見えた。

「いや、俺は敵方の頭だったしな。殺されなかっただけ……マシな気がする」

面に一生消えない傷をつけられた俺が言うのもなんだが、あんときのファランは何かに魅入《みい》られていたようだった。その『何か』がなんなのかは分からねぇが。

「……そう、君はそう感じたんだね」

ミランはまじまじと俺の顔を見つめ、そっと傷痕に触れた。どうやらこの傷には、俺が思っている以上の意味があるようだ。あるいはそれを知ることが、ファランを知ることに繋がるのかもしれねぇ。

「なぁ、ミラン。ファランは俺を抱きながら、俺じゃない誰かを見ているときがある気がするんだ。そのことと、俺のこの傷に何か関係あるのか？」

いささか性急かとも思われたが、俺は核心に切り込んだ。

「ガレスは勘がいいね」

溜め息混じりに返された言葉は、俺の予想を肯定するものだった。

「その話、詳しく聞かせてもらえねぇか？　もちろんアンタに迷惑がかかるような真似はしねぇ」

この場でミランから何を聞かされても、それを口外するつもりはない。暗にそう告げる俺に、ミランは『別に構わない』と首を振る。

「そのことなら心配しないで。今から僕がするのは、街の古株なら誰もが知っている話。ただ、皆あえて口にはしないだけのことだから。それに、今日こうしてあの人が君を僕のところに寄こしたのはそういうことなんだと思う」

そうだ。

俺はこの街に来て『もう四年』であると同時に『まだ四年』。まだまだ知らないことのほうが多いんだ。

「ファラン様は、短い間だったけれど僕の歳下の兄さんだった」

「な!?」

初めて聞く話に俺は思わず絶句する。この場合の『兄さん』ってのは、先輩娼夫って意味なんだが――。

「アンタ、今いくつだよ!?」

「えっそっちに驚いたの？　ってか、それ聞いちゃう？」

「いやだって……アンタ、ファランより歳上ってことだよな？」

ミランの肌は瑞々《みずみず》しく張りがあって、どこからどう見ても若い。ファランより歳上とは到底信じられねぇ。

「獣人種は種族やその力の強さによって寿命がバラバラなのはガレスも知ってるでしょ？　老化速度もそれ次第だし、だから僕たちの見た目は年齢を推測する当てにはならないよ」

そう言われればそうだった。

獣人種は獣としての力の強さで、ヒト族やエルフは魔力の強さでそれぞれが生きる時の長さに大きな違いがある。総じて俺のような大型の獣人種は長命ではあるが……、それにしてもミランがファランより上というのはどうしても受け入れがたい。

「ガレス、失礼なこと考えてるでしょ？　それに娼夫に歳を聞くなんて野暮もいいとこだよ！　そこはお客様が自由に夢を見る部分なんだからね」

「わ、悪ぃ」

確かに色街や閨で娼夫に実年齢を聞くなんざ、遊び慣れてない田舎モンのすることだ。こういうとき、俺は自分が色街の住人としてまだまだ未熟だと痛感する。

「話がそれたね。僕はいろいろあって成人してすぐここに流れ着いた。そうして働き始めた娼館にファラン兄さんがいたんだ」

「あのファランが娼館で働いてたとか、本人からも聞いてるけどやっぱ想像できねぇよ」

あのふてぶてしいオッサンにそんなしおらしい真似ができるとはどうしても思えねぇ。

「兄さんは街一番の売れっ子だったんだよ?」

「アニマの中でなら、だろ?」

それなら性格がどうであれ、見てくれだけは小ぎれいだから分からなくもねぇ。

結構な歳であろう今だって、その立ち姿はまさに美丈夫という言葉がふさわしい。俺には分からねぇがあいうのを好む連中も多いのだろう。

年に一度の祭りで艶やかな衣装を纏って舞えば、色気にあてられた連中がこぞってアニマを買いに娼館に走る。それがニライの夏の風物詩になっているくらいだ。

「違う違う。アニマとアニムス、ニライの娼夫全部引っくるめてだよ」

「は!? 嘘だろ……」

容姿と知性、そして閨での技、そのすべてが最高峰のアニムスが居並ぶ街で、豹族のアニマが街一番の売れっ子とかあり得ねぇだろ。

「この街で生まれ育ったファラン兄さんは、天性の娼夫だったよ。これはもちろん褒め言葉だからね? 成人前から誰より手練手管に長《た》けていたし、それにすごいのは床だけじゃなかった。歌に踊りに楽器にと、どれも一流だったんだ」

誰もが釘付けになるファランの舞はそういうことだったのか。

俺には舞のよし悪しなんぞ分からねぇが、それでもファランのそれが特別なのはなんとなく分かってた。

「それに教養があるから、お貴族様との会話も弾んでた。ファラン兄さんと酒を飲むためだけに来るお客様もいるぐらいで、ファラン兄さんのお客様は退屈知らず。だから兄さんは客を選ぶ権利も持ってた」

「客を選べるのはアンタもだろ？」

「ふふ、おかげ様で」

上級の娼夫しかいないニライの中でも、ミランは最高級の娼夫の一人だ。

その夜は庶民には手が出ないような高値で売られ、礼儀知らずの野暮な客は鼻も引っ掛けてはもらえない。下手にミランの機嫌を損なえば、出禁を食らって店の敷居も跨げなくなるのがオチだ。

「兄さんは才能の塊みたいな人だったから、まだお客を取る前の使い走りの頃から先代のニライ頭目であるバルド様に目をかけられていたんだ」

「先代？　そういやファランは三代目だったよな」

ファランの身なりや酒食の好みは、フィシュリード生まれの初代と、フィシュリード暮らしが長かった二代目の影響だと本人から聞いている。

「バルド様はファラン兄さんを大層お気に召して、兄さんの初めての相手をしたのもバルド様だった。それからも必ず週に一度は通ってこられたんだ。そんな日々が数年続いて、兄さんの名声がニライで揺るがないものになったと同時にご自分の後継者として育てるために身請けされた」

「そんな裏があったのか……」

俺はファランが先代を懐かしみながらも多くを語りたがらない理由を察した。

「けどよ、その先代の話と俺がどう関係するんだよ？」

「……バルド様も豹族で、赤毛に褐色の肌をお持ちだった。そして――」

「面にでかい傷があった？」

俺は半ば無意識に鼻の上を真横に横切る傷を指で辿る。

「うん、君と同じような傷があったよ。だけど、ガレスこれだけは分かって欲しいんだ。きっかけはもしかしたらそうだったのかもしれない、バルド様は早くに亡くなられてしまったから……。けれど、今の兄さんがガレスを見てる顔を見れば僕には分かるんだ。兄さんにとってガレスの存在は決してバルド様の代わりというだけじゃないからね？」

「心配しなくても大丈夫さ。俺はそんな柔な人間じゃねぇ。知ってるだろ？」

「うん、君ならそれを分かってくれると思ってた。だから話したんだから、ガレスこれからもファラン兄さんの傍にいて兄さんのことを支えてあげてね」

ミランの言葉に頷きながら俺は温くなった分甘みが増した果実酒を飲み干し、ミランに気づかれないように長い溜め息を吐いた。

ミランの言葉に強がりを言いながらも俺の心中は正直複雑だった。

なぁ、こんな話を聞いちまった俺はどうしたらいいんだよ？

ファランに対する俺の感情は恋愛感情じゃねぇ、それは確信を持って言える。

だが、先代を慕っていたファランがもし俺のことを……。

いや、馬鹿なことを考えるんじゃねぇぞ俺。あのオッサンがそんなしおらしいたまかよ。

ミランが言ったように今日俺をここに寄こしたのはファランで、この話を俺がミランから聞くのもきっとファランの想定のうちだろう。

だからこそファランは——。

よし、考えるのはやめた。

考えても、無駄に複雑になるだけで答えなんて出てきやしないんだ。しかし、誰かの心情なんてものは、やたらと他人から聞き出すもんじゃねぇとつくづく思う。

こうやってファランの事情を知った俺がしかめっ面をしてるのも全部ファランの手の平の上かと思うとやっぱりあのオッサンには一生勝てる気がしねぇなぁ……。

＊＊＊

あふれ返る熱気。十数名の奏者により奏でられる豪華絢爛《けんらん》な音色。

集まった街中の人間と、わざわざこの日のために外からやってきた者たちがひしめき合い、舞台の上で舞うただ一人だけを注視する。

その視線の中には憧れ、羨望《せんぼう》、嫉妬《しっと》、劣情といった清濁入り交じった感情が濃厚に含まれていたが、いずれにしろ見惚れていることには違いない。

「相変わらず、すげぇ人気だな」

舞台裏からファランを眺めながら、俺は自分でもよく分からない感情に唇を歪める。

結い上げた髪に幾本もの飾り櫛を挿《さ》し、艶やかな舞衣装をはためかせて舞うファランは十年前に出会ったあの日と何も変わらねぇ。

片や俺は完全にミランが語った未来予想図が的中した。十代の頃よりさらに伸びた身長と厚みの増した体。低く少しザラついた声に無精髭。全体的に『気怠げ』『やる気がなさそう』『くたびれた』と評される風貌に育っちまった。それにもかかわらず、こんな俺を未だに抱いてるファランの神経が理解できねぇ。先代への感情の拗《こじ》らせ方があのオッサンらしくねぇなと少しだけ気がかりだ。

「……ん？」

俺の視線の先で、ファランの体がバランスを崩し微かに傾いた。珍しいこともあるもんだ。

「おいおい、どうしちまったんだよ」

そしてそれをきっかけに、ファランは小さなミスを端々で繰り返す。その都度《つど》巧みにごまかしているから聴衆の目には留まらねぇだろうが、俺の目にはその違和感がはっきりと分かる。

「どこか具合でも悪いのかな……」

俺の隣で見ていたミランも首を傾げる。

「ああ、体の動きに全くキレがねぇ」

ファランの舞はその武に通じる精緻なもんだ。それをこんなにも立て続けに小さいといえど失敗を繰り返すなんて普通じゃねぇ。

「大事ないといいけど……」

ミランの顔が不安に曇る。

「大丈夫だろ？　大方、昨日の酒でも残ってんじゃねぇか？」

そう軽口を返しながら、俺の胸中も本当はざわついていた。ファランは決めどころをわきまえた奴だ。一年に一度の見せ場でやらかすようなことは絶対にしない、翌日に残るほど酒を飲むなんてそれこそあり得ねぇ。

早く戻ってこいファラン。

気がつけば俺はそう念じていた。

楽曲が終わり割れるような拍手と歓声の中、ようやくファランは舞台裏に戻ってきた。

「ファラン……」

その顔を見て俺は掛ける言葉を失くす。目尻と下唇に紅を引いた顔は紙のように真っ白で、額によくない汗を滲ませ苦しそうに息をしている。

「どうしちまったんだよ……？」

ファランとの付き合いもいい加減長いが、こんなに余裕のねぇ面を見んのは初めてだ。五十人近いゴロツキに囲まれても、愉しそうに嗤《わら》って斬り込む野郎がなんでそんな面を見せるんだ。アンタはその後興奮に任せて俺を抱くようなロクデナシじゃねぇか。

「兄さん大丈夫？　座って休みましょう。ガレス手伝って」

「お、おぅ」

ミランに促され俺はようやく動き出す。いけねぇ、少しばかり動転しちまった。

「いや、大事ない」

ファランは軽くよろけながら俺の脇をすり抜け、その言葉とは裏腹にぐったりと椅子に座り込んだ。

「少しばかり目眩がしただけだ」

「アンタが？　珍しいこともあるもんだな」

「俺も人間だぜ？」

皮肉気な笑いからも見え隠れする疲労感が強く、俺はどう反応していいのかわからず気まずさを持て余した。

「ミラン」

「なんです？」

「明日の舞台は一緒に舞ってくれるか？」

「一緒にって……、そんな状態で舞台に上がるなんて無理ですよ！　兄さんの代わりが務まるとは思わないけど、僕が代役を――」

「だめだ。この三日続く祭りはニライの住民が楽しみにしてる伝統だ。その頭目が祭りに水を差しちゃあだめだろう……なぁ頼む。俺に最後までやり切らせてくれ」

最後と口にしたファランのその言葉が妙に俺の頭に残って離れない。

「……本当に強情なところはちっとも変わらない。分かりました。兄さんがそこまで言うなら、相方務めさせていただきます」

言いたいことは多分ある。けど、俺は今この場で何をどう言葉にすべきか分からずに、結局黙って聞いてることとしかできなかった。

「ガレス」

「なんだよ?」

「明日の舞台、お前も裏からじゃなく客席からしっかりと見ておけ」

「あ?　なんだよそれ」

「分かったな?」

「……あぁ、分かった」

言い返したいことはいろいろあったが、やっぱり俺は言葉を見つけられず頷いた。


翌日——客席から見たファランとミラン二人の舞はそれは見事なものだった。

壮麗にしてどこか鬼気迫るその舞に、集まった誰もが——毎年ファランの舞を見ている長老たちですら声もなく見入る。それは賑《にぎ》やかな祭りの中に突如として現れた、奏でられているはずの曲の音色すらかき消された厳粛とも言える奇妙な時間。

そして、それは言葉どおりファランの『最後』の舞となった。


祭りを境にファランは体調を崩すことが増え、木々の葉が紅く色づく頃には完全に寝付いてしまった。

もちろん腕のいい医者を何人も呼んで診《み》させたが、結局原因は分からずじまい。俺たちにできたのは日々痩せ衰えていくファランにその時々の症状を和らげる薬を飲ませ、腹に優しい栄養のあるもんを食わせることだけ。暗殺防止と看病を兼ねて、当然俺がファランの傍らに侍るものとばかり思っていたが、当のファランがそれを拒んだ。

「馬鹿野郎。俺がこんな様になった今、ニライ頭目の日々の役割を誰がこなす?」

寝台の背に枕を入れて腰掛けたまま、ファランの紅い瞳が俺を見据える。弱ってなお、その瞳には強い力が宿っていた。

「そりゃあ……」

頭目の務めは多岐にわたり、ぽっと出の誰かがそう簡単にこなせる代物じゃねぇ。それは俺が一番よく知っている。そして、ファランの仕事を最も近くで見てきたのが俺だという自覚もあった。

「ガレス、お前がやるんだ」

「……俺でいいのか？」

「いいわけあるか……」

間髪《かんはつ》容《い》れずに返ってきた答えに俺は鼻白む。

病気になろうともやっぱりファランはファランだった。

「まだお前には教えることが山のように残っている……いいわけはないが今はお前に任せるほかないだろう？　俺のやり方を一番よく知っているのはお前だ、ガレス」

ガキの頃からあらゆる修羅場《しゅらば》に俺を連れていき、明らかに荷が重い仕事を押しつけてきやがったのは、いつか来るこの日のためだったのか。だったら、応えてやるしかねぇだろうが。こういうのはまったくもって柄じゃあないが、それでもファランとこの街には義理と恩がある。

「分かった。黒豹のファランの名代《みょうだい》、完璧に勤め上げてやるよ」

「無理だ」

「はぁ!?」

言うか？　この流れでそういうこと言うか？　空気読もうぜ!?

「お前一人で俺の代わりがすべて務まるわけがないだろう。レイシャを補佐に連れていけ。何かあればミランを頼れ」

「ミランはともかくレイシャを？　いや、でもあいつは……」

わだかまりがなくなったとはいえ、あいつはかつて俺と仲間を裏切った。そして己の身の安全を金で買い、その借金を返すために今も娼夫として働いている。

「借金なら三日前に片付いて今は晴れて自由の身だ。もっと早く身請けしてやるつもりだったが、『自分と自分の惚れた男の借金返すのに他人の力は借りない』

と、俺相手に啖呵《たんか》を切る大物だよ。あいつは」

「あ？　なんだよ……自分と『惚れた男』って、どういうことだよ？」

きっと俺は聞きたくもねぇことを聞かされる。そんな予感に首筋が粟立った。

「なんだ言ってなかったのか？　負け戦を悟ったレイシャは単身俺の下にやってきて二人分の命を金で買った。俺に借金する形でな」

「なんてこった……クソ」

「まぁ、お前は俺のモノになったからな。その時点でお前の分の借金は帳消しにしてあるんだが……」

ほらな、やっぱりだ。

できることなら知りたくなかった。

どんな理由があろうとレイシャが俺と仲間たちを裏切ったことは事実だ。俺の目の前で一人また一人と死んでいった連中のことを、俺は今も覚えている。

だが、レイシャの裏切りは自分の保身だけじゃなく俺を守るためだった。挙句あいつは言い訳一つしねぇまま、十年以上も娼夫として我が身を削り続けたってか？　なぁ頼む……誰か悪い冗談だと言ってくれ。


「あれには必要な学を身に着けさせてある。物覚えはお前よりよほどよかったから上手く利用しろ」

「アンタ、ほんとひでぇ野郎だな……全部知ってて仕組みやがって。それで挙句の果てには利用しろかよ」

最後にレイシャと体を重ねた十六の誕生日を朧気《おぼろげ》に思い出す。あいつはどんな思いであの日俺に抱かれてたんだ。

「人には割り切れることと割り切れないこと、それに踏ん切りをつけるきっかけってやつが必要だ。かつての恋人の願いをお前はある意味叶えてやれたんだからら問題はないだろう？」

「くっ……イイ話ふうにまとめやがって！」

レイシャのしたことを許せるかと問われれば許せねぇ。

だが憎めるかと言われたら憎めもしねぇ。

すべて知った上で俺を手の平の上で転がしてきたファランを恨めしく思いながら、もつれた感情の糸が解ける適切な時間を見計らってくれたことにゃ感謝もしてる。矛盾した感情で胸の奥がもやもやして気持ち悪い。

「分かった。分かった、あんたの思うように踊ってやるよ。今さらだからな」

「ガレス」

立ち上がり、きびすを返しかけた俺をファランが呼び止めた。

「レイシャのことは俺がどうこう言う筋合じゃないが……あいつの覚悟だけは受け取めてやれ。できるな？」

振り返った先のファランの表情に俺は息を呑む。今まで俺には向けたことのねぇひどく優しい表情がそこにあった。

「もう時効だ時効。俺とレイシャの関係は今さらどーも変わらねぇよ」

「ああ、いい子だ」

ふわりと花が咲くような微笑。似合いもしねぇ穏やかすぎるその面に、俺はわけもなく胸が締めつけられた。

なぁ、アンタは俺にそんな面で笑う奴じゃねぇだろ？　いつも人を小馬鹿にして、何かを企んで、訳知り顔で不遜に笑うのがニライ頭目黒豹のファランだろうが。


俺が完璧とはほど遠い有様で、レイシャとミランの助けを借りつつどうにかこうにか名代の務めを果たしている間にも、ファランの容態は悪化の一途を辿った。

『黒豹のファランもああなっちゃおしめぇだ』

『跡目を継ぐのは誰だ？』

『そらぁ手元に置いて育てたガレス以外にないだろう』

あちこちでささやかれる噂話が俺を苛立たせる。ことに『そうとなれば新しい頭目の覚えめでたく』とばかり、俺に媚を売ってくる連中が目障りで仕方ない。

「ミラン！」

俺は雑踏の中に見慣れた薄紅の髪を見つけ声を掛けた。

「ガレス」

数年前に自由の身となってなおニライにとどまっているミランも、俺を見つけ駆け寄ってくる。

「ファランの世話をした帰りか？」

「うん」

「そうか……いつも悪いな」

「ううん、兄さんには散々世話になったから」

娼夫に舞を教える師匠となったミランは、暇を見つけてはファランの世話を焼いてくれている。かつての弟分には気安さがあるのか、ファランもミランに対してだけは比較的素直だからありがたい。

「ファランの具合はどうだ？」

「……いいとは言えないね」

瞳を伏せたミランの顔がはっきりと曇る。

「ファランは気丈に笑っているけど、もう自分で体を起こすこともできないよ。咳の発作が起きるたびに、胸がひどく痛んでつらそうで……」

「……そうか」

長い溜め息を吐く。今俺にできることは、名代としての務めをきっちりこなすことだけ。分かっちゃいるが、どうにもじれったくてたまらねぇ。

「ねぇガレス、久しぶりにファランが会いたがってたよ」

「ファランが？」

それは意外な言葉だった。病状が悪化してからというもの、ファランのほうがなんのかのと理由をつけては俺と顔を合わすことを避けてきたというのに、どうした風の吹き回しか。それがいつもの気まぐれってだけならいいんだが。

「ならちぃと顔出してくるわ」

「うん、そうしてあげて。きっと喜ぶから」

微笑んだミランの顔が泣いているように見えて、俺は強い不安に駆られその場を足早に後にした。


「ファラン、入るぜ」

「ああ」

ノックした扉の向こうから返された声はひどく弱々しく、俺の記憶するファランのそれとは違った。俺の知るファランはアニマにしてはいくらか高い、時に金属的にも響く張りのある声をしていたはずだ。

正直、俺は扉を開けるのが怖かった。情けねぇ話だが、現実を目の当たりにすることにビビっちまったんだ。

「――ッ」

意を決して扉を開き、俺は変わり果てたファランの姿に立ち尽くす。

「久しぶりだな……どうした？　もっと近くに来い、話しづらいじゃないか」

「ああ、そうだな」

我に返った俺は、寝台に横たわったまま掠れた声を絞り出すファランの傍らに歩み寄った。

「すっかり痩せちまって黒豹の二つ名が泣いてるぜ」

細身ながらしなやかな筋肉に覆われていたファランの体は今や骨と皮ばかり。ゴツゴツと浮き出た鎖骨と胸骨が痛々しい。

「致し方ないことだ。最近はまるで飯が喉を通らなくてな」

「飲むのもキツイのか？」

俺の言葉にファランは首を小さく縦に振った。言葉どおり水分もまともに摂れてないことは、乾燥して艶を失った皮膚からも見て取れた。かつては妖艶な瑞々しさを湛《たた》えていた唇も、すっかりひび割れささくれだっている。

「俺の名代はしっかりやれてるのか？」

「ああ、心配いらねぇよ。レイシャもミランも俺を助けてよくやってくれてる」

「なぁ、ガレス……お前は正式に四代目頭目を継ぐ気はあるか？」

「……アンタがそれを望むなら」

こういう話になることは覚悟していた。

そもそも、ファランが俺を手塩にかけて育ててきたのは、普通に考えてこのためだろう。ファランに血を分けたガキでもいれば補佐役として育てるってのもありだろうが、ファランに身内はいない。

「そうか……分かった」

ファランは目を閉じ苦しそうにゼェゼェと息をした。ほんの少しの会話すら、今のこいつにとっては命を削る行為のようでいたたまれねぇ。

「なぁアンタ……死ぬのか？」

なんとなく……本当に何も考えずに、俺は恐ろしく不躾な言葉を発していた。

「誰でもいつかはな」

それをファランは他人事のように肯定した。

「それにしても、ちょっとばかし早すぎやしねぇか？」

「全くだ」

憮然《ぶぜん》とした面持ちで頷くファランと目が合い、俺らはどちらからともなく笑い出す。ああそうだ、ここで吹き出せる不謹慎さが俺らの付き合いだった。

「ガレス、お前は俺より強くなったら俺を抱くとか言ってたな？」

「いつの話だよ」

不意に振られた懐かしい話に俺は苦笑する。

「今なら余裕だぞ？」

「病人相手に盛る趣味はねぇよ。アンタ、俺に抱かれてぇのか？」

俺はいつもの軽口のつもりだった。だが――。

「それもいいかもな」

「……マジかよ」

真顔で返された言葉に俺は固まる。そして思い出す、伝え聞く先代バルドとファランの関係を。

「なぁ、ファラン。四代目を継ぐことも、これから先この街をどうしていくかも全部あんたの思うとおりにしてやるよ。だから、一つだけ教えてくれ」

「そんな真面目な顔はお前らしくはないな……。言ってみろ」

その表情はもう俺が何を聞くかそれにすら気づいているように見えた。

「俺はアンタにとって先々代の……バルドって奴の代わりか？」

聞いちまってからひどく後悔した。互いに今までそんなことを思ってもみなかったじゃねぇか。俺は一体どうしちまったんだ。

「くく……くははは……」

そんな俺の後悔を尻目に似つかわしくない笑い声をファランが上げた。

「馬鹿なことを言うな。あいつは――バルドはお前さんより遙かにいい男だった。腕っ節も頭の回転の速さも比べもんにならんよ。あいつとお前とではな」

「ならっ！」

「ガレス……。お前は誰の代わりでもない。お前は『ガレス』だ」

自然と身を乗り出していた俺をファランのその言葉が制止する。

ああ、そうだ。その言葉が俺はずっと欲しかったのかもしれねぇ……。

だから俺は……。

「俺に抱かれたいなら、さっさとそのわけ分かんねぇ病気を治しちまえよ」

「そうだな……。せっかくなら愉しみたいからな……」

ファランの痩せ細った指が俺の手に触れる。

その指先は驚くほど冷たく体温を感じさせない肌だった。

「ガレス、水を飲ませてくれるか？」

「ああ」

俺は水差しに直接口をつけて水を含み、すっかり細くなっちまったファランの体を抱き起こす。なんの疑問も持たず、それをすることが正しいのだとなぜか体が自然と動いた。

「ん……」

薄く笑ったファランのひび割れた唇に、俺は口づけるようにして水を与えた。

なぁファラン、こんな死に水の取り方も色街らしくて粋だろう？

俺のことを忘れずに、冥途の土産に持っていってくれ。


こくりこくりと小さく喉を動かして、ファランはわずかな水を飲み込み満足そうに目を閉じた。長く濃いまつげが鳥の羽のように見えるのは昔と少しも変わらねぇ。

「少しばかり疲れた……俺は休む」

「ああ、ゆっくり休めよ。ファラン」

俺の前で深い眠りについたファランは、その目を二度と開けることなく静かに逝った。


ファランの死後、俺は葬儀を取り仕切った。

葬儀には街中の連中が押しかけて、誰が指示するでもなくニライは三日間の喪に服した。

『人の価値はそいつが死んだとき、どれだけの人間が本気で泣いてくれるかで分かる』としたり顔でほざく奴もいるが、その理屈で言うとファランの価値は大層高かったようだ。

けどな……数多《あまた》のファランの部下、娼夫、街の住人たちが号泣する中、俺自身はどこか現実感が希薄で感情が凪《な》いだままだった。薄情と思われるだろうが、俺は涙を流すこともなく淡々と自分の仕事を片付けていった。

もうこの色街のどこを探しても、派手な着物を粋に着こなし、煙管を片手に藍色の長い髪を揺らして夜の街を闊歩《かっぽ》する黒豹はいない。

遺体の埋葬にも立ち会ったというのに、俺にはどうにもその現実がしっくりこない。

だが、世界は俺の感覚とは無関係に回る。

三代目頭目が逝去し葬儀も終わったとなれば、次の頭目をという話が出るのは当然だ。街の連中は俺が四代目を継ぐとばかり思っていたし、俺自身もそうなるのだろうと受け入れていた。

そいつは俺の希望というよりは自然な流れ——ある意味ここで育てられた俺の『義務』だと思ってたんだ。

なのに、蓋を開けたらとんでもないことが起きた。

「ニライ三代目頭目黒豹のファランの遺志により、四代目頭目は白鶴のミランが、頭目補佐には川獺のレイシャが就くものとする」

ミランが持ち出してきたファランの遺言状の内容に俺は度肝を抜かれた。


「なんだかごめんね、ガレス」

「いや、別にアンタが謝ることじゃねぇんだけどよ……」

申し訳なさそうに頭を下げるミランに、俺はいやいやと首を振る。

驚いただけで、もともと俺にはあのオッサンの跡目を継ぎたいなんて意志はねぇ。だが、それなら最後のファランのあの問いかけはどういう意味だったんだ？

「ファラン兄さんはね、ガレスには自分がどうやって生きるのかその生き方を自由に選んで欲しかったんだと思うよ」

「自由？」

ミランの口から飛び出した言葉に俺は眉を上げる。

俺はこのニライで格別不自由を感じたことはない。せいぜいがファランの気まぐれに付き合わされてゲンナリする程度の話で、娼夫たちのように金で買われたわけでもない。ある意味、ファランという上に立つ存在が縛りだったという程度でそれを不自由だなんのと我が身の不幸を嘆くほど、俺は贅沢でもない。

「兄さんが亡くなってしまえば、ガレスは立場的に四代目になるしかないよね？　それが自然で当たり前だって、君自身も含めて誰もが思ってしまう」

「そりゃあ……そうだろうよ」

で、それの何が問題なんだ？

「でも、ガレスはそう積極的に兄さんの跡目を継ぎたいわけじゃないよね？」

「確かに……そうだけどよ」

ニライは俺にとって『継ぐもの』であって、『継ぎたい』ものじゃなかった。

ファランが遺《のこ》したものだから俺がそれを継ぐ、そうしなければと思っていた。

「けどよ、だからって継ぐのが嫌だったわけじゃねぇぜ？　他にこれといってしたいこともないからな」

「それだよ」

「あ？」

「他にしたいことがない、ガレスの問題はそこだよ」

「別になんの問題もねぇだろ？　悪いが俺に分かるように説明してくれよ」

「チッ、相変わらず察しの悪い奴だな。ミラン兄さんの手を煩わせるんじゃねぇよ」

隣で今まで大人しく俺とミランの話を聞いていたレイシャが苛立ちも露《あらわ》に舌打ちしやがった。

なんだ、感じ悪いぞお前。

しかし、それにしてもミランの言葉は要領を得ない。

ニライ頭目の拾ってきたガキがその街で育って、先代に仕込まれ仕事を覚え跡目を継ぐ。俺にそれなりの能力さえありゃあ特に問題はねぇはずだ。

統治者としての才覚において、俺はファランにゃ遠く及ばないだろう。そんなことは百も承知だ。そもそも、あのカリスマ性は誰かが真似ようとしてできるもんじゃねぇよ。黒豹のファランを演じられるのは、後にも先にもあいつしかいねぇんだ。それを街の誰もが分かっているからこそ、今ニライはこんなにも静まり返っちまってるんじゃねぇか。

けどな、差し当たって事務的な意味で街を回すだけなら俺にだってできるぜ？　それがこなせるように、ファランは俺とレイシャを育ててきたんだ。名代職を経て、俺はそれを明確に悟った。

「ガレスはさ、スラムとニライしか知らないよね？交渉事で外に出ることはあっても、それは外の生活を知ってるのとは違う」

「それを言うならミラン、アンタもだろ？」

街の性質を考えれば、そんな奴は珍しくもねぇだろう。そもそもファランがニライ生まれのニライ育ちじゃねぇか。

「僕はもともと普通の街で祖父母と暮らしていたよ」

「はいはーい、俺も一応親とかいたぜ」

「は？　マジかよ……」

どことなく品のあるミランは分かるが、どこから見ても俺と類友なレイシャの言葉は意外だ。まぁ、あれだな……親っていってもピンキリってことか。

「痛ぇ！」

「今、失礼なこと考えただろ！」

「いや、気のせいだ」

無駄に勘のいい野郎だぜ。レイシャのこういうところは少しファランに似てやがる。

「ガレス、君はあまりに狭い場所で育ってしまった。さらに兄さんの跡を継いで頭目になんかなったら、ガレスの一生はこの街に縛られてしまうだろう。兄さんはね、それを惜しいと言っていたんだ……兄さん自身がそうだったからね」

「聞いてねぇぞ、そんな話」

ふざけんなよファラン、この野郎。なんでそんな大事な話を後出しすんだよ。そういうことは生きてるうちに直接話せよ。

「けどよ？　結局俺には他に行く場所も行きてぇ場所もねぇぜ？」

まぁどこに行っても、それなりに生き延びる自信はあるけどな。

「君の行き場所なら決まってるよ」

「はぁ？」

「じゃーん、それがこちらキャタルトンの王宮騎士団」

「はぁぁ!?」

何を言ってるんだこいつらは？

騎士団？

それも王宮？

いや、おかしいだろ。

なんだって色街でケツモチだの頭目名代だのやってた俺が、いきなり王宮騎士になるんだよ？

「意味が分かんねぇ」

俺は率直な感想を口にした。ファランの悪ふざけにしても理解の範疇《はんちゅう》を越えている。

「兄さんは多方面にツテを持っていた。それは君も知ってるだろ？」

「ああ、確かに訳が分からんくらいにいろんな奴の弱み握ってたな。ってか、弱み取ってくる仕事は俺がやってたし」

あっちの屋根裏、こっちの床下……思えばあちこち忍んだもんだ。特に懐かしくはねぇが。

「これもそういうツテの一つだよ」

「いや、ツテは分かるがなんで俺が騎士様だ？　脈絡なさすぎんだろ」

多方面にツテがあるくせに、よりによって王宮騎士！　俺にはファランの考えがまるで読めねぇ。

「さぁ……兄さんの考えることは難しすぎて、だけどねこれだけは僕にも分かるよ。兄さんはガレスにこの広い世界で見つけて欲しかったんだと思う」

「見つける……？」

「そう、自分の意思で望んで選んだ大切な『何か』を」

「それは……」

その言葉を俺はどう受け取っていいか分からなかった。

俺とファランとの関係は体の繋がりこそあったがそういう何かではない。ミランやレイシャのことはもちろん大事だ、それにこの色街の仲間も……。

それでもそれは自ら摑み取ったものじゃない。俺に欠けた何か、それがファランの言うとおりにどこかで見つかるっていうのか……？　いや、馬鹿馬鹿しい。この歳になってそんな幻想を抱くほど、甘っちょろい考えはしてねぇよ。

「少しだけ考える時間をくれ」

結局、なぜ騎士団なのかは遺言を託されたミランにも分からずじまい。俺にゃあ『可及的《かきゅうてき》速やかにキャタルトン王宮に出向き、騎士職に就くべし』との言葉だけが遺された。

ファランの遺志に従うか。

そんなのは冗談じゃねぇとバックレてやるか。

俺に自由に生きろってんなら、そこの選択から好きにさせてもらうぜファラン。

＊＊＊

ジメジメと暑いこの国の夏。俺は何をするでもなく昼から酒を啜《すす》りながらダラダラと時間を潰す。それもキャタルトン王宮騎士団詰所なんつーわけの分からん場所でだ。

この時期、例年であれば俺はファランの無茶振りにキレ散らかしながら、祭りの段取りに追われてニライで過ごしている頃だ。三日前にいきなり舞台の演出を変える！　とか、普通に言い出してやがったからなあの野郎は。

それがキャタルトンの王宮で騎士服着崩してグータラ過ごしてんだから、全く人生ってやつは何が起きるか分かんねぇ。

ファランの遺志を受けた俺は、数日それほどよくない頭を捻って考えた末こうして王宮騎士様になることを選んだ。他にやりたいことが特にねぇなら、人生経験の一つとして騎士様やってみるのもありかと思ったからだ。それにあのファランが用意した道だ、何か面白いことがあるんじゃねぇかといくらか期待もした。

が、やってみてガッカリしたのが正直なところだ。騎士様の生活は笑っちまうほどつまんねぇ。

「はぁ……かったりぃ」

王宮ってのはつくづく面白くねぇところだ。着飾った連中が取り繕った笑顔と無駄に遠回しな言葉でもって、中身のない話し合いとやらを繰り返すばかり。野次の飛び交うニライの会合のほうが、柄こそ悪いもののよっぽど実があった。

連中は『王に仕える忠誠心の下に、騎士は皆 志《こころざし》を同じくする仲間』だとか、薄ら寒い建前を高らかに謳いやがる。そのくせ俺のようなスラム生まれの色街育ち、親なしの家なしにははっきりとした区別が存在する。

まぁ、そのことに関して俺はどうとも思っちゃいねえよ。俺は自分の生まれ育ちを誇りこそしないが卑下もしねぇ。曲りなりにもこの歳まで生き延びたんだから上等だ。

そんな下賤《げせん》の生まれの俺に与えられる仕事はもっぱら汚れ仕事だ。

暗殺を筆頭に誘拐、破壊工作、情報操作、脅迫、窃盗、拷問、事件のもみ消し。

すべてこの国のためにという大義名分の下におおよそまともな人間なら顔を歪める胸糞悪い仕事の数々。

そんなことばかりを、金のためだけに延々とこなす日々が続く。

つまり、騎士とはいっても俺は表舞台に顔を出す正規部隊の人員じゃねぇってこった。

だから汚れ仕事以外で俺の出番がないときは、ただただひたすら暇なんだよなぁ。

あぁ、別に罪悪感とかはねぇぜ？

もともと俺は清廉潔白、品行方正な正義の味方なんて柄じゃねぇからな。

殺し奪い貪欲に生きる。ガキの頃からやってきたことの繰り返し。新しい真っ白なシャツに泥が跳ねればあ誰だって悲しみ惜しむ。

けどよ、血と泥で元から汚れたズボンに今さら染みが増えたからと、一体どこの誰が嘆くってんだ？

俺の上司である王侯貴族共は、どいつもこいつも無能なクソッタレで一欠片の愛着も忠誠心も湧きゃしねぇ。

が、それがいい。こんな最低な立ち位置でいつでも切り捨てられる末端扱いだからこそ、俺はなんにも縛られず気軽に好き勝手ができる。なんなら他にしたいことを見つけたその瞬間に、何も告げずに姿をくらましたって構やしない。

ここは曲りなりにも俺を育《はぐく》んでくれたニライとは違う。俺はこのクソみてぇな王宮と王族に貸しもなけりゃあ借りもねぇ。義理だのしがらみだのが一切ないから、我が身一つどうとでもできる。

「しっかし、最後までやってくれるぜ」

育てたガキの取りあえずの行き場として、『忠誠とは無縁の職場』を指定するのはいかにもファランらしい『自由』の定義で笑っちまう。あの世でもう一度あいつに出会ったら一発ぶん殴るとは決めてるけどな。

そうしてなんの感慨もなく手を汚し続けて何年が経った頃だったたか。この頃の俺は、すっかり時間の感覚が鈍くなっていた。

なんでかって？

そりゃあ、代わり映えのしねぇ退屈な毎日だからさ。華々しく戦争でもして勝ったの負けたのならいざ知らず、馬鹿共が勝手に腐ってく国の滅亡史とか、酒の肴にもなりゃしねぇだろ。同じ滅ぶなら、せめて吟遊詩人が後世まで伝えたくなるような滅び方をすりゃあいいもんを、どこまでも鈍臭え連中だぜ。

そんなある日、いつもどおりに詰所で昼から酒を呷《あお》ってゴロゴロしてたら思いがけない客人が訪れた。もっとも素行不良のサボリ騎士として有名な俺に会いに来る奴なんてまずいねぇから、仕事の依頼以外の客はすべからく『思いがけない客人』とも言える。

エルネストと名乗ったそいつは、キャタルトンの由緒正しき大貴族で将来が約束された騎士様だ。

種族は俺と同じく豹族だが、体格は俺より一回りデカい。

猫科の大型獣人、そして貴族の血統。

つまりエルネストという男は、この国で上に行くための素養をすべてお持ちのエリート様ってわけだ。

おまけにその面構えときたら、嫌味なほど『金髪碧眼の貴公子様』って言葉がしっくり来やがる。

華やかだが上品な顔立ちは彫りが深く、ゆるく波打つ金髪は手入れが行き届いて日の光をキラキラと撥《は》ね返す。スッキリと形のいい眉の下には、絵筆で描いたような二重瞼の碧い瞳ときたもんだ。俺がアニムスだったら、尻尾を振ってお出迎えしたかもな。

俺はその任務の特殊性故に王宮にいる人間の素性はほぼすべて押さえている。特に強い奴、できる奴の情報はなるべく詳細に。それによるとこいつはいいとこの嫡男《ちゃくなん》のくせに、家族との折り合いが悪いのかほとんど実家に寄り付かない。せっかく生まれながらに持ったモノを全く有効利用しないもったいねぇ奴だ。

「んで、レンフィールド家のお坊っちゃまともあろうお方がなんのご用で？」

ヘラヘラと笑いながら、俺は相手の度量を測る。獣人の強さってのは、聞いた話や遠目から見ただけで分かるもんじゃない。つまるところは、互いに手を出そうと思えば出せる距離まで近づいてみて、初めて肌で理解するんだ。

ああ、やっぱりこいつは強いな。首の後ろがザワつきやがる。正面からまともにやって互角、汚い真似を全部解禁しても無傷で殺《や》るのは難しいってところか。

俺の不躾な視線を目の前の偉丈夫は気にもとめていないように受け流す。

「俺の値踏みは終わりか？」

「ああ、できればアンタとは敵味方で戦いたくねぇな。かかる手間を考えるとずいぶんと面倒臭ぇ」

もし暗殺依頼が来たら、毒を使ってじわじわと弱らせていこう。

「安心しろ。俺も貴様と殺し合うつもりはない。今のところはだが」

「そりゃぁよかった」

言葉どおりエルネストに殺気は感じられない。俺は椅子に腰を下ろし瓶から直接温くなった果実酒を呷る。

「噂には聞いていたが職務中に酒三昧《ざんまい》とはいい身分だな」

「ごらんのとおり暇を持て余してるもんでね」

「それはいいことだ。貴様のような男が勤勉に職務に励むようでは物騒でかなわん」

断りもなく俺の前にどかりと座り、エルネストは唇の端に人の悪い笑みを浮かべた。


「アンタはずいぶんと俺のことに詳しいみたいじゃねぇか。なんだ？　俺のことがそんなに気になるかい？」

「あいにくだが俺は『掃除屋』の追っかけをするほど酔狂《すいきょう》じゃない」

「へぇ、そうかい。なら何しに来たんだ？　個人的な清掃依頼なら俺はちーっとばかし高いぜ？」

こいつは俺の裏の仕事を知ってやがる。まぁ情報統制はがばがばで機密保持もゆるゆるなこの王宮じゃあ、少しばかり目端の利く奴がその気になればすぐに知れる程度の存在だけどな。

「残念ながら自分のことは自分でやる主義だ」

「貴族のボンボンがよく言うぜ」

俺は小さく鼻で笑った。貴族の言う『自分のこと』っていうのがどの程度のことかは簡単に想像がつく。

「そう邪険にしてくれるな。俺は貴様という存在に興味があるから会いに来た。それだけの話で他意はない」

「興味ねぇ……」

確かにこの男からは他のいわゆる高貴な血筋の方々から俺に向けられる明らかな区別——敵意や蔑みといった負の感情は感じられねぇ。日常が仮染《かりそめ》の恋と駆け引きの上に成り立つ色街育ちの人間は、たいがい他人の感情に敏感だ。

「アンタがどうやって俺のことを知ったかはしらねぇが、俺は『掃除屋』だぜ？　この手がどれぐらい汚れてるかぐらいは想像できるんじゃねぇのか？　お前さんみたいにまっとうに表で騎士をやってるお貴族様が関わるような人種じゃねぇよ」

人には踏み込まねぇほうがいい領域ってもんがある、それがボンボン育ちの興味本位ならなおのこと。それを教えてやる程度に、今日の俺は機嫌がいい。飲んでた酒が値段の割に美味かったからだ。

「まず先に言っておくが、俺はレンフィールドの人間だが家は継がない」

「あん？　長男なのにか？　レンフィールドといえば代々この国の王族の身辺警護を担う名門中の名門だろうに」

「家はもう弟が継ぐと決まっている」

「なんだ、後継者争いに負けたか」

「もとより継ぐ気はなかった。弟とは腹違いでな。父の後妻、弟の母が名門貴族の出といえば分かるだろ？」

ありがちなつまらん話だと、エルネストは苦笑して肩をすくめた。やんごとなき身分の人間でも、そのあたりの事情は庶民と大差ねぇようだ。

「『掃除屋』であり『情報屋』である貴様であればこの程度の情報収集は当たり前だと思っていたが……。本当に知らなかったのか？」

「悪いが無駄なことまではしない主義なんでな。出る杭がありゃ調べもするがお前さんはまだその杭にすらなってねぇんだよ。まぁ、お前さんを消せと言われてたら別だったがな」

「そうか、取りあえず俺の名が貴様の雇い主の暗殺リストにはないようで安心したさ」

飄々と受け流すエルネストは変わった野郎だ。

お育ちのいい貴族の騎士様なんて人種は、大抵が俺みてぇな存在を忌避《きひ》する。素行不良の職務怠慢者に対し、騎士団の面汚しという青臭い怒りを向けてくるならまだマシで存在そのものをないモノとして扱われることすらある。

なのにこいつは、俺の裏の顔を知っても嫌悪を見せない。レンフィールド家といえば保守派で有名な一族のはずだが妙な奴だ。

「まぁ……貴様のような仕事を請け負う人間が世間一般から忌避されるのは、乱暴な言い方をしちまえば仕方がないことだ」

エルネストはテーブルの上で指を組み、まっすぐに俺を見た。

「まったくもってそのとおりだ。将来騎士様になりてぇと夢見るガキは多くても、念願かなったその先で進んでその手を汚したい奴なんていねぇわな。特にこの国みたいに先が見えちまってる国ではな」

俺は頬杖をつき片頬を歪める。

自分の仕事に関して無駄に自虐的になるつもりもねぇが、正当化して飾りたてるつもりもない。

あるのはいつも事実だけだ。

それ以上もそれ以下も俺は必要としていねぇ。現実を感情で粉飾することは育ての親譲りだと思う。

どんな国であろうと俺みたいな存在は必要になる。

いや、お隣さんのレオニダスみてぇに民の信頼を集めた真っ当な国であればなおさらのこと裏の顔というもんもそこにはある。ただ、その結果の恩恵がどこに降り注ぐかの違いだろう。

レオニダスであれば大義や民のために、この国であれば私利私欲のために。

「しかし、この世がきれい事だけでは回らないことも俺は知っている。自らの手を汚す覚悟はなくとも理解はしたい。頭の中がお花畑の人間ではいたくないからな」

「アンタはお花畑じゃねぇと？」

「素面《しらふ》でお花畑には飛べんな」

面白い奴だ。無価値な会議を飽くことなく延々繰り返すお偉方と話すよりはずっといい。

「俺は貴様のしていることがこの国にとってある程度の必要悪だと認識している。もちろんそのすべてを肯定するわけではない。特にこの国の今の有様を見ていればなおのこと貴様の出番は少ないほうが俺にとっては望ましい」

「そりゃどーも」

本人を目の前にして『悪』と言い切る潔さが気持ちいい。

下らない言葉で頼んでもねぇのに飾り立てられんの

は気色悪いからな。

それにどうやら、こいつの価値観は俺に近いようだ。今の俺の存在がきれいな国を維持するための必要悪ではなく、腐った国をなお腐らせているのだと暗に告げてきているからだ。

「だからというわけではないが、俺としては貴様には極力だらけて、穀潰《ごくつぶ》し生活を満喫していて欲しいというわけだ。この国にとって希望となるかもしれない将来輝く可能性のある原石を、ゴミと間違えて『掃除』されたら困るんでな」

「なるほど。だがな、俺は命令には逆らえないんでね。アンタの意に染まない命を受ける可能性が大いにあるぜ？」

「そうだな、そうなったら諦めよう」

「意外と簡単に諦めるんだな」

「ああ、そのときは貴様と分かり合うことを諦めよう。不本意ではあるが貴様を斬る」

カチャリとその手が剣の柄にかかったことで反射的に身構えてしまう。だが、一瞬だけ放たれた殺気はすぐに霧散する。はぁ……こういう奴が一番面倒臭ぇ。

全く食えねぇ野郎だぜ。

「分かった分かった。それで、そんなことを言うためだけにわざわざ来たっていうのか？」

俺はエルネストの色素の薄い水色の瞳を見据えて答える。

「この騎士団の……いやこの国の汚れをその身に背負わされながらも平気な顔をしてのらりくらりとやれている貴様と直接話がしてみたかった」

「なんだそりゃ」

「はじめに言わなかったか？　貴様に興味があると」

確かにそんなことを言ってやがったな。方便と聞き流してたが、マジだったのか。

「そんなに興味を持たれてると恥ずかしくなっちまうな。まるで、口説かれてる気分だぜ」

「……それはないな。悪いが無理だ……すまんな」

「いや、なんで俺がちょっとフラれたみてぇになってんだよ？」

ハハ、なんだよこいつ面白ぇな。俺はすっかり温くなった果実酒の瓶をエルネストに突き出した。

「次に来るときは何か酒のあてでも持参しよう」

この腐った環境で働き始めて数年。特に欲しかったわけでもねぇが、初めて俺に職場の友人？　らしきものができた。


それからしばらく経った頃だったか。エルネストは唐突に『紹介したい奴がいる』と、俺を半ば強引に宿舎の自室に拉致した。

「自分の部屋だと思って寛いでくれ」

「ああ、いつ来ても俺の部屋感すげぇわここ。お前本当にその見た目を裏切るよな……」

知らぬ人が見れば貴公子然としたエルネストの部屋は適度に散らかってイイ感じにだらしなく、入った途端ダラけたくなる。

「お前……ほんっと残念な貴公子様だよなぁ」

小さな長椅子を背もたれに、直接床に座ってダラダラしながらエルネストを見上げる。

手足のスラリと長い均整の取れた体は鍛えてるのはもちろんだが、生まれ持っての獣人としての質もそれなりに影響しているだろう。

「藪《やぶ》から棒に何を言ってるんだお前は」

「外見に中身が合ってねぇって話だよ」

整った面をしかめるエルネストに俺はやれやれと溜め息を吐く。

怜悧《れいり》な印象を与える白皙《はくせき》の肌、色素の薄いゆるく巻いた金髪に透明感のある水色の瞳。なんならここの王族共よりよほどそれっぽい見てくれをしていながら、この貴公子様ときたら私生活はなかなかにだらしなく、そして腹黒い。

「そういう貴様は外見と中身が完全に一致してるな」

「よく言われる」

俺はダラけたままエルネストが用意した酒を手酌で注いで軽く飲み干す。悪くねぇ酒だ。

「肴はハムとチーズだ、好きに食うといい」

ドンと置かれた巨大な肉塊とチーズの塊。俺は早速ナイフでチーズを削って口に放り込む。

「ん、美味ぇな」

本来こんな粗雑な出し方される代物じゃねぇんだろうな。ハムも臭みのない脂《あぶら》と塩気の割合が絶妙でやたらと美味い。

「実家にあったのを少しばかり拝借したからな」

「なるほどねぇ」

思いがけねぇところで名門レンフィールド家の恩恵に与《あずか》っちまった。もし暗殺依頼が来たら、極力恐怖や苦痛を与えずサクッと殺ってやろう。

「エルネスト、入るぞ」

「ああ、待ってたぞ」

ドアの外から低く太い声が聞こえた。エルネストの『親友』虎族のランドルフだろう。俺が知る限り、エルネストがわざわざ俺に紹介するような相手は、十中八九そいつしかいない。噂じゃ大変な堅物と聞くが、はてさてどうなることやら。

「邪魔をする」

大量の酒を担ぎ扉を開けて入ってきたのは俺が予想したとおりの人物だった。

ランドルフ・ディア・ヴァレンシュタイン、エルネストよりさらに厚みのあるガッチリとした体つきをした中堅貴族の一人息子。砂漠の黄砂色をした髪の下から斑《まだら》に覗く黒い髪が、分かりやすく虎族そのものといった風情だ。金色の瞳に宿る温みのある橙の光が、強《こわ》面《もて》な印象を気休め程度に和らげている気がしなくもない。ただし、今は大仰な包帯が顔の右半分を覆っている。

「紹介しよう。こいつが俺の友人のランドルフ。まぁ、貴様のことだあらかじめ調べてはいるのだろうが」

「そいつぁどーもご丁寧に。俺はガレスだ」

俺はエルネストの言葉の後半をあえて無視して、立ち上がりひょいと右手を差し出した。

「ランドルフだ」

礼儀正しく俺との握手に応じたランドルフの手は力強く、手の平の厚みと硬さが積んできた鍛錬《たんれん》の量を正確に伝えてくる。

俺はふと、『手に触れりゃあそいつの生き様が見えてくる』と嘯《うそぶ》いたファランを思い出す。数多の血と爛《ただ》れた性に染まったあいつの手は、そりゃあ白くてきれいなもんだった。指先に至るまで完璧な偽りを纏った、虚飾の国の王。

「貴様のことは噂……いや、エルネストから聞いている」

噂と言い終えてから慌てて言葉を止めたランドルフ

に、俺は軽く吹き出した。

「どっちでも構わねぇよ。どっちにしろロクな話じゃねぇだろ？」

「い、いや、そんなことは……ない、ぞ」

おいおい、目が泳ぎまくっちまってんじゃねぇか。ここまで嘘が下手だと日常生活もままならねぇんじゃないかと、他人事ながら心配になるぜ。

「ガレス、あんまりからかうな。まぁ、いじりがいがあるのはよく分かるけどな」

エルネストはランドルフの肩を抱き、衣服が散らかった長椅子を勧める。

「お前……少しは片付けたらどうだ」

ランドルフは顔をしかめると、乱雑に積み重なった衣服を手早く簡単に畳んで脇に避けてから腰を下ろした。なんて見た目を裏切る面倒見のいい奴だ。俺たち三人の中でも一番強面で悪役面のくせにと言ったら怒るだろうか。

「さてと、揃ったところで乾杯と行くか」

エルネストの仕切りで俺らは盃を交わした。

「ところでアンタ、その面はどうしちまったんだ？」

ほどよく酒が入ったところで、俺は何気なくランドルフに尋ねた。

「先日の大規模な魔獣討伐の折に不覚を取ってしまった」

「へぇ？　アンタほどの手練がそんな大層な怪我を負うほど強い魔獣だったのか？」

騎士団の将来有望株が、新人を率いて演習がてらの魔獣討伐に向かったことは俺も知っている。だが、エルネスト以上に腕が立つと噂されるランドルフがてこずるような相手とは思えねぇ。

「こいつの傷はな、自分とこの新人まとめて三人庇《かば》ってザックリってわけだ。そもそもあの命令自体に無茶があったし、こいつの右目を対価にしていいようなものではないそれなのに――」

「エルネスト！　それ以上はいい」

横から本音を吐露したエルネストに、ランドルフがいくらか語気を荒らげた。

「身をていして不出来な下のモンを庇う、騎士様の鑑《かがみ》じゃあねぇか。御立派なことだと思うけどな」

「やめてくれ」

ちぃとからかってやれば、顔を赤くしてうつむいちまう。それなりの歳だろうになんとも初心な野郎だぜ。

「これは私自身の未熟が招いた不始末、誰のせいでもない。右目を失ったことを教訓とし、より一層の鍛錬に励むつもりだ」

「かぁー、真面目だねぇ」

俺は演技ではなく素で呆れ返ってしまう。こいつは何が楽しくて、こんなにも謹厳実直に騎士を務めてんだ？　どうにもこの虎族が珍妙な生き物に見えて仕方ねぇ。

「それよりも貴様のことだが、エルネストから話は聞いている。その中に根も葉もない噂が混じっていることも理解しているつもりだ」

うん、まぁそうだわな。間違いなく噂以上にえげつねぇことやってるし。

「だからこそ貴様のその覚悟に敬意をもって感謝をしたいと思う」

「は？」

深々と頭を下げるランドルフに、俺は阿呆のように口をポカンと開けちまった。こいつは俺のことを何か激しく誤解してやがる。いや、根が真面目すぎて根本的な部分が何か俺とは違うのかもしれない。

「人を能力でなくその出自だけで表と裏に振り分け、使い捨てることも辞さぬこの国のやり様を、私は正しいとは思えない」

「あーいや、そんな小難しい話じゃねぇんだけどな……」

それなりの額の最低基本賃金を保証されつつ、歩合制で飛び込みの仕事をこなしているだけだと、この純粋な堅物に教えてやっていいものか？　助けを求めるようにエルネストを見やれば、テーブルに突っ伏して笑ってやがる。俺とランドルフを会わせたのはこれが狙いかと、俺は小さく舌打ちした。

この後、どういう流れでか俺はエルネストと飲み比べを始め記憶を失う。そして、なぜか互いに組み合ったまま獣体で朝を迎えた。

獣体のエルネストは俺よりも一回りでかい立派な豹で、頭髪と同じ体色をしていた。ファランも気分よく酔うと黒豹になっていたっけ……豹族ってなぁそういう傾向があんのかもしれねぇなぁ。二日酔いの頭でそんなことをぼんやりと考えた。

「お前ら……酒を飲むのは構わんが呑まれるな。いきなり立ち上がって服を脱いで獣化して取っ組み合うから驚いたぞ」

一人散らかった部屋を片付けながら、ランドルフは淡々と小言を言った。

ちなみにこの飲み会は俺らの顔合わせだけでなく、負傷したランドルフが診療所から出られた祝いも兼ねていたそうだ。……柄にもなく申し訳ないと思ったのは飲みすぎたせいかもしれねぇ。


騎士としてお友達ごっこがしたかったわけじゃあねぇが、エルネストやランドルフと個人的な親交を持ってからというもの、退屈が紛れたのは事実だ。

俺は自分がそうひどくお喋《しゃべ》りな性質とは思っちゃいねぇが、いかんせん『掃除屋』になってからは他人と会話をしていなかった。少なくとも、職場で誰かと他愛のない話をして笑ったという記憶はない。

思えばニライにいた頃、俺の周りには大抵誰かしらがいた。

そもそも与えられた仕事が側仕えなんだから、当たり前っちゃ当たり前なわけだが。いつも騒がしい街の中で、誰かしらと喋り、怒鳴り合い、喧嘩する。時にはしょうもない下ネタを言い合って腹を抱えて笑う。そんなのが普通の暮らしをしていた。

だからといって別に、この王宮の中で孤独感に苛まれつらい思いをしてきたという意識もない。ただ退屈でつまんねぇ場所だとげんなりしていただけだ。エルネストとランドルフは、そんな退屈な場所に少しばかりの彩りを添える存在……まぁそんなところだった。

「それで、あれが第五王子様ねぇ」

俺はエルネストが王都の貧困地区——通称『裏町』から連れ帰った貧相なガキを遠目に観察する。

カナンという名のそいつは、国王が戯れにヒト族の娼夫に手をつけて産ませたそうだ。それ自体は珍しくもねぇ話だが、幸か不幸かカナンもまたヒト族のアニムスだった。

生まれの卑しいヒト族のアニムス。

はっきり言ってカナンがこの国の王宮で幸福になれる確率は限りなく低い。

いっそ裏町に捨て置かれていたほうがよかったという可能性すらある。

ああ断っとくが、貧しくても仲間と自由があれば人は幸せです！　的な薄ら寒いきれい事を言うつもりはさらさらねぇぞ。金はいつ何時でもないよりあったほうがいい。

俺が言いたいのは、ただ単に味方のいない敵地で王族共の謀《はかりごと》に巻き込まれすり潰されるよりかは、勝手知ったる裏町で慣れ親しんだ底辺暮らしをしていたほうが気楽じゃないのか？　程度の話だ。

淡い藍色の髪と瞳に日焼けした健康的な肌を持つカナンは、裏町育ちだけあって王族らしからぬ逞《たくま》しさと活発さがある。そんなカナンにエルネストはこの国の希望を見いだしているようだが、カナンにつくならあいつもこの国での出世は望めねぇだろう。

まぁ、それも今の国のままであればの話だが。

カナンがエルネストが言っていた『原石』であればこれからこの国には大きな波乱が巻き起こるはずだ。俺の仕事も少しばかり増えるかもしれねぇが……まぁ、あいつらを敵に回してもいいことはないからな。そこは上手く立ち回ってやるさ。

何かあれば俺はキャタルトンって国にはなんの愛着もないから、船が沈む前に取れるもん取って逃げ出すだけだ。

……なぁんて思ってたんだが、ここからの展開は俺が想像していた以上に激しかった。


カナンが連れてこられてから数年後、盗賊の根城と化した山村を討伐粛清せよという作り上げられた筋書きの王命を受け、騎士団がヒト族が隠れ住むワイアット村を襲撃。無料《タダ》で大量の奴隷を手に入れ高値で奴隷商に売りつけた挙句、村を焼き尽くして証拠隠滅。キャタルトンは建国以来、最低最悪の国家的事件をやらかした。

そしてあろうことか、襲撃の実行部隊に選ばれたのが堅物ランドルフが属する第二騎士団ときたもんだ。

この事件はランドルフの持っていた騎士は国に忠誠を誓うという価値観を根底から覆《くつがえ》した。

襲撃事件を契機に、国の転覆《てんぷく》を狙っていたエルネストとランドルフ。

あいつらを筆頭にした改革派は逞しく育ったカナンを擁立しての反乱を計画。

薄々そのことを察していた俺の下を訪れ、その事実を語ったのはほかならぬエルネスト本人だ。

「おいおい、俺にそんな話をしちまっていいのか？　この足で王族共や俺の上司にご注進するかもしれねぇのによ」

「お前はそんなことをしないと分かっているからな」

「へぇ？　なぜそう思う？」

俺はエルネストに先を促した。もしここで『お前と俺は親友だからだ』なんぞと言われた日には、俺はこいつを見限っていただろう。大事を為すに当たって情というあやふやなもんに縋る奴はだめだ。

「貴様は誰よりも利に敏《さと》い」

「ほう？」

「貴様を動かすのは忠誠でも友情でもなく自分自身の利だ」

「分かってんじゃねぇか」

まずは第一段階合格、思わず口角が上がった。


「で、お前さんにつくと俺にはどんな利があるんだ？」

肝心なのはここからだ。さぁエルネスト、お前は俺に何を示す？

「つかなくていい」

「あ？」

予想していたのとは違う、軽い肩透かしを食らっちまった。

「貴様は今のままのらりくらりと、言われたことだけを最低限こなす不良騎士でいてくれ」

「なるほど……そういうことか」

理解した。エルネストは俺をカナン派に引き入れるつもりはない。ただ、見て見ぬふり聞いて聞かぬふりの知らんぷり、知らぬ存ぜぬの昼行灯《ひるあんどん》を貫けってこった。

「貴様はその敏い目で見届ければいい、そして気が向いたほうに乗ればいい。そもそも、貴様なら言われなくてもそうするだろう？」

「どちらかに乗るのが前提か？」

「いや、それも違うだろうな。どちらにも乗らず他国に流れるのも、その後この国に戻ってくるのもすべては貴様の自由だ」

「なるほどねぇ」

俺は無精髭を撫でながら考える。俺を巻き込むでも敵対するでもなく、ただ事実だけを伝え好きにしろと言う。

なぁ……これってもしかして『友達』だからか？　だとしたら甘い、大甘だぜエルネスト。だが、悪くはねぇな。

「お前さんの言いたいことはよく分かった。俺は誰の味方になる気もはなからねぇ。まぁあれだ、バレねぇ程度に情報ぐらいは流してやるよ」

「……そうやってこられるとなんとなく気持ち悪いな。まぁ、感謝しておこう。だがこれは借りじゃないよな？　お前に借りを作ったら後が怖い」

「どういう意味だよ！　全く素直じゃねぇな。俺は俺の好きなようにする。それだけだ。そこに深い意味なんてねぇよ」

俺の言葉にエルネストは皮肉めいた笑みを浮かべていた。

別に絆《ほだ》されたわけじゃねぇぜ？　ただ、この面白くもない国にあいつらの手ででかい風穴が空いたなら、そいつはきっと爽快な眺めに違いねぇ。そう思っただけだ。


エルネストから反乱計画を打ち明けられてしばらくは大きな変化はなく、改革派の準備が着々と進んでいった。末端の俺ですら気づいたというのに王族共は誰一人としてその異変に気づくこともなく、相変わらず下らない議論を繰り広げている。連中の関心事は自分の私財を守り増やすことのみ。それ自体は別に悪いこととは言わないが、己を守るためにはもっと外にも目を向けなきゃいけねぇだろう。教えてやる義理はねぇから何も言わんが。

そして腐れ王族共は、ここにきて致命的な馬鹿をかましやがった。

レオニダスの王族に連なるヒト族――スイという名のガキの誘拐。それも、スイの母親である『至上の癒し手』が流行病で苦しむこの国の連中を救いに来た隙を狙っての犯行だ。

俺は王族共の正気を疑ったぜ？　馬鹿だ馬鹿だとは思ってはいたが、物事の結果とその先に待つ未来すら見抜けねぇとはな。

そんな真似をされて、大国レオニダスが黙ってるわけがねぇ。それでなくても奴隷制をいち早く廃止し、ヒト族の保護に力を入れているあの国からキャタルトンは睨まれてるんだ。なんだって勝ち目のない戦を自ら始めてしまうのか？

極まった馬鹿の考えとは俺には理解すらできなかった。

俺は馬鹿共が先走って誘拐したガキを殺したり犯したりしねぇように、上手いことスイの世話係に収まった。

誘拐しただけでもやべぇのに手まで出しちまったらその時点でこの国の未来は破滅しかなくなるだろう。まぁ、それはそれで面白そうだがニライの連中が少なからず影響を受けるのは面白くねぇからな。

俺の目の前に連れ出された黒髪のガキは、その庇護欲をそそる見た目に反して恐ろしく生意気だった。

生意気だが賢くて面白い。

俺はつい必要以上にスイと言葉を交わし、余計なお世話を焼いちまったぐらいだ。

もうしばらくこのガキを眺めていてもいいかもしれねぇ。基本的にガキなんて面倒なだけでかわいいとも思えない俺が、いつしかそんな気になってたんだからおかしなもんだ。

俺は頃合いを見てスイの父親たちに情報が届くように手を打ったが、ここでとんでもない誤算が生じた。

父親たちが動くより早く燃えるような赤い鱗《うろこ》を持つ隻《せき》腕《わん》の竜が空から現れ、腕のひと振りでスイが幽閉されていた塔の屋根をぶっ飛ばしたのには度肝を抜かれたぜ。　確かに俺はこの退屈な国にでかい風穴が空く光景を見てみたいと望んだが、まさか物理的に屋根と壁の一部が消失するとは思わなかった。ってか、思わねぇよな？　普通。

巨大な竜の背に愛おしげにしがみついたスイが東の空に飛んでいく。

もう会うこともない小さなヒト族のガキに、俺はわずかな未練を感じ唇を歪めた。

それは俺が生まれて初めて感じた執着かもしれねぇ。

だが、あいつ《スイ》は俺のものじゃねぇ。それも本能的に理解していた。

ミランが語ったファランの望み。

大切な『何か』を自分の意思で見つけるということ。

それをここに来て俺はようやく意識した。

だからといって何かが大きく変わるわけじゃねぇ。

それでも俺は……。

＊＊＊

振り返れば長いようで短く、短いようで長かった自分の人生を振り返っていたら、石畳を踏み鳴らす足音が聞こえてきた。

俺を生かしてもたいした情報を得られないと判断し、始末でもしに来るんだろう。俺もいよいよ年貢の納め時ってわけだ。これといって思い残すこともねぇのはいいんだか悪いんだか……あぁ、あいつの育った姿は見てみたかったな。ついでにカナンとエルネストがくっつくところも。そういやランドルフのところのガキもいくつになったか……なんだ結構この世に未練があるじゃねぇか。

「くくくっ」

こんなときだってのに、なんだかやけに愉快になっちまってこぼれた笑いが止まらねぇ。

「おっと」

体を揺すって笑っていたら、後ろ髪に無造作に挿していた櫛が跳ね飛んで、俺を縛めていた手鎖に当たって落ちた。さして高価でもねぇそれは、スイとの交渉で譲り受けた『魔法の櫛』だ。

生意気で賢いといったところで所詮はガキだよな。露天商の口上を鵜呑《うの》みにして、信じ込んでんだからかわいいもんだ。そしてそんな代物を、わざわざ律儀にあの後保管庫まで取りに行って愛用している俺も大概だけどな。

「……あ？　なんだこりゃ？」

俺は足元に転がった櫛が、薄ぼんやりと光っていることに気づいた。

「こいつは魔力じゃねぇか」

微弱ながらも櫛からは間違いなく魔力の波動を感じる。まさか本当に魔法の櫛だとは思わなかった。もっとも、肝心の魔法とやらがなんなのかはさっぱり分からんが。

「お前さんも魔法の櫛なら、持ち主を窮地から救ってくれよなっと」

櫛を相手に溜め息一つ、その瞬間――。

「うお!?」

不意に左手を縛めていた鎖が千切《ちぎ》れた。見れば鎖の一部がボロボロに錆びて腐食してやがる。まるでその部分だけが海の中で数百年を経たかのような不自然さだ。

「……嘘だろ?」

俺は半信半疑で落ちた櫛を拾い上げ、右手を縛める鎖に押し当ててみた。すると驚いたことに、頑丈な鎖があっという間に錆びていく。

「こいつは驚いたな……」

久しぶりに自由になった両腕をぐるぐると回しながら、俺はニンマリとほくそ笑む。どうやら俺の悪運はまだ尽きてはいなかったようだ。

ガレスの冒険はまだまだ続くってか。

「取りあえず、お暇《いとま》させてもらうぜ」


俺はブーツに仕込んでおいた暗器を片手に、足音が近づいてくるのを静かに待った。

『ユアン』

「ガレス！　またこんなに散らかして、なんでそんなにだらしないんだよ！」

僕はガレスと暮らし始めてから幾度口にしたか分からない台詞を吐きながら、乱雑に散らかった家の中を片付ける。

下っ端の診療所職員とはいえ、医療従事者の端くれである僕は『擬獣病《ぎじゅうびょう》』騒ぎでしばらく家を空けていた。

ほんの数日、なれど数日。

今僕の目の前には家のあちこちにガレスの片付けられない性分が形となって積み重なっている。

「なんで脱いだ服をクローゼットにしまわないかな……。いや、せめて脱衣所に……」

衣服が崩れかけた山をなし、腰を下ろすスペースがすっかり埋もれてしまった長椅子に溜め息が出た。こんなにだらしないのに、仕事は人並以上にできるというのだから不思議だ。

「……」

畳もうとして手に取ったガレスのシャツを、そのまま抱きしめ顔を埋めた。

ヒト族でアニムスの僕とは明らかに違う匂い。獣人のアニマ……いや、ガレスの匂いを思い切り吸い込む。

僕はこの匂いが好きだ。

幼い頃の僕にとって、この匂いは『安心』そのものだった。

目に見えず、音に聞こえず触れることもできない曖《あい》昧《まい》な感覚を、ガレスの『匂い』が明確な真実にしてくれたから。

珍しい赤毛の豹、いくら櫛を通しても好き放題に飛び跳ねる癖の強い獣毛。薄く開かれた目つきの悪い瞳はあたりを常に警戒するような暗緑色。

だけど、僕はその毛皮の温もりを知っている。

その腕に抱かれる喜びを知っている。

僕を背中に乗せて野を駆けるその頼もしさを知っている。

赤毛の豹から香る、彼の『匂い』を知っている。

「会いたいな……ガレス」

僕とガレスは長く一つ屋根の下に暮らしながら、親子でも恋人同士でも『伴侶』でもない。同居家族……今のところそうとしか表現しようのない関係なのだ。

＊＊＊

僕には子供の頃の記憶がない。正確には、ガレスと出会う以前の記憶がない。当時の僕はおそらく五歳ぐらいで、物心はついていたはずだ。なのに、それ以前の記憶が不自然なほど何もない。

親は誰なのか？

兄弟はいたのか？

どこに住んでいたのか？

どれほど思い出そうと記憶を遡《さかのぼ》っても、僕の『始まりの記憶』は薄暗い闇と鉄の檻《おり》。

何か怖いものが僕や一緒にいた人たちを捕まえていて、僕たちはそこから逃げられない。

ひもじくて、寂しくて、悲しくて、怖くて。

狭い檻の中には、たくさんのつらい気持ちがあふれていた。

顔も名前も思い出せないけれど、檻の中には僕の他にもたくさんの人たちがいて、その人たちはどんどん数が減っていく。皆泣き叫びながら連れていかれて、二度と戻ってこなかった。

僕は泣いていた。

冷たく暗い檻の中、なるべく小さく体を丸めてずっとずっと泣いていた。

あの一緒にいた人たちの中に、もしかしたら僕の家族がいたのかもしれない。

でも、僕はその人たちの顔をどれ一つとして思い出せない。

ただ誰もが悲しそうで、あちこちから啜り泣きが聞こえていた気がする。

ある日、薄暗い部屋の扉が開け放たれ光が差した。

きっと僕も皆と同じように、怖い人に連れていかれるんだ。

僕は恐ろしさのあまり気を失いそうになりながら、うずくまって震えることしかできなかった。

「おい坊主、ここから出るぞ」

その声を聞いた瞬間、灰色の記憶に色彩が宿る。色褪せた中に現れる赤――強い癖のあるその人の髪の色が、僕の『最初の色』になった。

その人はぎこちない手つきで僕を抱き上げ、泣いてぐずる僕に何かをぶつぶつと呟いていた。そしてその人は、片手に僕を抱いたまま大勢の怖い人たちと戦い、そのすべてを斬り伏せた。

人が血を流して死ぬのを初めて見た。

むせ返る血の臭いを初めて嗅いだ。

でも、僕はその人を怖いとは思わなかった。僕はその人の分厚い胸に顔を押しつけ、離すものかと力の限りしがみついた。その人の匂いが僕を満たすと、血の臭いはいつしか消えた。

「……おひ、さ、ま」

逞しい腕の中で、僕はどのくらいぶりかも分からない日の光を浴びた。

新鮮な空気。

頬を撫で髪を揺らす風。

青い空。

草木の緑。

小鳥の囀《さえず》り。

お日様の匂い。

長く忘れていた色、音、匂い。

それらに一度に包まれて、僕は声を上げてまたわぁわぁと泣いた。

「おい坊主、そんなに泣くなよ」

鼻を垂らして泣きわめく僕に、ガレスと名乗ったその人は眉をひそめて少しだけ困ったような顔をした。

外の世界の人たちは皆優しかった。

大きな声で怒鳴りつける人も、すぐに叩いたり蹴ったりする人もいない。誰もが僕に優しい言葉をかけてくれた。

ここに来て初めて、僕は自分が奴隷商という悪い人たちに捕まっていたことを知る。

ニコニコと優しい笑顔の山羊族のおじさんは、僕の新しいお父さんとお母さんを見つけてくれると言い、とても美味しい焼き菓子をくれた。おじさんが嘘を吐いていないこと、本当にいい人なんだということは、子供心にもなんとなく分かった。けれども――。

「いや……だ」

僕はガレスのズボンに縋りついて頑なに離れなかった。あのときの僕は、本当にびっくりするくらい頑固だった。

今ここでこの人と離れたら二度と会えない、本気でそう思っていたんだ。

そして、それはあながち間違いではなかっただろう。

いろんな人たちが、泣きわめく僕をなだめに来たことを覚えている。それでも僕はガレスのズボンから手を離すことはなかった。

どれぐらいそうしていたのかは分からない。ガレスは泣きわめく僕をうるさいと怒鳴ることもなだめることもせずに眉をひそめて腕を組んでいた。僕が泣き疲れてしまいこくりと首が揺れた頃、ガレスは僕を抱きかかえ誰かと話を始めた。

そして、ガレスが僕に短く告げたのを今でも覚えている。

「坊主、行くぞ」

溜め息混じりにそう呟いて、ガレスは僕を自分の家に連れて帰ってくれた。


キャタルトンの都にあるガレスの家は、二人で暮らすにも十分な広さがあったけれど、今以上にまんべんなく散らかっていた。けれども僕は、その家を一目で好きになった。家の中にいると、どこにいてもガレスの匂いがして安心できたから。

「適当に寛げ……腹、減ってるか？」

「うん……お腹すいた」

厚かましいことを言って嫌われてはならないと、幼心にも遠慮らしきものはあった。が、幼さゆえに正直すぎる食欲には抗えず、僕はもじもじと頷いたことを覚えている。

「簡単なもんしかできねぇぞ」

そう言いながらガレスが僕のために初めて作ってくれたのは、蒸したテポトにたっぷりのバターを乗せてソイソをかけたものだった。

「これ……」

「ガキはテポトが好きだろ？　俺も好きだった」

黄金色のバターがトロトロに溶けて染み込んだホク

ホクのテポトは見るからに美味しそうで、自然とお腹が鳴った。でも、そこにかかる香ばしい匂いのソイソは僕には馴染みのないもので、思わずじっと見つめてしまった。

「なんだ、ソイソ食ったことねぇのか？」

「……分かんない」

僕は自分の記憶がすっかり失くなってしまっていることに、このとき初めて気がついた。普通に考えたらかなり大変なことなのに、不思議とあまりショックは受けなかった。そしてそれは今も変わらない。自分の過去を大切にするには、僕はあまりに幼すぎたのだろう。

「まぁいい。冷めねぇうちに食っちまえ。飯ってなぁ、皿にのって温いだけで美味いもんだ」

「……うん、ありがとう」

僕は黒いソイソのかかったテポトを恐る恐る齧った。

「美味しい……」

それは今まで食べた何よりも美味しく感じられて、自然と涙があふれてしまう。

「おいおい、誰も取りゃあしねぇからゆっくり食えよ。喉詰まらせてくたばっちまったらもったいねぇだろ。せっかく助かったんだからよ」

そうガレスに笑われても、僕はテポトを食べることを止められなかった。

お腹が空いただけではない様々なものに飢えていた僕がそこにはいた。

そうして始まったガレスとの生活。だけど、今思えば絶対にガレス一人に子育てをさせてはいけないと我ながら思う。決して虐待をするわけでもないし、ただただ放置されるわけでもない。だけど、子供に対するどう接し方をガレスも知らなかったのだろう。そんな彼に接していいものか僕は戸惑ったが、とにかくガレスと離れたくない追い出されたくない一心で、自然と僕は物分かりのいい子になってしまった。

泣いたりグズったり駄々をこねない。

家の中で走ったり落ち着きなく動き回らない。

極力物に触らない。

大きな音を立てない。

うるさく話しかけない。

聞かれたことにはなるべくきちんと答える。

出されたものは残さずこぼさず静かに食べる。

別にガレスにそうしろと言われたわけではない。多分僕が我儘を言ったとしても、何かを壊したとしてもガレスは怒りもせず、僕を追い出しもしなかっただろう。ただそうすることが正解のように思えたからそうしただけだ。

まぁ、ガレスという存在を知れば知るほどそれは正しかったと今は確信を持って言える。

その頃の僕をよくやったと褒めてやりたい。

そうして二週間が過ぎた頃、焼き菓子をくれた山羊族のおじさんが訪ねてきた。

「やぁ坊や、久しぶりだね。元気にしていたかい？」

「……はい」

この人は間違いなくいい人だ。

だけど、ガレスと引き離されそうになったことが思い出されて、自然と僕の体と表情は硬くなってしまう。

「そんなに緊張しないでおくれ、今日は君の様子を見に来ただけだから。あぁ、そういえば君の名前をまだ聞いていなかったね。私はレナルド、君は？」

「僕は……」

名前を尋ねられて僕は口ごもった。

僕の名前……なんだっけ？

「……分かんない……ごめんなさい」

自分の名前も分からないなんて……。

僕は顔を赤くして下を向いた。恥ずかしくて惨めで泣きそうになるのを必死に我慢したけれど、床にポタポタと涙が落ちた。

「お前、自分の名前も忘れちまったのかよ？」

驚いたようなガレスの声に、僕はいよいよ恥ずかしくて顔を上げられなくなった。

「な!? ガレスさん、あなたは二週間もこの子と過ごしといて今さらそれか!? あり得ん!!」

「ひっ!?」

レナルドさんの大声に驚いて、僕は思わず飛び上がった。

「いやぁ、オイとか坊主とかお前で事足りちまってたからな。これといって不自由もなかったもんだからつい」

アハハと笑うガレスの呑気《のんき》な声に、僕は救われた。

大丈夫。

この人が笑ってるんだから大丈夫。

「信じられん！　子供を預かっておいてそんな適当なことが許されると思っているのか!!」

でも、レナルドさんはガレスの胸倉を摑んで目を見開いて怒鳴った。

やめて、やめてよ。

僕のせいでガレスを怒らないで。

「ごめんなさい！　僕が悪いんですごめんなさい！　名前、名前は、えっと、ゆ、ユアン！　ユアンですッ！」

僕はとっさに思いついた適当な名前を叫んだ。名前なんかどうだっていい。そんなことのためにガレスが怒られるのは嫌だ。僕は必死だった。

僕はあの暗い檻の中で怖い人たちにしていたように、手をつき額を床に擦りつけて謝った。

「ぼ、坊や、やめなさい。君は何も悪く――」

「おい坊主！」

「――!?」

ガレスが大きな声を出すのを、僕はこのとき初めて聞いた。

「すぐに土下座なんかすんじゃねぇ。お前の土下座に価値があると思ってるなら大間違いだぜ」

「ガレスさん！　あなたは子供相手になんてことを！」

ガレスの言葉に、レナルドさんの眉はさらに吊り上がってしまう。

「いいか坊主？　いや、ユアンだったな、お前は何も悪くねぇ。悪くもねぇのに這いつくばって頭下げるのはやめろ。それともお前は何か悪いことをしたのか？」

「ち、違う！　ぼっ僕は……」

「ならば堂々としてろ。やたらペコペコする奴は、すぐに舐められてケツの毛まで毟《むし》られるぜ？　この世界は弱肉強食そのものだからな」

ガレスの言うことをすぐに理解できたわけじゃない。

それでも掛けられるその言葉が嬉しかった。

「ガレスさん……子供にそんな言い方をしなくてもいいでしょうに……」

「間違っちゃいねぇだろ？」

「ええ、確かに間違ってはいませんね。私たちはそれをとてもよく知っている。だからこそやはりあなたにこの子を任せるわけにはいきません」

レナルドさんの言葉に頭の中が真っ白になった。僕が間違ったせいで僕はガレスと引き離されてしまう。気がつけば僕は大粒の涙をボロボロとこぼし床に座り込んでいた。

「嫌だ……嫌だよ！」

「え、どうしたんだいユアン君。君が心配するようなことは何もないんだよ？　君のことを大切に育ててくれる人は私が責任を持って見つけるから」

「嫌だ……！　僕はどこにも行きたくない！　僕はここにいたい！　もう大好きな人と離ればなれになるのは嫌だ……。ガレスとずっと一緒にいたいんだ！」

自然と家族と引き離された記憶がどこからか蘇《よみがえ》ったのかもしれない。僕は助け出されたあの日のように、必死でガレスにしがみついた。

「いや、あのユアン君、この人はね？　子供の世話とかそういうことができる人じゃなくてだね」

「世話はいらない……。自分のことは、自分でするから！」

僕のことを思い、懸命になだめすかすレナルドさんの手を僕は振り払う。今思えばなんて恩知らずな子供だったのだろうか……。

それでもこのときの僕は必死だった。

何かをしてもらえるとか、してもらえないとか、そんなことは関係ない。僕はただガレスから離れたくなかったんだ。

「ガレス、お願いだから僕をここに置いて。僕、なんでもするから。お願いだよ」

「お前……」

僕を見るガレスの顔が一瞬歪んだ。

「馬鹿野郎が」

ガレスは右手で顔を覆い天井に向かって溜め息を吐いた。

「なんでもするなんてそんなふうに気安く言うんじゃねぇよ。悪い大人はそういうガキの必死さにすーぐ付け込むんだぜ？」

そのときの僕には、まだ『必死さに付け込む』って言葉の意味は分からなくて、『悪い大人』のほうに引っかかった。

「ガレスは悪い大人なの？」

「いい大人じゃあねぇな」

「僕を助けてくれたのに？」

困っている人を助けるのは正義の味方。

つまりは良い人だ。

だから困っていた僕を助けてくれたガレスが悪い人なわけがない。幼い僕にとって、世界は白と黒で割り切れる単純なものだった。

「お前さんを助けたからいい人？　そいつは違うぜ。息をするように人を殺す極悪人でも、何かの弾みや気まぐれで人を助けることだってあるんだからな」

僕はあのときガレスに抱かれて嗅いだむせ返るような血の臭いを思い出した。

「俺は人殺しだからな。そして、その数はこれからも多分増え続ける」

「ガレスさん！　あなたは一体何を!?」

僕の頭の中を覗いたかのようにガレスは続けた。だけど、僕はそれを怖いとも嫌だとも思わなかった。

「それでもいい。ガレスが悪い人でも関係ない……。僕はガレスといたい……」

ガレスが人殺しでも、この先も人を殺し続けるとしても。

僕をあの暗く冷たい檻から助け出してくれた事実に変わりはない。

僕にはそれだけで十分だった。

この気持ちは大人になった今も変わらない。

「それが坊主の意思なら俺はそれを尊重するぜ？　お前さんがそこまで望むなら、好きなだけ俺んちにいればいいさ。嫌になったら好きに出ていっても構わねぇ。それがお前さんにとっての自由だ」

ガレスは僕を抱き上げ、それを見たレナルドさんは長い長い溜め息を吐いた。

「正直言って、里親を探したほうがユアン君のためにはなると私は思うのだがね……。それでも君がそう望むのならユアン君、私は君の意思を尊重するよ。もちろん、これからも様子を見に来させてもらいますがね！」

レナルドさんはその穏やかな表情に瞳だけ鋭くしてガレスのほうへ向ける。

「俺は構わんから好きにすりゃいいさ」

「あの……レナルドさん、ありがとうございます……。ガレスもありがとう……」

こうして僕は正式にガレスの家族になり、共に暮らすことになる。

後から知ったことだがこのとき僕の他にガレスに助けられた人たちは、皆無事に保護施設や里親の下に身を寄せることができたそうだ。

「それでな、ユアン」

「はい」

「お前の名前なんだが……」

レナルドさんが帰った後、名前のことに触れられ僕はギクリとした。その場しのぎの口からでまかせがバレた？　嘘を吐いたことを叱られる？

「悪くねぇ名前だな」

「え？」

予想外の言葉に僕は目を見開いた。その言葉で逆に僕は、ガレスを騙していることに罪悪感を覚える。

「……ごめんなさい、ユアンっていうのは嘘——」

「嘘じゃねぇよ。お前はユアンだ」

「いいの……かな？」

「いいも悪いも、自分で名乗ったじゃねぇか」

名乗ったけど、それは本当の名前じゃない。


「名前なんてのは所詮ただの記号だ」

「記号？」

「そうだ。ガレスは俺を表す記号で、ユアンはお前を表す記号。それだけだ。そこにたいした意味なんてないのさ。世の中の連中のほとんどは、親が付けた記号をそのまま使う。お前は自分の記号を自分で付けた。だからお前はユアンだ」

ガレスの言葉は幼い僕には難しくて、半分くらいしか理解できなかった。だけど、ガレスが怒っていないことは伝わってきて、僕はひどく安堵したことを覚えてる。

「ユアン、呼びやすくていいじゃねぇか」

「……ユアンはいい名前？　ガレスはユアンが好き？」

子供特有の無垢な強さで、僕は恐れを知らずに直球を投げる。あの頃の勇気が懐かしい。

「ああ、いい名前だ。俺は好きだぜ」

あの日から『ユアン』は僕の宝物になった。

大好きな人が好きだと言ってくれた名前なら、それはどんな真実よりも価値のある嘘だ。

家族となった僕ら二人の生活はごくありふれたものだった。

ガレスは最低限の衣食住を自分でなんとかできる人だから、作る食事の量と洗う汚れ物の量が少し増えたなぁ程度の認識だったのかもしれない。経済的な負担も、ガレスからすればたいしたものではなかったのだろう。できることならいつか返したいとも思うけど、それを言えばガレスはきっと笑い飛ばすというのも分かってる。

ただ一つ、最大の問題は留守番だった。朝から番まで家を空ける程度ならば問題はなかった。しっかりと戸締まりをして、パンにチーズ、モウの乳でも置いていってくれれば話は済む。でも、ガレスの仕事は一週間以上家を空けることが頻繁にあって、日帰りを予定していても、そのまま何日も帰れなくなることもある。

さすがに十歳にもならない子供を、そんなにも長い期間一人で家に置いておくわけにはいかなかったのだろう。幼い僕は自分のことは自分でできる、お金を置いていってくれれば一人でパンくらい買いに行けると言い張ったものだが、この国の当時の治安と世間の常識を考えたらそれは許されないことだった。

しばらく考え込んだガレスは、長く家を空けるときは僕をガレスの家から少し離れた友達の家に預けることになる。

この『友達』はガレスの馴染みの娼夫で、『友達の家』は娼夫のお兄さんたちが寝起きする置屋だった。このことを当時レナルドさんが知っていれば鬼の形相《ぎょうそう》ですっ飛んできていたかもしれない。

ガレスには確かに子育てについての常識はなかった。だけど、それが悪いことばかりだったとは思わない。だってその『友達』のお兄さんたちは、誰もが皆とても優しかった。よくよく考えれば客の相手をしなくてもいい日中の貴重な時間を邪魔する鬱陶しい存在だったはずの幼い僕。そんな僕と一緒になって遊んでくれた人。温かくて美味しいご飯を作ってくれた人や甘いお菓子を分けてくれた人。どこから調達したのかかわいい服を着せてくれた人に髪をきれいに結ってくれた人。僕はいろんなことを彼らから教わった。

世の中にはいろんな職業があって、どんな仕事をしていても優しい人は優しいいし、いい人もいれば悪い人もいる。肩書だけで人の中身を決めつけると間違えてしまう。

ガレスはそういう大切なことを、言葉じゃなく経験で僕に教えてくれたんだ。ガレスにそこまで深い考えがあったかどうか真偽のほどは分からない。けれど、僕は銀髪のお兄さんが作ってくれた真っ赤なピラフの味を決して忘れない。緑の豆にオニオルと鶏肉の入ったトメーラピラフは今も僕の好物だ。

でも、しばらくすると僕の預け先は変更された。どうやらこのタイミングでレナルドさんにその事実がばれてガレスは大目玉を食らったらしい。

レナルドさんは本気で僕のことを心配してくれている。ガレスとは比べることはできない、だけど僕にとって大切な人の一人だ。僕が医学科に進学したときも、診療所見習いの職に就いたときも、レナルドさんは目に涙を浮かべて喜んでくれた。もし僕に親戚のおじさんがいたら、あんな感じなのかもしれない。

そして、僕が新しく預けられた先は、ガレスの友人のエルネストさんの家だった。

エルネストさんはこの国の将軍で革命の立役者の一人として歴史の教科書にも名前が載っているすごい人。僕が幼い頃からカナン様の側近を務めていたんだから、本来なら僕のような人間が気安く口をきける人じゃない。

肩書だけで人の中身は分からないけれど、エルネストさんはその外見も中身も文句の付けようのない人だった。偉ぶることなく気さくに話しかけてくれるし、ガレスとはいつも憎まれ口を叩き合ってる。

「というわけでユアン、こいつはエルネストだ。俺の留守中お前の面倒を見てくれる」

「あ、あの、ユアンです。よろしくお願いします」

初めてエルネストさんを紹介されたときは驚いた。だって、エルネストさんは物語に出てくる王子様みたいにキラキラしていたから。

「どうしたユアン？　エルネストに惚れたか？」

「ち、違うよ！」

僕は慌ててエルネストさんから目をそらした。どんなにエルネストさんが素敵でも、僕の一番は昔も今もガレスだけ。

「いいか？　こういう奴を世間じゃ貴公子って呼ぶん

だぜ。中身が少し腹黒いことを差し引いても結婚するならこういう優良物件を捕まえれば間違いはねぇからな」

「おい！　こんな子供にどんな教育をしてるんだ貴様は！」

僕の肩を抱き寄せ耳元でささやくガレスの尻をエルネストさんは遠慮なく蹴飛ばした。貴公子は、思ったより乱暴さんだった。

「エルネストさんはキラキラだけど、僕はガレスのショボショボしたところが好きだから……」

これから自分を預かってくれる人を目の前にして言い切った僕は、背伸びをしていても心底子供だった……思い出すと激烈に恥ずかしい。

「ショボショボか、確かに……。ショボショボ、くっ、いいなショボショボ。今度あいつらにも教えてやろう」

「笑ってんじゃねぇよ。キラキラの色男さん」

「……貴様は相変わらずだな。それが人にものを頼む態度か？」

呆れたように溜め息を吐きながらも、エルネストさんは怒ってはいなかった。ガレスとのいつものやりとりだったんだろう。

「ユアン君、他人の家の居心地はよくないかもしれないが。俺の家では遠慮なく過ごしてくれていいからな、困ったことがあったら俺にでも家の者にでもなんでも言ってくれ」

この国の偉い人にそう言われてもガレスの家しか知らない僕にとって、それは結構な難題で。だけど、そんな不安をよそに僕のエルネストさんの家での生活は平穏に始まった。


仕事に向かったガレスと別れて案内されたエルネストさんの自宅は、無駄のない造りで必要十分な広さを持つきれいな家だった。でも、そのとき僕の目にはお城みたいに映ったその家が、エルネストさんの社会的地位に対してずいぶんと質素であることを今の僕は知っている。

「ここが俺の家だ。自分の家と思って寛いでくれと言っても……難しそうだな。あー、クロエ、クロエちょっといいか？」

エルネストさんが家の中に向かって誰かを呼ぶ。

「お帰りなさいませエルネスト様。そちらの方が？」

「ああ、この子がガレスのところのユアン君だ。今日からしばらく家で預かることになるがよろしく頼む。さあ、ユアン君もこっちへおいで」

家の奥から現れた艶のある赤銅色の肌に焦げ茶色の髪を長く伸ばしたヒト族――クロエさんは、夜空色の瞳に僕を映して柔らかく微笑んだ。

「はじめましてユアン君。あなたと同じヒト族のクロエと申します。なんでもお申し付けくださいね？」

「俺が家のことはからっきしなんでね。家の中のことはすべてクロエに任せてある」

「エルネスト様は王宮に詰められて戻っていらっしゃらないことも多いですからね。私とユアン君二人っきりのことも多いと思いますがよろしくお願いいたします」

自分以外のヒト族の登場に少し驚いてしまい、まだ挨拶もしていなかったことに気づいて僕は慌てて言葉を返す。

「あっ、ユアンです。お世話になります」

「取りあえず中でゆっくりしてくれ。今夜は俺も家で夕飯を食べよう。クロエの料理は美味いからなユアン君、楽しみにしてくれていいぞ」

「あ、い、いえ……そんな……っ」

「ユアン君、そんなに緊張しないで大丈夫ですよ。私の言葉遣いも少し堅苦しかったですかね……。心配しないで、私も君と『同じ』です。少しずつで構いませんん私とも仲良くしてください。ユアン君は何か好きな食べ物がありますか？　苦手なものは？」

「あ……あの……」

僕と『同じ』と呟いたとき、少しだけクロエさんの眉が悲しげに寄ったのが印象的だった。そう、僕と『同じ』ということは彼もきっと……。いや、それより今は聞かれたことに答えなければ。

「えっと……テポトが、好きです」

僕は小さな声でそれに答えた。

食べ物の好き嫌いという感覚が僕にはよく分からない。出されたものはどんなものでも必死で食べて飲んで生きてきたから……。だけど、あの日ガレスが僕の目の前に出してくれたテポトの美味しさはよく覚えている。

「そう、テポトが好きなんですね。私も大好きです。お揃いですね」

僕のたどたどしい答えにもクロエさんはその場にしゃがみ僕の手を取り目線を合わせて微笑んでくれた。

「夕飯まではもう少し時間があるな。それまで家の中を見て回るかい？　君の部屋も用意してある」

そう言いながらエルネストさんは僕を軽々と抱え上げる。そうして、乗せられた肩の上はびっくりするくらい高くて、僕はエルネストさんの頭にしがみついたまま頷いた。


「どうしよう？」

エルネストさんに家の中を案内されて最後に連れていかれた『僕の部屋』、その部屋の真ん中で僕は今呆然と立ち尽くしている。

ガレスの家ではガレスと一緒にご飯を食べて、お風呂に入って、一緒の部屋で寝ている。そのうち、お前の部屋も必要だなとガレスがよく言っているけど別段その必要性を僕は感じていなかった。そのほうがガレスと一緒にいられるから……。

今まで預けられたガレスの『友達』のところでもお兄さんたちと一緒の部屋で生活をしていた。だから、最低限の寝る場所、食べる物、着る物。それを与えてもらえればそれだけで十分だと思っていたのに、その部屋は今までに見たどんな部屋よりすごかった。

ふかふかの布団に糊の利いた染み一つないシーツ。小振りの長椅子にもたくさんのクッションが置かれ、小さなテーブルには果物とお菓子の入った籠《かご》まで用意されている。

「本がたくさん……」

柔らかな色味の木材で作られた本棚には子供向けと思われる本が十数冊入っていた。僕はそのうちの一冊を手に取りパラパラとめくる。色とりどりの挿絵がきれいだけれど、その頃の僕はガレスに文字を習い始めたばかりでその内容を十分に理解できていなかった。

「読んでもいいのかな……」

しかし、文字は読めなくても何かの冒険譚のようなその絵本は僕の幼い好奇心をくすぐるには十分で、気がつけば僕はクロエさんが呼びに来るまで夢中になってそれを読んでいた。

その夜、エルネストさんとクロエさんは小さな食卓で僕のことを心から歓迎してくれた。

エルネストさんの言うとおり、クロエさんの作る料理は本当に美味しくて夢中になって平らげた。テポトを使った料理もいくつかあって、それを頬張る僕をクロエさんが嬉しそうに見ていた。

ガレスとの生活のことをエルネストさんに聞かれて僕は正直にありのままを答える。その答えにエルネストさんがたまに顔をしかめるので少しドキドキしたけどふと気がついて部屋にあった本のことを尋ねた。もし勝手に触ってはいけないものだったら……と余計な不安が胸をよぎったからだ。

それにエルネストさんはあれは僕のために用意したものだから好きに読んでいいこと、本が好きならもう少したくさん用意しておこうと言ってくれたので慌てて十分だとそれを止めた。

それでもエルネストさんはあいつに任せたら一足飛びに妙な本を準備しかねないからと一人でそれを決めてしまう。クロエさんにも、もう文字が読めるなんてえらいですねと褒められて慌ててガレスが教えてくれていることを伝えれば、エルネストさんが少しだけ驚いていた。

そうしてエルネストさんの家での最初の一日はあっという間に過ぎた。


最初に言われていたとおり、エルネストさんは仕事が忙しく王宮から帰ってこないことも多かった。

生まれ変わったばかりの国を、若き新王を支えながら盛り立てていく苦労は並大抵ではなかったはずだ。そんな時期に他所の家の子供を預かってくれたのだから、つくづく頭が下がる。

主不在の立派な家で、僕はクロエさんと一緒に楽しく過ごした。ガレスのいない一日一日が寂しくないわけじゃなかったけど、優しいクロエさんのことがすぐに好きになった。

最初はお客様扱いで僕は本を読んだり、おもちゃで遊んだり、お菓子を食べたり、好きなことだけをして過ごす日々。だけど僕はそれだけでは何かが足りなくて、クロエさんにクロエさんのお手伝いをさせて欲しいとお願いをした。

クロエさんはそれをすぐに了承してくれた。家の中の家事を一手に引き受けるクロエさんにとって子供のお手伝いなんて逆に邪魔以外の何物でもなかっただろうに、嫌な顔一つせず僕に家事のやり方を一つ一つ丁寧に教えてくれたのだ。


「ユアン君、今日は一緒にお菓子を作ってみませんか?」

ある日、クロエさんがそんな素敵な提案をしてくれた。

「します!」

クロエさんと一緒にする作業が楽しみで、僕は飛び跳ねるようにしてクロエさんと台所に向かう。

野菜やお肉、魚の切り方、火の扱い方、味付けの仕方、既にクロエさんには料理で大事なことをいろいろと教えてもらっている。ガレスも基本的なことは教えてくれていたけどよく言えば大らか、悪く言えば大雑《おおざっ》把《ぱ》なガレスのそれとクロエさんの料理は根本的なところに違いがあったように思う。

そもそも料理とお菓子作りは子供心にとって大きな違いがある。あの、甘くてきれいで美味しいものを自分の手で作れるというのだから。

クロエさんがその日僕と一緒に作ってくれたのはクッキーだった。

「よいしょ、よいしょ」

クロエさんが分量を計って用意してくれたクッキー生地を、僕は小さな手で一生懸命こねくり回した。決して手際がいいとはいえないその作業を、クロエさんは急かすことなく見守ってくれる。

「うん、上手にこねられましたね。ありがとうユアン君」

クロエさんに褒められお礼まで言われると、なんだか誇らしい気持ちになってしまう。僕にもできることがある。僕は役立たずじゃない。自然とそう思えたのだ。

「じゃあ、次はこれを使ってクッキーの形を作りましよう」

花や鳥、星に丸に三角。目の前に並べられたピカピカの金型は玩具のようで、僕はそれをどう使ったものかと戸惑ってしまう。

「ほら、これをこうしてこうすれば」

クロエさんは花の金型を僕に持たせると、そっと手を添え均一に伸ばした生地に押しつけた。クッキー生地に金型がめり込む、優しい感触が指先に伝わる。

「わぁ……お花だぁ」

きれいに抜けた生地に僕は歓声を上げた。楽しい。ただただその作業が楽しくて仕方がなかった。一度やり方を教えてもらえば、僕は夢中になって次から次へと型を抜いた。テーブルいっぱいに広がったいろんな形。見ているだけでわくわくしてしまう。

「上手にできましたね。でも、まだできますよ」

「え？」

もう生地は穴だらけなのにどうやって？　首を傾げる僕にクロエさんは悪戯《いたずら》っぽく笑うと、型抜きした後の生地を一つにまとめ、もう一度麺棒を使ってそれをきれいに伸ばした。

「ほら、あと二つはできるでしょう？」

「すごい！」

小さな僕にとって、それはちょっとした魔法のように思えた。

「できた！」

「はい、じゃあ全部ここに並べてください。焼くと膨らむから少し間を空けて……そうそう、くっつけすぎないように」

僕はパズルを並べるようなうきうきとした気分で、型抜きした生地を天板に並べた。

「あとは石窯に入れて焼くだけです。お手伝いありがとうございます。焼けるまで時間がかかりますからお茶を淹れましょう。ユアン君はそこに座っていてください」

僕はクロエさんと一緒に使った道具を片付けて、言われるままに椅子にかけて石窯から漂ってくる香ばしい匂いに鼻をヒクヒクさせる。

「ユアン君お疲れ様でした。ユアン君のおかげでいつもより早くたくさんのクッキーが作れました。出来上がるのが楽しみですね」

「美味しく……できたかな？」

「ユアン君があんなに一生懸命作ったんですからきっと美味しいですよ。あっ、このクッキー日持ちがいいんですけど誰かあげたい人がいますか？」

「ひもち？」

「あー、えっと時間が経っても美味しく食べられるってことです。一週間は大丈夫なのでユアン君が作ったクッキーを食べたい人もいるんじゃないかなと思いまして」

クロエさんのその言葉に僕の頭に浮かぶのはただ一人だった。

「ガレス……、ガレスにあげたい」

僕の言葉にクロエさんは大きく頷いた。

「ユアン君はガレスさんが大好きなんですね」

「うん、大好き……です！」

クロエさんから出たガレスの名前に思わず声に勢いがついてしまう。そして、自然と僕はクロエさんに疑問を投げかけた。

「あのね、クロエさん」

「どうかしましたか？」

「僕はガレスのことが大好きで、ガレスとずっと一緒にいたいと思ってるんだ。これっておかしいことなのかな？」

僕の言葉にクロエさんは一瞬その動きを止める。まるで、僕が発している言葉がどんな意味を持っているのか悩んでいるかのように。

「あのね、クロエさんは僕と『同じ』なんでしょ？　なら、クロエさんはエルネストさんのことが好き？　ずっと一緒にいたい？」

お茶を口にわずかに含んでいたクロエさんが突然むせてお茶をこぼしてしまう。その様子に僕は慌ててクロエさんの傍に駆け寄る。

「クロエさん、大丈夫？」

「ゴホッ、ゲホッ……。ごめんなさい、大丈夫です。少し驚いてしまって……。えっと、ユアン君。私はエルネストさんのことは好きです。だけど、ずっと一緒にいたいとかユアン君がガレスさんに思っている好きとは違う好きかもしれません」

「同じ好きなのに違うの？」

「ええ、違うんです。でも、今ユアン君がガレスさん

ません」

クロエさんがお茶の入ったカップを置き、僕の頭を撫でてくれる。

「今の君には少し難しいことかもしれませんが聞いておいてください。私たちはすべてを奪い尽くされた人間です。大切だったものを君も私もすべて失いました。ですが、今のユアン君にはガレスさんという大切なものがある。空っぽになってしまった私たちを埋めてくれる大切なもの……君はもうそれを見つけているんです」

「ガレスは大切なもの……？」

「とても大切なものです。幼い君が育つうちにその気持ちは変わり、もっと大切なものが見つかるかもしれません。それでも、今君がガレスさんを大切だと思っているその気持ち。それは君にとっての宝物です」

「僕はずーっとガレスが好きだよ！　他に大切なものなんて……」

「ユアン君の気持ちはユアン君だけのものです。私たちはもう自由に選択をすることができる。このことを好きと思ってる気持ちは全くおかしいことじゃありませんから」


どうか忘れないで……さて、そろそろクッキーが焼き上がりますよ」

「あっ、本当だ。とってもいい匂い！」

さっきよりも強くなった甘く香ばしい匂いに、僕は鼻をひくひくと動かす。直前まで頭の中でぐるぐる回っていたクロエさんの言葉の意味なんてすっかり忘れて、僕の意識は焼き上がったクッキーに吸い寄せられてしまう。初めてなのにどこか懐かしい、不思議な匂いだ。

このときのクロエさんの言葉を僕はずっと忘れることはない。

幼い子供の戯れ言と笑い飛ばすこともせずクロエさんは僕に真剣に向き合ってくれた。同じヒト族のアニムスとして何かに気づいていたのかもしれない。

そうして出来上がったばかりのクッキーを袋に詰めて。僕はエルネストさんの家でガレスが帰ってくるまでの日々をわくわくして過ごすことになる。

それから数日後――ガレスは予定よりずいぶん早く

仕事を片付け、いつもの調子で帰ってきた。

「ガレス！　おかえりなさい！」

僕はエルネストさんの家の玄関でガレスに思い切り飛びついた。久しぶりに会うガレスは、少し埃っぽい。でも、僕の大好きなガレスの匂いがした
「おふっ、そんなに勢いよく飛びかかってくると危ねぇぞ。反射的に避けちまうからな」

「その割にはきっちりと受け止めて抱きかかえてるように見えるんだが？」

「うるせぇよ」

姿を見せたエルネストさんに変わらない態度でガレスが告げる。

「取りあえず仕事は全部片付いたぜ。あとのことはお前に任せたからな。ん？　ユアン、お前少し肉がついたか？　ずいぶんといいもん食わせてもらったみたいだな」

「え、え……っ」

それがいいことなのか悪いことなのか僕には判断ができなくて自然と自分の細い腕に目が行ってしまう。

「お前は久しぶりに会った家族に言うことがそれなのか……」

僕を支えたエルネストさんは、呆れたように溜め息を吐く。

「今夜は家で食べていくだろう？」

「ああ、お前んちの飯は美味ぇからな」

こういうとき、ガレスは遠慮しない。そしてエルネストさんも、そんなガレスに慣れていた。

「おかえりなさいませ。ガレス様、とても嬉しい言葉が聞こえたので出てきてしまいました。ご期待に添えるよう、今夜は腕をふるわせていただきますね」

台所から姿を見せたクロエさんも嬉しそうにニコニコとしている。

「すまねぇな。楽しみにしてるぜ」

「ええ、それに今日は特別なデザートも用意してあるんです」

「デザートかい？　俺は甘いもんは……」

珍しくどこか困った様子のガレスにクロエさんは笑顔で告げる。

「大丈夫です。なんといっても特製ですから、きっと気に入っていただけます」

珍しく押しの強いクロエさんの様子にガレスとエルネストさんは驚いた様子で顔を見合わせる。

そしてクロエさん特製のテポト料理の夕食が終わった後に、デザートとして出てきたのは僕とクロエさんが一緒に作ったあのクッキーだった。

僕と一緒に作ったことをクロエさんが告げると、一瞬だけガレスはその動きを止めて鷲掴みにしたクッキーをボリボリと食べ始めた。

甘いものは苦手だったんじゃないのか？　とどこか人の悪そうな顔で笑うエルネストさんを尻目に、そっぽを向いたガレスはクッキーだけは平気になったんだよ！　としかめっ面で答えていた。

エルネストさんとクロエさんに玄関で見送られたときに、クロエさんが袋に入ったクッキーの残りを二人で食べてねと渡してくれた。

ガレスの腕に抱かれて二人の家へと帰る。エルネストさんの家もとても楽しかったけどやっぱり僕にはこの腕の中が一番安心できた。

「クロエさんもエルネストさんも優しくてとっても楽しかったんだよ」

「そりゃよかったな。そうだな、エルネストの家の子になるか？」

それに僕は首を小さく横に振る。

「意地悪言わないで、僕はガレスがいい」

「ははっ、そうだったな。悪ぃ悪ぃ」

「クロエさんが教えてくれたんだ。僕の大切なものは僕が自由に決めていいって、だから僕の大切なものはガレスなんだ」

僕の言葉にガレスは何も返してくれなかった。ただ、ガレスの温もりだけはその肌を通して伝わってくる。

僕はガレスの腕の中でその暗緑色の瞳を見上げて尋ねた。

「ねぇガレス、あのクッキー美味しかった？」

「……ああ、今まで食べた中で一番美味かった」

＊＊＊

「ふぅ、ああいい湯だ。ほんと、生き返るぜ」

勢いよくお風呂の中に飛び込み、大きな音を立てながらガレスはその体を湯船に沈めていく。日常生活全般においてこれといった拘りのないガレスだけどお風呂だけは特別なようだ。

過去にお風呂がいっぱいあるところに住んでいたからと前に聞いたら教えてくれた。

「ガレス、ちょっと痩せた？」

僕は体を洗いながら湯船に浸かるガレスの体に視線を移す。

僕とは全部が違う、広い肩に、厚みのある胸。

長くしなやかで筋肉質な手足。

豹族らしい斑紋を持つ尻尾と耳。

ガレスの体はエルネストさんと比べれば少しだけ細いけれど、僕の目にはとてつもなく逞しく映った。

「ん？　あー、仕事中はロクなもん食ってねぇから少しばかり痩せたかもな」

ガレスはそう言いながら摘むことも難しいほどに引きしまった腹筋を指で触る。

「お前に肉がついて、俺から肉が落ちた。これで差し引きゼロだろう」

「そういうもんなの？」

「ああ、そういうもんだ」

そう言いながら湯船からガレスが上がってくる。

「えっと、背中洗ってあげるから……座って？」

「へぇへぇ」

顔を赤くして頼む僕に背を向け、ガレスは無造作に座る。初めて一緒にお風呂に入ったときにガレスは僕の体を洗ってくれた。それ以来、逆に僕がガレスの体を洗っている。泡をたっぷりのせてこすりながら間近で見るガレスの背中には、大小様々な傷がたくさんあった。

「そういえば、もうちっと先だがお前の学校のことも考えねぇとな」

「学校？」

聞いたことのない単語に首を傾げる。

「なんだ、学校を知らねぇのか」

「うん……知らない」

僕の常識の中には存在しないその言葉。

その意味をガレスへと問いかける。

「学校ってのは、お前みたいに小さい連中が集まって勉強を教わるところだ」

「勉強を？」

つまり、ガレスが教えてくれた文字やクロエさんとエルネストさんが教えてくれたいろいろなことを学ぶところなのだろうか？

「ガレスも行ってたの、学校？」

「いんや、俺は学校には行ってねぇ。そもそも俺がガキの頃はまだ学校なんぞなかったし、あったとしても行ってなかったろうよ」

ガレスは軽く苦笑した。後にガレスの生い立ちを知ってその意味も分かった。

「なら、ガレスは誰に勉強を教えてもらったの？」

「俺はファラン……俺を拾ったロクデナシ、いや育ての親から勉強だけじゃねぇ、生きていくための技術をいろいろと教えられた」

ガレスの背中を流し終えた僕を今度はガレスが座らせて洗ってくれる。長く節くれ立った指が僕の髪をわしゃわしゃと洗う。ガレスに洗ってもらうと、自分でするよりずっと気持ちいい。

「僕とガレスと一緒？」

「一緒……じゃねぇな。俺はファランにはなれねぇし、お前も俺じゃねぇからな。俺はガレスで、お前はユアンだ」

「そう、なんだ……」

「そうだ、お前はお前で俺は俺。他の何かの代わりじゃねぇ……よし、流すから目ぇ瞑《つむ》ってろよ」

「うん」

髪を流してもらいながら、僕はガレスの言った言葉の意味を考える。ただ、よくは分からない。

「ほら、もう一回湯船に浸かるぞ。ちゃんと温まんねぇと風邪引くからな。ちょっとした病気でも、ヒト族のガキはすぐ死んじまうんだ」

言い方は乱暴だけど、ガレスは僕を気遣い大事にしてくれる。僕はそれだけで幸せだった。

「ねぇガレス……僕も学校なんか行かなくていいよ」

ガレスと並んでお湯に浸かりながら、僕は思ったことをそのまま口にした。

「あ？　なんでだ？　学校に行けばお前と同じぐらいの歳の奴が大勢いて、友達だってできるぜ？　お前、友達と遊びたくねぇのか？」

僕の言葉にガレスは少し顔をしかめた。その反応からして世の中の子供は皆学校に行きたがるのが普通なんだろう。

「僕は家にいて、お家のことがしたい。クロエさんからいっぱい教えてもらったんだよ？　僕はガレスの役に立ちたいから、勉強だったらガレスが教えてくれることだけで十分だし」

それは僕の嘘偽りのない本心だった。

「そりゃ、できねぇ相談だな。お前のことを引き取っておいてなんだが、俺は仕事でしょっちゅう家を空ける。お前の勉強だけを見てやることはできねぇ。それに、お前を学校に行かせなかったらレナルドの爺とエルネストの野郎が怒鳴り込んでくる」

「そんな……」

あっさりと拒否されて僕の気持ちは沈んでしまう。

「それにな、そもそも俺は特にお前の面倒をこれといって見てやるつもりはない。だから、お前も俺の役に立とうなんて考えなくてもいい。好きなものを食って、好きなことをして生きろ。お前が独り立ちできるようになるまではその後ろ盾ぐらいにはなってやる。それにお前は世界を見たほうがいい。世界を知って、自分で決めて、自分で選べばいいいさ。なぁに心配しなくても、ガキの時間なんてもんは気がつけばあっという間に終わっちまうんだ」

ガレスの言うことは時々難しい。そして、ガレスは手の平を組み合わせると、器用に僕の顔目掛けてお湯を飛ばしてきた。

「うわっ!?」

突然のことに驚いて僕は飛び上がる。

「こんなしょーもねぇ遊びも、ダチとやったら案外楽しかったりするんだぜ？　それに今日明日の話じゃねぇ、それまでは俺が教えられることは教えてやるよ」

「ま、待ってよ！」

僕の顔を見て笑い、湯船から上がるガレスを僕は慌てて追いかけた。

二人の寝室でガレスはいつものように獣体——傷だらけの赤毛の豹へとその姿を変える。

今もそうかは分からないけど僕と一緒に寝てくれていたガレスはいつも獣体だった。

柔らかい胸元の毛に包まれて僕がガレスの獣毛に顔を埋める。ガレスの匂い、大好きなガレスの香り。大きく息を吸い込んでそれを味わえば僕を包むのはどこまでも深い多幸感。

少しだけその腕の中からガレスの顔を見上げれば、湿った鼻をこちらに向けたまま赤毛の豹は浅い寝息を立てていた。

その鼻先に、長いマズルに、ゆっくりとガレスの胸の中から顔を寄せればガレスの口から長い舌が伸びてきてぺろりと顔を舐められる。

起きていたのかと驚いたけど、ガレスは変わらず浅い寝息を立てたままで無意識に僕の顔を舐め続ける、それは僕が眠りにつくまで続けられた。


今もそうだけれど、ガレスの仕事は忙しさに波がある。幼い頃の僕は、いや今でもその仕事のすべてを把握しているわけではない。それでもガレスのしていることが危険に満ちていることだけは気づいていた。

そんなガレスを心配しないわけではないけれど、僕にできることはガレスの足かせにならないことだけ。それも今も昔も変わらない。

仕事が落ち着いているときのガレスは、基本的に家でゴロゴロしている。エルネストさんみたいに王宮に詰めて働く気はさらさらないらしい。

長椅子で寝転がるガレスの傍で僕は読み書きを勉強する。分からないことがあればガレスに聞けば教えてくれた。

ガレスの教育方針は一風変わっていた。あれをやれ、これを憶えろとは一切言わない。僕が学びたいと望むことを、僕が理解できる範囲で教えてくれる。だから何を学ぶか選ぶのも学習方法を考えるのも僕自身だ。何をどれだけどうやって学ぶか。ガレスはそこから自分で考え、選び、決めることを求めてきた。

だからといって決して放置されていたわけではない。僕が絵本を読み進めるのに詰まっていれば僕を後ろから抱っこして読み聞かせをしてくれる。僕はガレスに後ろから抱かれて過ごすその時間が大好きだった。大きなクッションを直接床の上に置いて、テーブルに置いた一冊の絵本を二人で読む。たったそれだけのことが何よりも嬉しかった。

エルネストさんにそのことを教えると信じられんとこの世の終わりみたいな顔をしていたのをよく覚えて

いる。

僕の面倒を見る気はないと言っていたガレスだけど、僕のためにずいぶんと時間を割いて、たくさんのことを分かりやすく教えてくれた。ガレスは教えるのがすごく上手い。


それからしばらくして、キャタルトンの都にある王立学院に入学することになる。僕の入学をガレスの『友達』のお兄さんたちやエルネストさん、クロエさん、それにレナルドさんも喜んでくれた。

初めて通う学校に、僕は当初ひどく戸惑った。僕の記憶はあの檻の中で始まって、ガレスの傍で生きてきたとても短いものしかない。だから様々な種族の子供ばかりが、こんなにもたくさん集まっていることに心から驚いた。

ただ、やっぱりというかなんというか、ヒト族の子供は学校全体を見渡してもほとんどおらず、圧倒的に獣人が多かった。そもそも、キャタルトンという国にはヒト族自体が極端に少ない。それは、カナン様が王様になってもすぐには変わらなかった。自由になったヒト族はこの国を去っていき、二度と戻らない。この国の歴史を考えれば当然のことだろう。

そんなわけで、珍しいと言われる黒に近い髪色を持つヒト族である僕は、入学初日から望まぬ人目を引くことになってしまった。

「こういう意味か……」

僕は小さく溜め息を吐いた。

『きっとお前はいやでも注目されちまう。まぁそれが実害を伴わないうちは放っておけばいいさ、そのうち見飽きる』

入学前にガレスから言われた言葉の意味を、僕は皮膚感覚で理解した。

ガレスの言葉に従って努めて平気なふりをしたものの、珍しい生き物を見るようにジロジロと見られるのは、やはり気分のいいものではない。

だけど僕は、あえてその環境に僕を入れてくれたガレスに感謝している。僕がこの国で暮らしていくということは、多かれ少なかれそうした視線に晒されて生きることを意味していた。一生家に引きこもって暮らすのが嫌ならば、慣れて打ち勝つよりほかにない。

いつまでも守ってもらってばかりの僕ではいられない。

この国で、ガレスと共に暮らすためにはこんなことでくじけていられない。


「そんで、学校はどうだった？」

帰宅すると、僕の内心を知ってか知らずかガレスが尋ねてきた。

「うん、大丈夫。ガレスの言うとおりだった」

僕はガレスに心配させぬようあえてそっけなく答える。

「そいつはよかった。だけどな、俺が言ったことはよく覚えておけよ。あくまで実害を伴わないうちは、だ。ヒト族のお前と獣人の俺たちの間にはどうあがいても埋められないものがある。そこを理解できない連中に遠慮することはねぇ」

僕の事情をすべて見透かしたかのようにガレスが悪い顔で笑う。

僕とガレスの距離感は、世間的な親子のそれとは少し違うのだろう。だけど、僕はこうした関係を心地よく感じていた。干渉しすぎるのはお互い性に合わないということが一緒に暮らしてよく分かったし、そもそも僕はガレスを『親』だと思ったことはない。なぜなら僕のガレスへの好きは親に向けるそれとは違うから。

僕はガレスの子供ではなく特別になりたい。きっと僕は自覚なしに、出会った瞬間からそれを望んでいた。自覚はないのに確信だけはあるのだからおかしな話だ。

結局僕の学校生活はガレスが危惧した『実害を伴う』ようなことはなく平穏無事に過ぎることとなる。子供というものは不思議なもので、そこに獣人とヒト族の壁はなく気がつけば友人となっていた。

しかしそうなればそうなったで、直面する問題もあった。

ヒト族と獣人の間にある、絶対的な身体能力の差。ガレスも言った決して埋められないもの。僕たちヒト族は、何をどうしても肉体的な優位性において獣人に敵《かな》わない。ガレスのような大型種どころか、レナルドさんのような小型種にすら体力で劣るのがヒト族の現実だ。

もちろんこの違いで種の優劣、人としての価値が決まるわけじゃないと僕は思う。

ヒト族の多くは獣人よりも高い魔力を持っていて、お隣の国レオニダスにはすごい治癒術を使うヒト族がいるとも聞いていた。

でも、子供の世界はある意味分かりやすく残酷だ。日々の遊びの中ですら身体能力の差が浮き彫りになる。共に遊ぶ獣人の友人たちが悪気なく口にする『ユアンはヒト族だから危ないよ』『ユアンはアニムスだから』といった言葉が、芽生え立ての幼い自尊心を傷つける。

優しくされたいわけじゃない。気遣われたいわけでもない。僕はただ彼らと対等でありたかった。仕方のないことと理解しても、それが無性に悔しくてたまらない。そして僕は決心したのだ。


「ガレス、武術を教えて欲しいんだ」

「あん?」

学校が休みのある日、僕は真剣な顔でガレスに頼んだ。ガレスはポカンとした表情で僕を眺め、そしてその表情を曇らせた。

「……何か学校であったのか?」

ガレスらしくない、珍しく真面目な顔と声で尋ねてきた。

「え? なんで?」

今度は僕が尋ねる羽目になる。悔しい思いは確かにしていたが、それはあくまで僕の考え方の問題だ。

「ユアン、学校に友達はいんのか?」

「いるよ? ……どうしたの?」

友達と対等でありたいからこそ、僕は強くなりたいと願っているのだ。

「本当に、何かあったわけじゃねぇんだな?」

「うん、学校は楽しいよ。友達もたくさんできたし、先生も優しい。だけど、僕はガレスみたいに強くなりたいんだよ」

「それならいい。が、なんで急に武術なんだ?」

僕はガレスに獣人の友人たちとヒト族である自分の差のこと。それに対する悔しさを子供ながらになんとか嚙み砕いて伝えれば、ガレスはようやく納得してくれた。

　あの頃の僕には、ヒト族の子供が獣人たちの中に混ざって学校に通うということがこの国でどれほど奇異なことであったのか十分理解はできていなかった。後から知ったことだが僕というこの国における特異点は、ヒト族と獣人の隔たりのない共存を望むカナン様にとってもある種の賭けだったそうだ。

　だから、学校の教員はカナン様が信頼をおく人たちが揃えられ、定期的にエルネストさんの部下である騎士の人たちが見回りに来ていたのもそういうことだったのだ。

　エルネストさんによると、休みの日にはガレスもちらちら覗きに来ていたらしい。

　そうして僕は、ガレスから武術指南を受けることになる。

　自分の技は人に教えるようなものじゃないと渋るガレスに、どうしてもというならエルネストさんの下できちんとしたものを身につけろと言われたものの僕は引かなかった。渋々といった様子でガレスが折れるまで僕は嘆願し続けたのだ。

　正直ただの我儘だとは思うけど、それは今も後悔していない。

　最初の数年、僕は徹底的に基礎を仕込まれた。

　ガレスが休みの日には一緒に鍛錬をすることが僕の日常に加わった。

　ガレスに扱かれた僕は毎日腹ぺこで、ご飯を以前の倍以上食べるようになって体がどんどん大きくなった。気がつけばいつの間にか、小型の獣人と見比べてもほぼ変わらない体格にまで育った。

　そうなれば、獣人である友人たちとの差もなくなったとまでは言わないが徐々に縮まっていき、僕の小さな自尊心は満たされることになる
　基礎を身につけた僕に、ガレスは護身術として相手の力を利用する戦い方や、油断を誘って隠し持った武器で戦う方法を教えてくれた。『子供に何を教えてるんだ！』とエルネストさんは呆れ、レナルドさんは怒ったけれどガレスが教えてくれたそれは今でも僕の自信の裏付けになっている。

『ガレスみたいに強くなりたい』という、幼き日の夢には届きそうにないけれど、僕にとってはそれで十分だった。

そうして僕とガレスの代わり映えのしない日常は過ぎていく。

クロエさん仕込みの家事の腕はどんどん上がり、家の中での役割分担も明確になっていった。ガレスも家事ができないわけではないけれど、ずぼらなところが目についてしまい僕が自分でやるほうが僕自身にストレスがないことに気づいてしまう。

それをクロエさんに話せば、エルネストさんも似たようなものだとどこか諦めた笑顔で話してくれた。

そうしてたくさんの人に支えられて、年月は過ぎていく。

幼かった僕はそこにはもういない。

そろそろ将来の進路や自分の未来について考えなければと悩み始めたその時期に事件は起きた。

仕事に出かけたガレスが、予定どおりの日程で帰ってきた。でも、戻ってきたガレスの姿に僕は息を呑む。

「ガレス、その顔の傷……それに腕も」

「あー、少しばかりドジ踏んじまってな」

肩をすくめたガレスの右腕は首から三角巾で吊られ、皮肉に歪められた唇の端は大きく縦に裂け赤い肉を覗かせていた。

「……病院、行かなきゃ！」

「もう行ってきた。これぐらいなら自分でどうにでもできるんだけどな、エルネストの奴がうるさくてよ。だから、問題ねぇよ」

「でも……っ！」

ガレスの仕事が危険なものだということは知っていた。だけど、どこかでガレスなら大丈夫だという妙な安心感を持っていた。

ガレスは強い。

それでも、何かのきっかけであっけなく死んでしまうのだと傷ついたガレスの姿に教えられる。

「こんなにひどい傷なのに……」

至極《しごく》当たり前のことを現実として目の前に突きつけられ、僕は自然とうつむき嗚咽《おえつ》した。僕とガレスの日常は、危ういバランスの上に成り立っている。そんなことはとっくに知っているつもりだった。分かっているふりをして、それから向き合うことを避けてきたのだ。

「泣くなよユアン、俺の仕事が危ないもんだってのは知ってんだろ？」

目の前のガレスを通して、僕が最悪の未来を垣間見ていること。それに気づいたのか、ガレスはいつものように気楽な顔で僕の頭を撫で……それから抱きしめてくれた。ずいぶんと背の伸びた僕の頭はちょうどガレスの胸元に収まってしまう。

「俺がしてることはこういうことだ。いつか報いを受けてあっけなく死んじまう。そういう生き方を選んだのは俺自身だからな。これぱっかりはどうしようもねぇ。安心しろ、お前のことはエルネストにしっかりと頼んである」

「そういう問題じゃないよ！　ガレス、もうガレスは十分働いたよ。そんな危険な仕事を続ける必要が本当にある？　なんでガレスが……」

この日の僕は、困らせることを承知でガレスの言葉の先に踏み込んだ。

「そうだなぁ、別にやめちまってもいいんだが俺自身この仕事が嫌なわけじゃねぇ。まぁ、他の奴らより俺のほうが上手くやれるってのもあるんだが……」

ガレスは優しい。他の人がなんと言おうと僕だけはそれを知っている。だから、僕がこう言えばガレスが困ると分かっていたのに……。

「ごめん、今のは忘れて……。それより、早く休んで。寝室の準備をしてくるからその間にお風呂……その傷じゃだめか」

「入るぜ？」

「いや、だめだって」

「これぐらいの傷問題ねぇって」

お風呂にだけは妙な拘りを持つガレスをなんとか押しとどめて、体を拭くだけ拭いてベッドにもぐり込ませる。

家の中のことをすべて片付けて、静かにガレスの寝室の扉を開ける。そこでは、ガレスが静かに寝息を立

てていた。そういえば、それぞれの寝室を分けてから
どのぐらい経ったのだろうか。
いつの間にか僕の部屋ができていて、ガレスの匂い
のしないベッドが最初の頃はひどく寂しかったことを
思い出す。
ガレスのベッドの横に座り、その寝顔を覗き込む。
あのときから全然変わっていないように見えて、小さ
な傷が増えていることに今さら気づいた。
「ガレス……ガレス。やっぱりだめだよ。僕はガレス
がいないと……」
強くなったつもりだった。ガレスの隣で生きていけ
るよう、いつの日かガレスと対等な立場で互いに支え
合えるパートナーになるために……。でも、僕は弱い
ままだった。
ガレスを失うことが怖い。
ガレスがいない未来が恐ろしい。
「だからね。ガレス、僕は決めたよ」
僕は医者になる。
世界中の病に苦しむ人々を救うためなんかじゃない。
僕は僕の好きな人のために、自分ができる最大限を尽
くしたい。
ガレスが怪我をしても、病気になっても、一分一秒
でも長く生きてもらうために僕は医者になる。僕が医
者になったところでガレスを救えるとは限らない。危
険な仕事につくガレスがその任地で僕の知らない間に
死んでしまう可能性のほうが大きいはずだ。
それでも、何もしないという選択肢は僕にはない。
僕が自分自身を納得させるために、僕はその道を選ぼ
う。
こんな利己的な理由で医者を目指す僕はどうしよう
もない人間かもしれない。それでも僕は僕の大切な人
を守るために自分で選び、自分でそう決めた。
目の前の愛しい人と生きるために。

医学科へと進んだ僕は、修める学問の専門性故に他
の学生たちよりも長い期間を学生として過ごすことに
なる。
僕の選んだ進路を僕を支えてくれる皆が喜び、ガレ
スも医者が知り合いなら便利だなと何も聞かずに応援

してくれた。

とても利己的な理由でその道を志した僕だったけど、医者になるということは生半可な道ではなかった。だからこそ、それが身勝手なものであっても明確な目標がある僕は歯を食い縛ってそれを乗り越えることができたのだ。

最後の試験を終えて晴れて医者の卵になったとき、ガレスはよくやったなと僕の頭をあのときと同じように撫でてくれた

そうして医者になってはや数年。今現在、僕は診療所の下っ端として日々忙しく働いている。

就職が決まったときは、それはもう恥ずかしいくらい盛大に、エルネストさんの家でお祝いをしてもらったものだ。

その席にはあの日から僕を支えてくれたすべての人が招かれていた。

過保護で心配性なレナルドさん、僕にとっては母親代わりのクロエさん、共に同じ教室で学んだ友人たち、驚いたのは幼い僕の面倒を見てくれたガレスの『友達』だったお兄さんたち。

そしてエルネストさんとガレス。

皆が僕のこれからを祝福し、盃を高らかに掲げてくれた。

僕が今こうしてここにいられるのはここにいるすべての人のおかげなのだと。それを改めて感じてしまい、あふれ出る涙を止めることができなかった。


さて、駆け出しの医者の卵とはいえようやく一人前の大人になった僕は、『学生は勉強が本分』という言い訳からも卒業し、積極的にガレスに気持ちを伝え始めた。

だけど、ガレスはそれを軽く受け流してしまう。もとより親子のような関係だ。それを乗り越えてすぐに恋愛感情を抱いて欲しいなんていう無茶を言うつもりはない。どれだけ時間がかかろうと僕の大切な、ただ一つはガレスなのだから。

学校や職場で、僕にもそれなりの出会いはあった。

中には世間的に言って『申し分のないお相手』もいた。けれども、僕の気持ちが揺れたことはない。僕はガレスと出会ったあの日あのときから何一つ変わらない。

僕が求めているのは、愛しているのはガレスだけだ。他なんていらない、欲しくない。

あの暗闇から救い出してくれた頼もしい大人に対する依存や、生活の面倒を見てもらっている恩。それらが恋愛感情とごちゃ混ぜになってはいないか、自分なりに吟味もした。だけど結局その結論は、僕はガレスを好きというそこに行き着いてしまう。

年齢が違いすぎる。血が繋がっていないとはいえ親子のような存在であること。ガレスの仕事の特殊性。ガレスは一途とはほど遠い遊び人。

ガレスを諦める理由ならいくらでも見つけ出せたが、そのどれもが僕のガレスを好きだという気持ちの前では意味がない。何があっても何がなくても、好きなものは好き。ただそれだけだ。

それに、僕とガレスは……。

ただ、そんな僕にも一つだけ引っかかることがあった。何物にも、何事にも囚われない自由なガレス。そんなガレスの心の中に、常に居座る『誰か』の影。

その存在に気づいてしまったのはいつだっただろうか。今目の前に存在しない『誰か』のことなんて知らぬ顔をしていればいいものを、厄介なことに一度気づいてしまうとそれは魚の小骨のようにチクチクと心に小さな痛みを与えてくるのだ。

やがて僕はその『誰か』の名がファランであることを知る。黒豹のファランはガレスの育ての親であり、キャタルトン最大の色街ニライの元頭目。既に故人でありながら、彼はガレスの血肉に溶けてその姿を時折僕に見せてくる。

親子であり主従であり師弟でもあった二人の絆は強く、悔しいけれどそこに僕が立ち入る余地はない。ガレスに育てられガレスを愛している僕は、そのことを誰よりも知っている。

透き通るように白い肌と禍々しいほどに紅い瞳を持っていたというファラン。彼の髪が僕と同じ藍色であると知って以来、僕が短く髪を刈り込んでいるのは彼への些細な抵抗なのかもしれない。

ファランが育て上げたガレスを僕は愛している。その存在がもはやガレスの一部だというならば、僕はガレスの中で息づく黒豹ごと愛すまでと腹を括った。

焦らず欲張らず、地道に気持ちを伝えていけばいつか実るだろう。

そう思うことで、僕は己の心と折り合いをつけ平穏な日々を送ってきた。

彼と会うまでは。

＊＊＊

その人の名前はスイ。

キャタルトンの人間で彼の名を知らない人はいないだろう。

『至上の癒し手』の子供であり、その力を継ぐと言われているスイ・シンラ。

この国に革命が起きたそのきっかけとなった存在であり、今もまた医師として『擬獣病』の根絶に尽力してくれたこの国の恩人といってもいい存在だ。

彼が過去にこの国の王族に攫われて、紅蓮《ぐれん》の竜に救出されるという一連の流れは様々な脚色を経てこの国ではまるでお伽噺のようにして語られている。

しかし、にわかには信じがたいこの物語が真実であることを、僕はガレスやエルネストさんから聞いて知っている。

エルネストさんは紅蓮の龍が現れたまさにそのとき、カナン様と共に彼の下を訪れていた。

一方ガレスは、当時監禁されていた彼の世話係をしていたそうだ。きっと、本来は世話係なんていうのんびりしたものではなかったのだろうが本人がそう言うのだから信じるしかない。

飛び去っていく龍と目が合った瞬間、『あぁ、俺の人生終わったわ』と思ったそうだ。

数奇な運命を辿り、長じて後医師として天才と呼ばれる彼。僕はその人となりに純粋な興味を持ち、ガレスに『スイって人はどんな子供だった?』と尋ねたことがある。するとガレスは目を細めながら懐かしそうに彼の話をしてくれた。

曰く、年の割には妙に気の強い子供で、とにかく生意気で口が減らない。そのくせ育ちのいいお坊っちゃんらしく、甘ったれた世間知らずの泣き虫。ただし頭の回転が恐ろしく速く、現実への適応能力はすこぶる高い。

生意気なガキんちょだと吐き捨てながら、彼を語るガレスの様子はひどく優しげで、僕はガレスの中に居座る『誰か』がファランという人物だけではないことに気づいてしまう。

ファランは故人で、彼ごとガレスを受け入れると僕は決心した。だけど、スイという名の天才医師は今僕と同じようにこの世界で生きている。

その事実に僕の中で何かよくないものが渦巻き始めていく。

束の間の邂逅で、こんなにも深くガレスの中に己を刻み去っていった彼。

会いたくない、だけど会ってみたい。

そんな矛盾を抱えながら僕は日々を過ごしていた。

そんなある日、突然その矛盾が解消される日がやってきた。僕の勤務する診療所に、彼が訪ねてきたのだ。

もちろん僕個人に会いに来たわけでもガレスに会いに来たわけでもない。彼の来訪目的は『擬獣病』に関することだった。

『擬獣病』については一部の関係者を除いて、その真実は秘匿されている。しかし僕は『擬獣病』の治療にあたった医師の一人としてその関係者に名を連ねていた。

彼の口から語られる『擬獣病』についての詳しい病態や治療の方針。若いながらも天才と評されるだけあって、彼の知識は本物だった。他の医師との論議の主題は『擬獣病』から他の疾患についてまで広がっていく。

だけど情けないことに僕の頭にはその内容がほとんど入ってこなかった。

彼の姿を見た瞬間、僕は頭を殴られたような衝撃を受けていたからだ。

僕とほとんど歳の変わらぬ、ヒト族らしい華奢な体つきのアニムス。

透き通るように白い肌に闇よりも深い黒く艶やかな髪。

そして何より印象的なのはその瞳――僕と同じエメ

ラルドのそれ。

ああ、そういうことか。

僕は理解すると同時に、その場で崩れ落ちそうになる。

ガレスが僕に教えてくれたバターとソイソをかけたテポトの味。

ガレスが短くまとめた後ろ髪に無造作に刺している小さな櫛。

そのどれにもスイという名の彼の存在がちらついていた。ガレス自身は僕にそのことを話すぐらいだから意識していないのかもしれない。

だけど、ガレスを一番近くで見てきた僕だからこそわかる。ガレスの心の奥底に彼の存在が深く根付いてしまっていることを。

そして僕は自分の中で渦巻いていた感情の名に気づく、その名前は『嫉妬』だった。

＊＊＊

畳み終えたガレスの衣服をクローゼットにしまい、ありあわせの材料で簡単な夕食を用意する。

だけど、それに集中することができない。

ガレスのことを愛しいと恋しいと思う。それなのにそれと同じぐらいに僕の動揺と湧き上がってしまった『嫉妬』の感情は深すぎた。

なぜ僕をガレスが引き取って育ててくれたのか、その理由を勝手に推測してその結論に行き着いてしまったから……。

彼らの瞳と髪の色。たまたまそれを同時に持ち合わせたのが僕だった。

それならいっそ、そうだと早くに言って欲しかった。過去の僕なら同じ瞳を持つ彼の姿にもう少し近かったかもしれない。

だけど、今の僕はガレスから受けた武術訓練のおかげですっかり育ってしまっていた。彼とは似ても似つかないずと立派な体軀に。

僕がガレスに好きだと言っても軽くいなされるのは、そういうことなのだろうか……。

ダン！

大きな音を立ててカロットを切った包丁がまな板に

突き刺さる。

「いや……、それも違うか……」

誰かになりすまし、ガレスの心の内に入り込もうと考える自分の浅ましさに溜め息しか出てこない。

それでも、ガレスの心に巣食う自分以外のすべてを消してしまいたかった。

ファランという名の豹族だけであれば自分の中で折り合いをつけることができた。

彼がガレスの育ての親である以上、彼なくして今のガレスはあり得ない。だからそれは仕方ない。何よりも過去のことだ。

だけど彼は……、幼き日にほんの一瞬ガレスの人生と交わっただけの子供。僕より先にガレスと出会ってしまった彼。美しく魅力的なアニムスに育った天才医師。

包丁を握る手に知らず力がこもる。敵わない。あの人には決して敵わない。

ファランは過去だがスイは現在だ。

この国の恩人であり、ひいては僕が今生きていることができるのはもしかしたら彼のおかげかもしれない。

そんな彼に対して、こんなやましい感情を抱くことは間違っている。

何より彼自身がガレスのことをどう思っているかも分からない。

これは僕の弱い心が勝手に揺れているだけないんだ。誰が悪いのでもない。

分かっている。それでも、揺れ動き波打つ心をどうにもできない。

「このままじゃ、僕は……」

刻んだ食材を鍋に放り込み、僕は揺れ動く心をなんとか落ち着かせ、そして決心した。

今夜、言葉と僕のすべてでガレスに思いを伝えよう。

僕は誰かの『代わり』で終わりたくはないから。

『ガレスとユアン』

数日ぶりに帰る家からは、美味そうな飯の匂いが漂ってくる。俺はすぐにユアンが帰っていることを察し苦笑した。

「俺と違って真面目なこった」

診療所勤務のユアンは『擬獣病』騒ぎの煽りをモロに食らい、家に帰ることができないほど忙しかった。きっと死ぬほど疲れているだろうに、自分が休むより先に俺の面倒を見ようとしている。

ユアンの作る飯は美味いし、家のことをしてくれるのは確かにありがてぇが、あいつは少しばかりできすぎだ。気がつけば俺自身があいつに頭が上がんねぇほどに依存していた。

「そろそろ潮時かねぇ……」

ユアンと暮らし始めてここまでさほど大きな問題を起こさずよく来れたもんだと、我ながら感心しちまう。

だってよ、俺だぜ？

誰がどう考えたって、まともに人の親が務まる人間じゃねぇだろ？

もちろん、俺自身その自覚はあった。だから最初はユアンを引き取る気なんぞさらさらなかったんだ。

けどよ、俺みてぇな人間のどこをどう気に入っちまったのか、ユアンは力の限り俺にしがみついて離れなかった。

そうして俺は気づいちまった。

ユアンが俺の『唯一《つがい》』だということに。

運命の神様がいるとしたら本当に残酷な奴だと思うぜ。よりによって俺みたいな人間の前に『番《つがい》』を寄こしやがるんだからよ。

けどな、あいつを引き取ったのは決してユアンが『番』だからじゃねぇ。あいつが俺といたいとそう望んだからだ。俺と違ってユアンはヒト族だ、『番』に対する欲求は幼いあいつが自分の選択を違えるほどは強くねぇだろう。それでも、ユアンは俺といることを選択したから俺はそれを受け入れた。

引き取った子供《ユアン》は『番』だってことをさっ引いても

思いのほかかわいかった。俺の後を必死についてくるその姿にはねぇはずの尻尾の幻覚すら見えたほどに。

だからこそユアンから俺に向けられるそれが他によるべなき子供の依存であって欲しいと願っていた。魔獣の雛《ひな》が最初に見たものを親と認識する『刷り込み』であってくれと。

そうであれば、ユアンが俺の下から羽ばたくその日までせいぜいママゴトに付き合ってやろう。俺はそう決めていたんだ。

だが、俺の予想は完全に裏切られた。

成人を迎えそれなりに周囲からの声がかかってなお、ユアンの目は変わらず俺だけを見てやがる。軽口で受け流し続けたが、その純粋な好意が俺にはひどく恐ろしかった。

なんでだよ？　お前は俺とは違う。俺以外はまともな人間に囲まれて育ち、学校を出て医者にまでなって、まっとうな職場で立派な仕事をしてるじゃねぇか。お前に惚れて診療所に通い詰めてた貴族のボンボンに騎士に富豪の商人、どれも付き合うのに悪い相手じゃなかっただろうが。

ユアンは日ごとに人間として成熟していく。容姿もその内面もだ。明るい褐色の肌に包まれた体はヒト族にしては長身で逞しいが、しなやかな筋肉が適度についていて均整が取れている。エメラルド色に光る大きな瞳も、一際印象的でその姿はアニマだけでなくアニムスすらも惹きつけた。

とにかくユアンは中身も外見も申し分ない人間だ。これは親代わりとしての欲目でもなんでもねぇ。

あいつが小さい頃に伴侶にするなら優良物件を探せと教えたが今では自分が優良物件になっちまった。極論、あいつはヒト族のアニムスだ。道っ端に突っ立ってるだけでアニマのほうからいやでも寄ってくる。それがなんだってよりによって俺みたいなろくでもねぇ奴に本気で入れあげちまったんだ……。

ユアンがどんだけ本気でも――いや、本気だからこそ俺はそれに応えてやれねぇ。いや、応えちゃいけねぇんだ。

俺は自分の生き方を悔いたことなんてただの一度もない。俺は俺の生まれ育った場所で、やりたいようにやって今もこうして生きている。それは誇ることでも卑下することでもない、ただそれだけのことだ。だいたい世の中の連中は、たかだか一人の人間がどうやって生きるかだけのことをあーでもないこーでもないと騒ぎすぎだぜ。

俺はここまで生きる過程で、世間的に『悪』と定義されることはあらかたやり尽くした。

最初はスラムで、次はニライでそして騎士として。

自分の人生だけならこれでいい、俺自身が善悪を無視して後悔なんてしてねぇからだ。ただ、そこにユアンが加わるなら話は変わっちまう。

ユアンがそれを望んでも、俺と生きるとなるとそれだけで平穏な暮らしから遠ざかることを意味する。

俺を恨む輩なんぞ掃いて捨ててもいくらでも湧いて出てくるからだ。そいつらの報復の矛先が、いつユアンに向くか分かったもんじゃねぇ。っつーかむしろ、これまで無事だったのが奇跡だぜ。

……まぁ、結局のところ俺が選択を間違えちまったんだ。

どんだけ取り繕っても、ユアンを引き取った時点で結局は同じことだ。あいつのためだなんて考えながら、今も一つ屋根の下で一緒に暮らしてるんだからどうしようもねぇ。今になって必死にユアンを突き放すための理由を作っているだけで、俺は結局あいつが欲しいという自分の欲に勝てなかったそれだけのこと。

けどな……そろそろ俺もユアンも潮時だろうよ。俺があいつを『番』という呪縛で縛っちまう前になんとか飛び立たせてやりてぇと思うのも俺の本当の気持ちだ。巷《ちまた》を騒がした『擬獣病』も思いがけねぇスイの登場で片がついたことだ、カナンかエルネストに協力を頼んでも悪いようにはしないだろうさ。

俺はユアンが用意してくれていた風呂を満喫して、互いの仕事の話なんぞをしながら、ありあわせの食材で準備したとは思えねぇ美味い飯を食った。

根菜とモウの肉を煮込んだトメーラ仕立てのスープに、葉物野菜の揚げ物。デザートには作り置きのピルシェのシロップ煮。エルネストのところのクロエが料理は教えたらしいがその味は俺好みにアレンジされて胃袋を摑まれちまってるのも末恐ろしい。

「お前も疲れてんのに悪ぃな」

「気にしないで、僕も家でゆっくりガレスとご飯が食べたかったから」

微笑むユアンの顔がいくらか硬い。それに久々に顔を合わせたというのに妙に口数が少ないのも気に掛かる。

まぁ、こいつもさすがに疲れてんだよな——俺は深く考えるでもなくそう結論づけて、飯を手早く済ませてから寝台に入った。

「はぁ……まいったねこりゃ」

いつしか俺は、ユアンがいるこの家に深い安らぎを覚えるようになっていた。どんな高級宿の豪奢な寝台より、ユアンが洗濯したシーツに包まって転がる自分の寝台が一番だ。

「はぁ、いい歳したおっさんが何ほざいてんだか……」

ファラン、こんな所帯じみた俺を見たらアンタは笑うか？

目を閉じたままとりとめもなく考えを巡らせているうちに、俺はいつかしかウトウトと心地よく微睡《まどろ》んだ。

久しぶりの我が家で美味い飯をたらふく食らったら気が緩んだに違いねぇ。

近づいてくる気配、その様子がおかしいことに気づかなかったのはそのせいだ。

息を殺して俺の部屋のドアを開ける人間《ユアン》の気配。

そいつはゆっくりと俺の寝台に上がって、俺の上に伸しかかってきた。

「なんの用だ？」

俺は薄闇の中、その気配の持ち主に声を掛ける。

目をゆっくりと開けた俺は、思わず息を呑んだ。

「ユアン、お前!?」

月明かりの中に佇むユアンは、一糸纏わぬ素っ裸。

そう、全裸のユアンが見下ろすかのように俺の体を跨いでいたのだ。

「なんつー格好してんだよお前は！」

突然のユアンの行動が理解できずに俺らしくもない動揺が全身を駆け巡る。

俺はユアンに襲われてんのか？　まさかだろ？

「ユアン、お前寝惚けてんのか？」

こういうときは、まずは落ち着いて対話だ。

話せば分かる、六割程度は。

「寝惚けてなんかないよ。僕は本気だから」

本気だと口にしたユアンの表情は悲痛なまでに引き攣り、その言葉も行動も冗談ではないことを証明していた。

そりゃあそうだよな。

お前は、洒落や冗談でこんなことしねぇわな。

「へぇ？　本気で俺を素っ裸で襲いに来たってわけか？」

「……そうだよ」

うつむき拳を握りながら、ユアンは声を絞り出す。

「夜這いにしちゃあえらく殺気立ってるじゃあねぇか。色気より先に殺気に反応しちまったぜ？」

こいつは事実だ。

夢うつつで感じた気配には、限りなく殺気に近いものが混ざっていた。

「僕は、ずっとガレスが好きだった。出会ったあの日から今日まで、変わることなくずっと」

ユアンの声が震えた。

殺気立つほど真剣、か。

マズイな……こりゃあ、いつものようにはぐらかすのは無理臭ぇ。

しかし、なんつぅまっすぐな告白だよ。

こういう率直さは嫌いじゃねぇが苦手なんだよなぁ。なんせ、こちとらぁ虚飾の国育ちだからよ。

「なぁユアン、落ち着けよ。お前の世界はまだまだ狭いんだ。世の中にはもっといい奴がいくらでもいるぜ？　お前は一緒に暮らしてきた俺への愛着と、恋愛感情の区別が――」

「ついてるよ!!」

ユアンの瞳からあふれた熱い雫が俺の胸に落ちてくる。

重さなんかねぇに等しいその一滴が、ひどく痛く感じられて顔をしかめた。

「そんなの、ずっと前に折り合いはつけてる。自分でも考えたよ。ガレスへのこの気持ちは本当に恋愛感情なのかって。けど、始まりがなんであっても結局僕の結論はただ一つ。僕が好きなのはガレスだけなんだ！」

「ユアン……」

必死で言い募るユアンの顔が、不意に出会ったあの日の面影を見せる。周りの大人に何を言われても、俺にしがみついて離れなかった強情なガキの面だ。そうだった、こいつは聞き分けのいいガキなんかじゃねぇ。譲れねぇことに関しちゃ、誰よりも頑なに意地を張り通す頑固者じゃねぇか。

　ユアンのこの強情さはスイとよく似ている。

　あいつもガキのくせに折れるってことを知らねぇ目で俺を睨んでやがった。強い光を放つ過去と現在二つのそれが重なっちまう。

「ねぇ、ガレスは僕の中に誰を見てるの？」

「――ッ」

　ユアンの問いに俺は息を呑む。

「スイさん？　それともファランさん？」

「ユアン、お前……」

　知っていたのか？　とは聞かねぇよ。ことここに至ってそいつを聞くのはあまりに間抜けだ。俺がユアンのどこかにあいつらのことを無意識に重ねていなかったと言えば嘘になる。ただそれが愛だの恋だのといった類いのものではないとはっきり言える。

「知ってるよ。ガレスの中には誰かがずっと住んでるって……子供の頃から知ってた」

「そんなに早くからか？」

　勘のよさまであいつらに似ちまってまぁ……頭がいい奴って皆こうなのか？　ほんと、嫌になるぜ。

「悔しかったよ、すごく。ガレスの中にいる人たちがうらやましくて、妬《ねた》ましくて……」

「そうか……」

　思ってた以上に俺はこいつを追いつめちまってたみたいだとその事実に気づけば自然と謝罪の言葉が口をついた。

「悪かったな、さすがに申し訳ないと思うぜ」

　目の前の誰かが、自分の中に別の誰かを追い求める様。そいつを見せつけられるつらさは俺が一番よく知ってるはずだった。ファランが俺の中に先代を探すたびに、俺はずいぶんと居心地の悪さを感じたもんだ。それなのに同じ過ちを俺はユアンに繰り返しちまった。

「なぁユアン、誰かとお前を重ねるような奴、最低じゃねえか。お前はもっとまっとうな相手を探すべきだぜ」

　どうせ傷つけちまったなら、そいつを利用しない手はねぇ。ほら、最低な俺にさっさと見切り付けちまえ

よユアン。

「ずるい……」

一言吐き捨てたユアンの手が俺の首にかかった。

おいおい、振り切れ方激しいな。そこは普通ビンタとかじゃねぇのか？

「本当に、ガレスはずるいよ！」

「――――ッ」

俺の首にユアンの体重がかかる。

ヒト族にしちゃずいぶんと重い。

「僕はいっそ誰かの代わりでも、ガレスがその人のことを見ててもいいからガレスに愛されたいとすら願った。そんなことを考えてしまう自分が嫌で……嫌でたまらなくて、それでも……僕はガレスが好きで好きでどうしようもないんだ！」

ボロボロと涙をこぼしながら俺の首を締め上げるユアン。

あぁ、かわいいな。すげぇかわいい。

あんまりかわいくて、いっそこのままお前に絞め殺されたくなっちまうよ。

「あっ!?」

俺は首に掛かっていたユアンの手首と肘を掴んでひっくり返す。

教えただろ？

馬乗りは優位な体勢に違いないが体格差のある奴を相手にするときは、常にひっくり返される危険と隣り合わせだってよ。技量に差があるならなおさらだ。

「お前なぁ、俺がお前の気持ちに応えちまったらこういう危ない目に遭う羽目になるんだぞ？」

「分かってるよ。ガレスに向けられるたくさんの負の感情……そのお裾分けをもらう、そういうことでしょ？」

俺に押さえ込まれてなお、ユアンの瞳は揺れてねぇ。

肝の据わったいい目をしてやがる。

「賢いなユアン、そんなら俺がどんだけ悪どいことをやってここまで生きてきたかも分かってんだろ？　殺した人間の数すらも覚えちゃいねぇんだぞ？」

情に訴えて動かねぇなら理と利を説くまでよ。

お前は敏いんだ、ちぃと考えりゃ分かるよな？

「ガレスがどれだけの人を殺していても、どんなにひどい人間でも、僕をあの暗闇の檻から出してくれたのはガレスだ。僕がガレスを好きだっていう気持ちはそんなことじゃ変わらない」

「そりゃあ偶然だ。どんな悪党でも毎日休まず勤勉に悪事を働けって言われたら、逆にしんどいぞ。そもそもお前を助けたのもただの偶然——仕事だ」

俺は淡々と事実を告げる。

俺にとってあれはカナンから請け負った仕事の一つに過ぎなかった。奴隷の密売に対して義憤《ぎふん》に駆られた——というご大層なものでは決してない。

「ねえ、ガレスは僕がスイさんに似てたから助けてくれたの？」

「いや、仕事だから似てる似てねぇ関係なく助けただろうな」

「ファランさんに似てたから引き取ってくれたの？」

「……ファランに似たガキとか、絶対ぇ育てたくねぇ」

思わず本音が出た。

こんな場面でこいつはなんてことを言いやがるんだ。いや、だって嫌だろ？

あれに似たガキ育てるとか、苦労する未来しか見えねぇっての。

「ガレス……、ガレスはずるいよ。僕の気持ちばっかり喋らせて、自分の本心は何も言わない。僕がどうこうじゃなくて、ガレスは僕をどう思ってるの？　好きなの？　嫌いなの？　それとも僕が『番《つがい》』だから手元に置いておきたいだけ？」

「……ッ」

ユアンは俺の拘束とも呼べない拘束を振りほどき、体を起こし俺の首に両手を回す。絞めるんじゃなく、抱きしめるようにだ。

「お前もやっぱり気づいてたのか……」

『俺の気持ち』に『番《つがい》』、か。

はは、痛ぇとこ突くじゃねぇか。

俺がずっと必死で逃げて、目をそらしてきたってぇのによ。

全く、どうして俺が育ててこんなにまっすぐな人間になっちまったのか……。

「ガレス？」

俺は溜め息をつきながら、ユアンを胸に引き寄せ腕の中に収めた。

「賢いけど馬鹿だな、お前は」

「ぁ……ッ」

俺はユアンの首筋に歯を立てた。鋭い犬歯がぷつりと音を立てて柔らかい肌に食い込んでいく。

やっちまった……これでもう俺は止まれねぇ。

もとよりなけなしの理性とユアンのためという言い訳がどこへなりと吹っ飛んでいくのがわかる。

それに甘い……、人の血の匂いなんていくらでも嗅いできたが、それをこんなに香《かぐわ》しいと感じたのは初めてだ。

「なぁ、ユアン。俺の気持ち、俺の本音なんて遙か昔に決まってるんだ。お前をこの手に抱いたときから俺はお前しか欲しくない。『番《つがい》』だ？　そんなことは関係ねぇな、お前以外は誰だって一緒だ。スイもファランも関係ない、俺が愛してるのはユアンお前だけだ」

「ガレ……ス」

俺をギリギリのところで踏みとどまらせていた建前もきれい事もすっかりと消え失せちまった。目の前の愛するもの《ユアン》を貪れという本能のままに俺はユアンに伸しかかり体を密着させる。血の味に興奮しちまった俺の下半身は、既に収まる先を求め硬さを増すばかりだ。

「だけどな、俺に愛されるってことがどういうことかお前は分かってねぇ」

「分からないよ。だから、教えて？　ガレスが愛してくれるなら、僕はそれに応えるだけだから……。時間をかけて、何度でもたくさん、ガレスのことをもっと教えて欲しいんだ」

流した涙をそのままに劣情を孕んだ笑みを浮かべる愛しいユアンの姿。

それは俺にとってとんでもないご馳走、それ以外の何物でもない。

「なかなかいい煽りだ。お前にそんな才能があったとはな」

微笑みの形で薄く開かれたユアンの唇に、俺はユアンの血で染まった己の唇を深く重ねる。

「ん……」

小さく鳴いてユアンは自分から俺の中に舌を差し入れてきた。

「ユアン……」

俺は一度顔を離し、始める前にもう一度伝えておかなければならない言葉を紡ぐ。

「俺が抱くのはお前だ。俺が愛しているのはユアンだ。誰かの代わりに抱くんじゃねぇ、ずいぶんとつらい思いをさせちまったがこれだけは信じてくれ」

あいつらはあいつらでユアンはユアン。

俺のどうしようもない弱さがユアンを追いつめちまったがユアンをあいつらの代替品だなんて考えたことはない。

俺と先代を重ねていたファランだって、結局は俺を代わりにはできなかった。あんだけ器用で都合のいいロクデナシにできなかったことを、俺ごときがやれるわけがねぇんだ。

つまり、似てようが似てまいが人に代わりなんてねぇんだよ。社会的な話は知らねぇが、個人の感情——本気で恋した相手にはな。

ユアンの中の俺が抱かせちまったその思いをどうにかして払拭してやりたかった。

「ガレス、ありがとう……。僕を、ユアンをこの世界で見つけてくれて。大好き……大好きだよ。だから、抱いて僕をガレスのものにして」


「ああ、抱いてやる。もう俺も止めてはやれねぇ。後悔するなよ。俺はもう絶対にお前を手放したりはできねぇからな」

俺は甘く柔らかなユアンの唇を再び貪る。

ユアンのキスは不慣れで拙《つたな》い。それなのに一度唇を重ねると離しがたく俺を魅了する。

もっと深く、もっと長く。

ユアンのすべてを貪り食いてぇ。そんな凶暴な欲が俺を駆り立て昂《たか》ぶらせる。

重なった唇の間から官能を誘う耳慣れた水音が漏れる。聞き飽きたはずのそれが覚えたてのガキの頃みてぇに刺激的で、頭ん中が煮えそうだ。

俺はユアンの唇を食み舌を絡ませたまま、寝間着を下着ごと脱ぎ捨てた。俺のモノはユアンとのキスだけで臍《へそ》まで反り返ってやがる。ああ、ユアンをこれでもっと味わいてぇ。

「あ……」

硬くなったモノを腹に擦りつけてやれば、ユアンはびくりとのけぞった。その反り返った喉に俺は衝動的に牙を立てる。

俺のもの。

こいつは俺のものだ。

とことん追いつめてよがらせて、動けなくなるまで啼かせて仕留めてやる。

「ひ、あ、あぁッ」

喉を噛まれ血を啜られる感触に、ユアンの顔が恐怖と悦楽に歪む。なんて顔しやがんだたまんねぇだろ煽りやがって。

俺の豹族としての本能が今までに感じたことがないほどに昂ぶっていた、焦らし嬲り、己の獲物を味わい尽くして慈悲を乞わせるほどに愛してやれと、心の奥底でもう一人の俺が叫び声を上げた。

ユアンの乳首を指先で摘みコリコリと転がす。発達した胸筋を控え目に飾る、見るからに遊び慣れてねぇ初々しい乳首だ。

「あっという間にぷっくり膨れちまいやがって。自分でいじってたんじゃねぇのか？　正直に言ってみろ」

咎めるように一度きつくつねるとと、ユアンは短い悲鳴を漏らした。

「ずいぶんといい声で啼くじゃねぇか？　この程度のことは慣れっこか？　ああ、遊び相手には困んなかったのか、モテるからなぁヒト族はよ」

「ち、違う！　僕はガレスが初めてだよ！」

だろうな。適当に遊べる奴ならこんなに思いつめたりしねぇ。分かった上でいじめてんだよ、俺は悪い大人だからな。

俺はゆるく勃ち上がりかけていたユアンの中心を、根元から先端まで指先でつうっと撫で上げる。たったそれだけのことで、ユアンの若い体はすぐさま敏感な反応を返してくる。

「感度もいいな。それになかなか立派だぜ？」

「あっ、あんまり見ないで……」

俺の視線から逃げようと、ユアンは両手で股間を隠し体を丸めた。

そうだよなぁ？　恥ずかしくてたまんねぇだろうよ。なんせ初めての行為で、晒したことのねぇ場所を惚れた相手に観察されてんだからな。いいぜ、もっとその表情を俺に見せてみろ。

「見るな？　こんなに立派で形のいいモンなら恥ずかしくねぇだろ？」

「ガ……ガレス、恥ずかしいから……」

「面白いことを言うじゃねぇか、これからもっと恥ずかしいことをするのによ」

俺は、微かに喉を鳴らしてうなり声に魔力を乗せる。さてユアン、お前はどこまで乱れてくれる？

「うっん……っ!?」

俺の声にあてられたユアンの腰が、分かりやすく跳ねた。

「尻が疼《うず》くか？　初めての割には妙に反応がよすぎるな」

「違……」

股間を隠そうとするあまり突き出す形になった硬い尻を鷲掴みにし、二つに割るようにして窄まりを剝き出しにしてやった。その光景に、俺は思わず唾を飲む。

「ひぁ！」

開かれた内側が空気に触れただけで、ユアンは腰をくねらせ俺の目を愉しませる。

「なぁ、見せてくれよ……お前の全部を」

「ガレ……ス……」

摑んだ尻を優しく撫でてやると、ユアンの目が途端にとろける。

「お前はいい子だユアン」

俺は幼い頃にしたように、ユアンの頭を何度も撫でては顔中に触れるだけのキスを降らせる。そこにはあえて性的な含みは持たせない。

「ユアン、ここで俺とお前は繫がるんだ。分かるよな？」

「う……ぁッ……ぅぅっ」

純潔を主張する固い窄まりの縁をなぞられるたびに、ユアンは腰を浮かし甘い声を上げる。

「これから時間をかけてここからお前の中に入っていくんだ。分かるかユアン？　俺がお前の中に入っていくんだ」

俺はユアンの片手を痛いほど張りつめた俺自身へと導き握らせる。冗談じゃなく、油断したら暴発しそうだ。

「熱くて……ドクドク脈打って、すごい……」

ユアンの手が愛しげに俺を握り込み上下に扱く。その強さが心地いい。

「お前のもすっかり張りつめちまって、本当にかわいいぜユアン」

「や、んぁ、そこ、だめ……っ」

ユアンの先端を軽く弾いてそのまま指を滑らせて袋を柔らかく揉んでやれば、ダラダラと先走りがあふれた。

「何がだめなんだ？　お前のは気持ちいいってよだれ垂れ流して悦んでるぜ？」

「ふぁ、ああ――――！」

少し手に力を込めると、ユアンは涙をあふれさせ首を振りたくる。

「ちーっとばかし我慢ができねぇな。取りあえず一発一緒に抜いとくか……」

「う……くぅ……イきたい……ガレスと一緒に……ッ」

「いいぜ、来いよ」

俺はユアンの体を一度起こし、二人のモノをまとめて握り擦り合わせるようにして扱く。

「ふぁ!?　あ、あぅッ！」

初めて知る快楽と視覚的な刺激にユアンが高い声を放つ。

「気持ちいいだろ？　俺とお前のがこすれ合って、なぁ？」

俺自身快楽に下肢を震わせながら、ギリギリを耐えながらユアンへと声を掛ける。

「あぁっ！　んぁッあ！　ガレ、ス、これ、すごい！腰、止まんないぃっ！」

「止めることなんてねぇんだ。自分のイイ所を遠慮なく当ててこすれよ」

「ふぁ、あ、あっッ」

ユアンは、激しく腰を揺らして己のモノを痛いくらい俺に擦りつけてくる。俺もそろそろ限界だ。

「や、だッ……っ！　出ちゃう！　も、無理、出るッ!!」

慣れねぇ刺激に早々と限界を迎えて逃げようとするユアンの腰を片手で押さえ、俺はユアンと俺のモノを握る手にしっかりと力を込めた。

「ひっあァアアッッ！」

甲高い声が上がると同時に、俺の手の中でユアンが果てた。

「あ、ご、ごめん……僕……」

「ユアン、俺はまだだ」

「あ……うん……」

　俺の言葉の意味を理解したのか戸惑いながらも俺の怒張に手を伸ばしたユアン。しばらく固まっていたが意を決したようにあむっと咥え込んだ。ユアンの粘膜の温もりとその表情に一瞬で果ててしまいそうになるがなんとか耐えた。

「もっと奥まで入るだろ？」

　俺はユアンの頭を摑んで角度を調整し、その喉奥へと昂ぶりのすべてを収めた。

「う、うぐッ、ぐ」

「ああ、ユアンそんな顔を見せちまったらだめだぜ。本当に歯止めが利かなくなっちまうからな……」

　俺はユアンがえずかねぇ程度に腰を使い、ユアンの口内を擦り上げる。室内に響く卑猥な水音にユアンの顔はすっかり赤く染まっちゃいるが、そこにあるのは羞恥だけじゃねぇ欲の色がだだ漏れだ。

「出すぞ」

　ユアンが俺のを咥えてるその事実だけでもやべぇのに、強すぎる快楽がそれに伴う。限界を迎えた、俺は頃合いを見計らってユアンに伝えた。

「っ！」

　初めて口で受ける白濁を前に、ユアンの顔がこわばる。

　俺はユアンの口から自らを引き抜こうとしたがユアン自身がそれを離さなかった。

「う……ぁ……ぁぁ」

　熱く質量のある液体が喉の奥を滑り落ちてく感覚に、ユアンは胸を押さえて震える。

「どうだ？　初めて飲んだ感想は？」

「……あ、熱くて、苦い」

「嫌か？」

「……嫌、じゃない。ガレスのだから」

「いい子だ、本当にいい子だよお前」

　枕元に置いた盃から水を含み、口移しでユアンへと飲ませてやる。

　入ってきた俺の舌と水を己の舌と喉で受け取るユアンの動きが愛しくてたまらない。こみ上げる愛おしさに、達したばかりのモノがすぐさま硬く勃ち上がる。

「ガレス……また」

「一回で終わるわけねぇだろ？　今夜はお前の全部を

味わい尽くすと決めたからな」

ユアンの体が小刻みに震えているのは、恐怖なのか期待なのか。いや、どっちだって構わねぇ。全部ドロドロに溶かして食い尽くすのみだ。

「なぁユアン、お前のここは狭くて固ぇな」

「あ、あッ……ガレスと……ガレスと繋がりたい」

全部が初めてのことだ。怖ぇだろうに必死の形相で紡がれるユアンの言葉が逆に俺を煽ってくる。ああ、だからこんな悪ぃ大人に捕まっちまったらだめだと言ったのにお前は……。

一度抜き指に香油を絡めてゆっくりと抜き差ししてやると、ユアンは痛いほどにそれを締めつけてきた。

「俺の指を美味そうに食いやがって、初めてのくせにずいぶんといやらしいな」

「ごっごめんな……っ」

「なぁに謝る必要なんてねぇ。いやらしいのは大好きだからな」

指を三本に増やした頃には、固かったユアンの蕾《つぼみ》も徐々に緩み、それと同時にユアンの全身がからじんわりと汗が噴き出した。


「こんだけ入れば十分だ」

「うぐ、ぅッ」

ユアンを押し倒し、切っ先を押し当てればユアンの眉がきつく寄る。

「ユアン、力を抜いて息を吐け」

「あぁッ――！」

「くっ」

息を吐いたと同時に先端が一気にユアンの中に飲み込まれた瞬間、俺の口からも声が漏れた。

熱くきついユアンの中は、それだけで果てそうになる。

「うっあ、あ、あんんッ！　ガレ、ス――っ」

俺を半分受け入れたあたりで、ユアンは涙を流し動けなくなった。

「もう少しだ、もう少しで全部入る」

ユアンの乳首を愛撫してやりながら、反応に合わせてゆっくりとその先へと進む。

「ひっあ……ぁ……ぅう、あぁ」

それでも内側を穿つ質量と衝撃にユアンは言葉を発することもできず、ただ酸素だけを求め口をはくはくと開けては意味をなさぬ喘ぎを漏らす。

「苦しいよな？　分かるぜ」

今ユアンを襲っている圧迫感とその先に待ち受けているものが、俺には手に取るように分かる。

「お前はいい子だ。すぐ気持ちよくしてやるよ」

ユアンの髪を撫で流れる涙を舌で舐め取る。

塩辛いはずの涙が舌に甘く染み渡った。

俺は繋がったままのユアンを改めて組み敷き、愛しい獲物の腰を決して逃がすまいと掴む。

「う、あ、あぅ、う、待っ、待、てっ」

「悪いな、待ってやれねぇ」

俺はユアンの腰を押さえつけたまま、一度大きく腰を突き上げた。俺の先端がユアンの行き止まりへと食い込み、俺の息も詰まる。

「あぐッ！」

体を内側から抉られる暴力的な快楽に、ユアンの上半身が折れそうなほどのけぞり震えた。

「ユアン、俺だけを感じろ。お前の中にいる俺だけに集中しろ。そうやって、自分を解放してやるんだ」

俺はユアンの腰を爪が食い込むほどきつく掴み、連続して幾度も腰を突き上げる。

「あぅっ！　あ、あッ！　ひうッ！　あ、あぁ、あぅッあ――――!!」

快楽と呼ぶには激しすぎる感覚にユアンが、俺の下で短い髪と頭を振り乱し汗の玉を飛び散らせて声を上げる。

「あ、あうぁ、出る！　出ちゃう！」

「いいぞ、何度でも遠慮なくイケよ」

迫る射精感に耐えるように、ユアンの体が俺の上でくねり、跳ね、悶え、踊る。

そのたびに狭い肉の壁が俺をぎゅうぎゅうと締めつけ、一緒にイこうと俺を誘う。

「ユアン……ッ」

好きだ愛してると言う間も惜しく、俺はあふれる情に任せてユアンの唇を深く貪った。

半ば意識を飛ばしながらも、ユアンの舌は俺を求め応えてくれる。

一際強くユアンの奥を突けば、ユアンが再び精を吐き出し俺もそれにつられるままにユアンの奥へと自身のすべてを放つ。

それは今までに味わったことのない快楽。

愛しい者との交わりが俺に見せてくれた新しい世界だった。

初めて体内で受け止める俺の欲の熱さに、ユアンの全身が足先に至るまでピンと硬直して震えた。

ユアンに摑まれた俺の二の腕に血が滲む。

その痛みすら今の俺には欲を煽り立てる刺激にしかならねぇ。

ユアンは繋がったままの俺が、再び中で硬さを取り戻すの感じ切ない吐息を漏らした。

ユアンも俺と同じものを感じたのだろうか、それを知ってしまった体が、早くもその刺激を欲しがり蠢《うごめ》く様は凄艶ですらある。

「愛してるぜ、ユアン」

耳元で囁いた俺の呟きにユアンは全身の震えと小さな頷きを返してくれた。

俺もまた、狭い場所で育っていく自身の苦しさにまた息を荒らげる。

本能に忠実な獣と化した俺はまだまだ終わりを知らないようだ。


短くも深い眠りから、俺は明け方一人目覚めた。

隣ではまだユアンが深い眠りの中にいる。

ユアンにガキみてぇに自分の思いと欲をぶつけた。

あいつが俺のものになった事実が俺の気分を高揚させる。

今からでも遅くはない。

ユアンの幸せを本当に考えるなら、『やっぱ俺はやめとけ。悪いことは言わねぇから別の相手を見つけろ』と言い聞かせるのが、正しい在り方だろう。けどな——。

「もう、俺はお前を手放せねぇ。誰にもくれてなんかやれねぇよ」

眠るユアンの藍色の髪に触れる。

それだけでユアンの生命と魔力が流れ込んでくるような心地よさに溜め息が出た。

俺はもうユアンの幸せを考えてやれねぇ。

俺はユアンの前では自分の欲を優先しちまう一人の雄になっちまった——否、そうありてぇと望んじまってる。

「拾って育てで自分で食って……ファランのこと言えねぇわな」

ユアンを引き取ると決めたとき、俺はそれだけはだめだと無意識に己に枷をつけていた。そこには大人になってから学んだ一般的な倫理以上に、俺とファランのなんとも言えねぇ関係があった。

「せっかく俺が理性を総動員して頑張ってたのに、お前ときたら……」

愛した人間が『番』だったのか、『番』だから愛しちまったのか……。


いや、その答えは俺の中にある。


「お前がそうじゃなくても愛してたさ、なぁユアン」

成長してなお、かつてのあどけなさをどことなく残すユアンの寝顔に答えは求めず問いかける。

「……お前は俺のモンだ。この手がどれだけ血に染まろうとどんな手を使ってでも守ってやるよ」

眠るユアンに一人誓いのキスをして、俺は再び目を閉じる。

久々にユアンを胸に抱いてつく眠り、それは温かく柔らかく心地いい。


「ガレス、この格好で大丈夫かな?」

「あー、いいんじゃねぇか。うん、男前だぞ」

「相変わらずの適当さ……。ガレスに聞いた僕が馬鹿だったよ」

張り切って出かける支度をするユアンに俺は苦笑する。いつもより念入りに髪に櫛を入れ、身なりも小ぎれいにおろしたての服を身に着けたユアンは、親の、いや『伴侶』の欲目なしに好青年だ。

「っていうか、ガレスはまたそんな格好で……」

ユアンは俺のいつもと同じ身なりを見て深く溜め息を吐いた。

なんだよ?

エルネストはキラキラで俺はショボショボなんだろ?

これを言うとユアンの顔が真っ赤に染まるから面白

くてしょっちゅうからかってやる。

「ファランさんのお墓参り、ずいぶんと久しぶりなんでしょ？　僕たちの報告もきちんとしたいからビシッとして、ビシッと」

「へぇへぇ、ビシっとねぇ」

相変わらずのユアンの小言に俺はやれやれと首を振る。

あれから世間一般でいう『伴侶』になった俺とユアン。俺は、レナルドとエルネストに散々犯罪者と罵《ののし》られ、クロエには妙な祝福をされちまった。

そしてユアンからされた小さなお願いがニライへの小旅行。

『ガレスを育ててくれたファランさんにお礼と……報告がしたいから』と、真面目な表情で言うユアン。

そんな必要があるかと正直頭を抱えたが、これは俺の感覚がおかしいのかユアンの感覚がおかしいのか、人に聞くわけにもいかねぇからユアンの言うとおりにした。

ミランはともかくレイシャのいる色街にユアンを連れていくことを、俺はなんのかんのと理由をつけて渋ったが、過去は過去だから気にしないよというユアンに押し切られてしまった。

「せめて髪だけでも僕がちゃんと梳《と》かしてあげるから座って」

「おう」

俺は半ば強引に鏡の前に座らされ、ユアンに髪を梳《す》かれる。ユアンが手にしているのは、俺がいつも結んだ後ろ髪に適当に挿してる『魔法の櫛』だ。思えばこいつには世話になったもんだ。こいつがなければ、俺は今ここにユアンとこうしていられなかった。

「はい、できたよ」

ユアンはあちこちにぼさぼさと撥ねる扱いにくい俺の髪を手際よくまとめてくれた。

「ユアン」

まとめた癖っ毛の根元に、俺がいつもしているように櫛を挿そうとしたユアンの手を捕まえる。

「こいつはしまっとくわ」

俺はユアンの手から櫛をひょいと取り上げ、懐にしまった。

なんでそうしたのかは自分でもよく分かんねぇ。ただなんとなく、そうしたかっただけだ。

「なんだか寂しいね……」

ユアンが何も挿さっていない俺のまとめた後ろ髪を撫でる。

「そうか？　なら、お前が新しいのを選んでくれてもいいんだぜ？」

「ん、そうだね。ガレスに似合うのを探しておくよ。それともニライで一緒に選ぶ？」

かわいげの欠片もねぇオッサンのおねだりを、ユアンは快く聞いてくれた。はぁ、ずいぶんと素直ないい子に育ったもんだ。唯一の欠点をあげるとすれば『伴侶』を選ぶ目のなさか……。

「そりゃ、楽しみだ」

若干ケツが重たかったニライへの里帰りが急に楽しくなるんだから、俺もえらく単純になっちまったもんだ。

惚れた腫れたの色恋沙汰は人をだめにするって言うが、ありゃあ本当だ間違いねぇな。

「ユアン、ちょっとこっちに顔貸しな」

「ガレス？　どうしたの？」

座った俺の頭の傍に不思議そうに自分の顔を寄せるユアン。

その顎をちょいと引いて俺の唇にユアンの唇を重ねてやる。

こんななんてことのない日常に顔を真っ赤に染めるユアンがかわいくて愛しくてたまらねぇ。

『ガレス』が選び、選んでくれた『ユアン』。

ファランの遺言じゃねぇが、『ユアン』は俺が自分で選んで自分で決めたこの世界で何よりも大切な『ただ一つ』。あいつ《ファラン》にこのことを伝えればきっと憎たらしい笑い顔で返してくるに違いない。

だが、今の俺ならそれに胸を張って向き合える。

あぁ、愛してるぜユアン。

その笑顔を守るためなら俺は世界を敵に回すことも厭わねぇ、だからずっと俺の側で笑っていてくれよ。

そう願う俺を今度はユアンが引き寄せ、その唇が重なった。

Fin.

あとがき

ご無沙汰しております。茶柱一号です。

シリーズ二作目は茶柱の書きたいことが多すぎて上下巻という大ボリュームになっております。

もし、このあとがきが書いてある下巻だけをお手元にお迎えいただいた方、よろしければ上巻もお手元にお迎えいただければ幸いです。


今作では前作の恋に焦がれる獣達で主に狂言回しとしての登場となっていたスイとガルリスに焦点をあてたお話を書かせていただきました。

両親、兄弟、友人、知人、そのほとんどが『番』と結ばれているスイ。

そんな環境で生き、色々な意味で自由奔放な彼の内心に秘められたもの、そしてガルリスへの思いとその関係性、この世界において『番』を持つ者、持たざる者、それぞれが何をどう受け止めているのかも今回のお話では大事なところになっております。

そして、今回の上下巻には彼ら以外にも、エルネストとカナン、ランドルフとウィルフレド、ロウエンとマルクス、ロムルスとエンジュ、ガレスとユアンといった『番』カップルが登場します。（『番』の希少性とは一体……）

どのカップルも大変気に入っているのですがその中でも本編の番外編『憎悪と贖罪』で登場したランドルフとウィルフレドのカップルがスイにとって大きなキーパーソンとなりました。

私自身とても気に入っているお話だった彼らのその後をこういった形で書くことができ、そしてスイという新しい世代と関わらせることが出来たことを大変うれしく思っております。

今回は名前だけの登場となってしまった彼らの子供であるランディ、下巻で書き下ろしをさせていただいたガレスに深く関わる色街ニライの歴代頭目であるファランとバルド、そしてレイシャにミラン、エルネストに仕えているクロエ。

物語を書けば書くほどキャラクターが増えてしまい、時間があればもっと彼らの物語も書き上げたいのに……と良い意味で頭を抱えております。

今回深く掘り下げることの出来なかったエルネストとカナンを中心としたキャタルトンのお話、そしてロムルスとエンジュのその後も機会があればぜひ書きたいところです。

また、恋けもシリーズのイラストを担当してくださっているむにおさんが今回も魅力的なデザインでキャラクターに息を吹き込んでくださいました。

相変わらずの短髪髭属性が多め（というか振り返ればエルネスト以外ほぼ全員）という茶柱の攻め達、そして可愛い受け達を見事にそれぞれに個性を持たせて描いてくださり、本当に感謝しております。

上下巻共に表紙の肌色率を一気にあげているスイの脚線美も本当に魅力的なのですが茶柱の一推しは不良騎士ことショボショボさんであるガレスです。

立ち絵から何から茶柱が文章で表現しきれなかったくたびれショボショボ感を見事に再現してくださっており、立ち絵を見たときに自然と口からありがたや……とこぼれたほどでした。

あわせて、この本が皆さんの元に届いた頃にはリブレ様の雑誌、ビーボーイゴールドで拙作『愛を与える獣達』が松基羊さんの手によってコミカライズ連載されております。

原作者である茶柱が読んでも、とても新鮮な気持ちで楽しめる素晴らしいコミカライズとなっておりますので、原作未読の方も既に原作を読んでくださった方にも是非読んでいただけると茶柱が喜びます。

今回、茶柱の事情で諸々と大変なスケジュールになってしまったのですが、それに付き合いこの本が出来上がるまでに関わってくださった皆様。

そして、この本を手に取ってくださった全ての方に改めて御礼を申し上げたいと思います。

本当にありがとうございます。

何かと明るい話題もなく、息苦しい日々が続く昨今ですがこれからも楽しく、少しでも幸せな気持ちになれる『愛けも』『恋けも』の世界を読者の皆さんにお届けできればと思っております。

次回は、愛を与える獣達本編で皆さんとまたお会いできる予定です。

どうぞこれからもよろしくお願いいたします。

令和二年　九月　茶柱一号

初出一覧

『番』と『半身』	書き下ろし
描き下ろし漫画　スイとガルリス	描き下ろし
無頼の豹を選んだ瞳	書き下ろし

弊社ノベルズをお買い上げいただきありがとうございます。
この本を読んでのご意見、ご感想など下記住所「編集部」宛までお寄せください。

リブレ公式サイトで、本書のアンケートを受け付けております。
サイトにアクセスし、TOPページの「アンケート」から
該当アンケートを選択してください。
ご協力お待ちしております。

「リブレ公式サイト」
https://libre-inc.co.jp

恋に焦がれる獣達2
『番《つがい》』と『半身』下

著者名　茶柱一号

発行日　2020年10月16日　第1刷発行

発行者　太田歳子

発行所　株式会社リブレ
〒162-0825 東京都新宿区神楽坂6-46
ローベル神楽坂ビル
電話03-3235-7405(営業)　03-3235-0317(編集)
FAX 03-3235-0342(営業)

印刷所　株式会社光邦

装丁・本文デザイン　円と球

Printed in Japan
ISBN 978-4-7997-4951-7